MANARA

A SUBVERSÃO PELO PRAZER

GONÇALO JUNIOR

Minhas heroínas são sempre mulheres à frente de todos os estereótipos, não submissas, independentes. Em O Clic, justamente, somente um artifício tecnológico que os homens carregam é que pode condicionar a vontade de uma mulher. Até então, ela os recusava. No meu erotismo, a mulher é sempre um sujeito sexual, mais que um objeto.

Milo Manara, 2010

MILO MANARA
SUBVERSÃO PELO PRAZER
GONÇALO JUNIOR

Capa e projeto gráfico: André Hernandez Revisão:
Nobu Chinen e René Ferri
Tratamento de imagens: Hugo Bueno

Editora Noir
São Paulo – BR

contato@editoranoir.com.br
editoranoir.com.br

© 2024 Editora Noir – Todos os direitos reservados
Permitida a reprodução parcial de texto ou imagem,
desde que citados os nomes da obra e do autor.

N2

Dados Internacionais de Catalogação na Fonte (CIP)
Bibliotecária: Maria Isabel Schiavon Kinasz, CRB9 / 626

M266	Silva Junior, Gonçalo Milo Manara: subversão pelo prazer / Gonçalo Silva Junior - 1.ed. – São Paulo: Editora Noir, 2017. 306p.:il.; 21cm (Coleção Mestres do Traço, v.1) ISBN 978-85-93675-02-7 1. Manara, Milo, 1945 - . 2. Quadrinistas – Itália – Biografia. 3. Artes gráficas. 4. Gravuras. I. Título. CDD 928.69 (22.ed) CDU 92:869.0

2ª impressão: verão de 2024

Para produzir Sonhar Talvez..., Manara viajou ao Paquistão, à Índia e a países próximos. Nesses lugares, viveu experiências ligadas a misticismo, magia, história, aventura e fantasia. O artista visitou importantes cidades da região, em companhia do amigo Franco Mescola, para registrar fragmentos de experiência, que usaria no novo episódio de seu personagem Giuseppe Bergman.

Manara em seu estúdio, no momento em que assinava o retrato que fez da musa do cinema Brigitte Bardot, a mesma que emprestou seu corpo curvilíneo e magro para a concepção da mulher-padrão que ele usa na maioria de suas histórias. Ou seja, garotas sem excessos nos seios e na bunda. Foto de 2015.

Uma celebração à beleza feminina nos quadrinhos ao longo do século XX. Manara homenageia beldades do seu tempo de adolescência e juventude, como Vampirella, Violeta Scragg (Ferdinando) e Dale Arden (Flash Gordon).

Sim, existe uma mulher "manariana", cujo padrão de beleza física teve forte influência de Valentina, de Guido Crepax. Manara também se inspirou em Brigitte Bardot, principalmente nos seus dez primeiros anos de carreira, até meados da década de 1960, quando ela gostava de desfilar com sua farta cabeleira.

Em 2003, a editora Edizioni Di publicou um álbum de 84 páginas em que Manara reverenciava um bom número de carros de luxo italianos. Nos pôsteres, as máquinas velozes apareciam apadrinhadas por lindas mulheres, mostradas com pitadas de erotismo.

Conheci Milo Manara pessoalmente no fim da tarde do dia 18 de novembro de 2010, no prédio histórico da Oficina Cultural Oswald de Andrade, no Bom Retiro. Aconteceu porque o amigo Dirceu Rodrigues, responsável pela assessoria de imprensa da organização social POIESIS, sugeriu meu nome para mediar a conversa entre o grande mestre do erotismo italiano e os fãs brasileiros, antes da abertura da exposição de 100 de seus originais, que ocorreria naquela mesma noite.

A mostra se chamava *Milo Manara – Uma vida chamada desejo*, e ficaria em cartaz até 11 de dezembro daquele ano. Por coincidência, nós dois estávamos bem gripados. Eu, com tosse incontrolável, por causa da minha sempre terrível rinite alérgica, bebia água desesperadamente, para não causar vexame. Manara se queixava de cansaço, corpo febril, vontade de repousar. O abatimento era evidente em seu rosto.

Ao saber que me fora dada essa missão, outro querido amigo, Jorge Rodrigues, proprietário da loja de quadrinhos Comix, cedeu-me o único exemplar de seu acervo do livro *Tentação à Italiana*, que eu tinha lançado cinco anos antes, pela Opera Graphica, editora do seu irmão Carlos Rodrigues. A ideia era dá-lo de presente ao artista. Nesse volume, em formato que era metade do tamanho de jornal convencional, eu analisava as obras de Crepax, Manara e Serpieri, três grandes gênios dos quadrinhos eróticos italianos do século XX.

Manara ficou surpreso com a oferta, que desconhecia, embora um jornal italiano de grande circulação tivesse dado resenha de duas páginas sobre o livro, em 2006. Na introdução do encontro com o público brasileiro, quando eu deveria apresentá-lo, fiz uma série de observações com minhas impressões sobre sua obra, todas elogiosas, claro, e com o sentido de ressaltar que ele não fazia pura e simplesmente pornografia, como diziam os moralistas detratores de seus quadrinhos. Meu livro tinha sido escrito com esse propósito, além de ressaltar o valor artístico de tudo que tinha feito.

Para minha alegria, ele não apenas concordou em tudo comigo, como reforçou minha tese e agradeceu pelo que eu tinha dito. Aquela receptividade funcionou como aval para a análise de sua obra, feita às cegas e com risco de equívocos e erros, pois não encontrara qualquer obra de referência que falasse a respeito ou mesmo entrevistas suas. Ou que fosse além da simples constatação de que Manara era pornógrafo. Não era, arrisquei a dizer, e procurei justificar isso em detalhes.

E foi assim que construí o livro em que expressava a minha análise por meio da leitura de sua produção – fiz exatamente o mesmo em relação a Crepax e Serpieri. Eu recomendava o tempo todo que o leitor prestasse mais atenção em seus quadrinhos, de que Manara era pornógrafo. entrelinhas, os múltiplos sentidos das histórias. Sem falsa modéstia, foi uma experiência de coragem. Passados onze anos desde que o livro saiu, reli, revisei e atualizei seu conteúdo e reafirmo tudo que escrevi.

Fica, claro, um pouco de decepção porque as minhas observações não encontraram eco algum, pretensiosamente, uma vez que esse trio de autores tão geniais continua a ser visto como "mestres" ou "reis" da pornografia e da sacanagem por brasileiros. Em comum, no entanto, acredito que os três têm o caráter libertário de sua obra, principalmente na representação das mulheres livres para realizarem seus desejos e fantasias sexuais, sem submissão ou subjugação aos homens.

O texto que você vai ler a seguir é derivado do *Tentação à Italiana*. Dele, aproveitei tudo que havia escrito sobre Manara, revisei cuidadosamente, no esforço de melhorar o texto e, por último, atualizei com o que ele fez e disse nessa mais de década depois de sua publicação. Houve acréscimo considerável de informações biográficas, revisões em algumas passagens, como as relacionadas a seus primeiros trabalhos, que visto que só agora tive acesso aos quadrinhos em si de sua fase inicial, às histórias e minha interpretação de seus últimos trabalhos, como a devastadora série Bórgia, que deve ter incomodado leitores católicos.

Do primeiro livro o leitor vai sentir falta de imagens interessantes, que antes me pareceram imprescindíveis e que deveriam estar aqui. Sua exclusão teve a ver com a questão de direitos autorais. A intenção é evitar que interpretações equivocadas levem a se dizer que aqui se faz algum tipo de exploração comercial do artista, como aconteceu quando *Tentação à Italiana* foi lançado.

A intenção deste livro é apenas de caráter crítico e analítico, para se ressaltar a importância do polêmico artista. Por isso, preferi ilustrar as páginas que seguem com o máximo possível de capas, que são imagens meramente ilustrativas e de divulgação, não passíveis de cobrança de direitos autorais dentro da lei brasileira.

Nesse sentido, é preciso ressaltar mais uma vez, este volume não tem a intenção de explorar comercialmente a obra de Milo Manara. É um trabalho que foge ao caráter exclusivo de biografia para ser algo também analítico, de caráter acadêmico, com o propósito, repito, de valorizar e – por que não? – promover o nome e o talento de um artista excepcional.

O autor.

INTRODUÇÃO

UM ARTISTA EM BUSCA DE IDENTIDADE

Nem sempre Manara precisa tirar a roupa de uma mulher para ressaltar sua sensualidade. Às vezes, os dotes estão exatamente no fato de ficarem escondidos sob o tecido. Cena do álbum de carros italianos publicado em 2003 pela Edizioni Di.

Pode-se afirmar que o conceito de pornografia teve de ser revisto depois que chegou às livrarias italianas, em 1983, o álbum *O Clic*, de Milo Manara, a obra que causou polêmica, confusão e chocou os puritanos, porque misturou e confundiu para sempre os conceitos de arte, pornô e erotismo por meio das histórias em quadrinhos.

A aventura, de 42 páginas, havia sido publicada em capítulos a partir de janeiro do ano anterior, na revista *Playmen* e, pouco depois, começou a sair da mesma forma na Espanha pela conceituada *Totem*. Com esse trabalho, Manara inovou de forma ousada ao fazer as cenas mais picantes que os quadrinhos jamais tinham visto até então, naquele formato luxuoso de publicação, para ser consumido como produto sofisticado de livraria.

Em síntese, na história de *O Clic*, Manara narra as peripécias sexuais de uma socialite que se transformava em ninfomaníaca totalmente despudorada, a partir do uso do controle remoto, que era acionado, após a instalação de chip em seu cérebro. A estranha engenhoca alterava exclusivamente a área responsável pela libido da moça. Ela tinha noção do que acontecia, mas o apetite sexual se sobrepunha a qualquer razão.

Essa seminal aventura trazia dois elementos irresistíveis para a crítica especializada italiana que, até então, pouco se interessara pelos quadrinhos de abordagem exclusivamente sexual: a ideia das mais inventivas e o traço personalíssimo, quase perfeito, deslumbrante, que resultava na construção de lindas figuras femininas como jamais se vira até aquele momento.

Faz-se necessário ressaltar que a anatomia realista e feminina das mulheres de Manara – sempre jovens, na casa dos 20 aos 35 anos – era, certamente, a mais bela até então concebida no mundo dos gibis voltados para os leitores masculinos, principalmente, mais maduros, acima dos 18 anos de idade.

Pode-se dizer também que *O Clic* provocou uma revolução na indústria dos quadrinhos adultos porque ajudou a popularizá-los ainda mais, além de lhes dar status de sofisticação e refinamento editorial, no momento em que a América via explodir outro fenômeno editorial para leitores crescidos, o das *graphic novels*, que valorizou os quadrinhos de autor nos EUA (e na Inglaterra) e revitalizou o universo dos super-heróis, dando-lhes conceito de arte, realismo e mais próximo do humano – como nos casos de *O Cavaleiro das Trevas*, de Frank Miller, e *Watchmen*, escrita por Alan Moore e ilustrada por Dave Gibbons.

Por causa do furacão causado por *O Clic*, editoras europeias voltaram a investir em um gênero tão típico do continente, o erótico, com exceção da Itália, que havia sido iniciado com os álbuns de *Barbarella* e *Valentina* na década de 1960 e andava em baixa. Assim, apostaram em novos talentos do gênero, que buscaram espaço.

Nos anos seguintes, ao longo da década de 1980, artistas italianos quase veteranos também se curvaram diante das novas possibilidades apontadas por Manara e passaram a se dedicar aos quadrinhos de temática sexual. Dentre eles, o lendário Magnus, autor de *As 110 Pílulas do Jin Ping Mei*, publicado no Brasil pela Martins Fontes.

Graças à capacidade de Manara em falar de sexo de forma tão explícita, mas sem agredir – pelo contrário, com extremo bom gosto, embora roçasse a pornografia em alguns momentos, sem clareza–, *O Clic* foi algo tão devastador que ainda em 1983, seu autor alcançou fama internacional. Ou, como disseram seus críticos, ganhou "má-fama" mundial. Não por acaso, o álbum renderia três sequências, publicadas em 1991, 1994 e 2001.

Por isso, seus quadrinhos, criados para atender principalmente os leitores jovens masculinos, alcançaram outros públicos e não apenas de faixas etárias diferentes. Não foram poucas as mulheres que se transformaram em suas fãs, que acompanharam fielmente os lançamentos de seus álbuns nos mais de trinta anos seguintes.

Se não foi pioneiro, Manara desbravou um novo mundo, literalmente, de prazer, por meio das histórias em quadrinhos. Um prazer ousado, essencialmente subversivo. Ele redimensionou as possibilidades de fazer quadrinhos de sexo de forma popular, inteligente e inventiva. Por mais ousado que seja, tem bom gosto e não agride o leitor.

O artista não precisou publicar mais que dois álbuns – depois de *O Clic*, saiu *O Perfume do Invisível* (1984) – para consolidar seu jeito de narrar provocativo, sem vergonha, bem-humorado, despudorado, excitante. Ao mesmo tempo, consagrou um estilo bem característico de beleza feminina.

As mulheres de Manara eram definitivamente magras, de curvas sutis, sem excessos nas formas – raríssimas foram as garotas peitudas ou de bunda grande que apareceram em suas histórias. Manara fazia o modelo que não era exatamente novidade. Suas principais inspirações foram, sem dúvida, Jean-Claude Forest e Guido Crepax.

Se Barbarella, Valentina, Anita e Bianca vieram da silhueta de Brigitte Bardot, as mulheres de Manara também. De certo modo, o artista passou a alimentar a impressão de que seus leitores jamais iriam encontrar na rua garotas como as que ele desenhava, embora se dedicassem, durante bom tempo, a imaginá-las reais, palpáveis, possíveis.

Talvez cruzassem com alguma que fosse semelhante fisicamente. Mas não na maneira de agir: excitadas, excitantes e excitáveis em tempo integral – o que, no fundo, denotavam um pouco do olhar preconceituoso da pornografia, à primeira vista.

Nos tempos de Bardot, esse sonho era possível, uma vez que ela era real e suas personagens no cinema supostamente se pareciam com seu jeito de agir. Sem contar que, algum dia, ela poderia ser vista virando determinada esquina de Paris ou Roma. Mas Bardot estava fora de ação havia décadas, vivia reclusa, defensora da existência saudável junto à natureza.

Essa noção apressada de garotas taradas, difundida pelos dois primeiros livros de Manara, sem dúvida, era precipitada e equivocada. Em suas entrevistas, embora o artista não se esforçasse para explicar, parecia apenas querer confundir. Principalmente, os vigilantes da moral, que, há séculos, fizeram da Itália uma espécie de centro radiador de moral e de falta de pudor ao mesmo tempo.

POPULARIZAÇÃO

Para as novas gerações de quadrinistas da Itália, da França e da Espanha, Manara sinalizou o resgate de um erotismo que pretendia ser aparentemente despretensioso, porém, renovador: libertar em suas histórias as mulheres para uma sexualidade livre e sem culpa cristã ou de qualquer religião, de modo a desacorrentá-las da implacável opressão milenar que as tornavam retraídas por uma sociedade patriarcal e machista.

As heroínas revolucionárias dos quadrinhos da década de 1960, como Barbarella e Valentina, claro, tinham esse propósito e até militavam por isso. Mas seu alcance sempre fora limitado, inclusive por causa das viagens codificadas de Barbarella ou as freudianas de Valentina, acessíveis ao público mais informado e intelectualizado.

Ao que parece, talvez não de modo tão relevante ou amplo, uma vez que as leitoras são em número menor, as mulheres manarianas estimularam essa busca e ajudaram a acabar com o preconceito quanto ao direito feminino de ter prazer – tão presente em Barbarella e Valentina, incorporado com força pela contracultura e pela revolução sexual. E seus leitores homens parecem ter aceitado mais naturalmente tal mudança de comportamento.

Nas histórias que Manara faria a partir do sucesso mundial de *O Clic*, elas faziam o que queriam com seu corpo e buscavam a própria satisfação sem se preocupar com as convenções morais e sociais, embora o artista, às vezes, pudesse ser interpretado, sob o ângulo da pornografia, ao tentar equiparar erroneamente as emoções e sensações femininas às do sexo masculino.

Seria Manara pornógrafo? Sem entrar ainda no mérito do seu traço, o artista mostrou em *O Clic* talento nato para manipular as fantasias sexuais humanas, sem se perder no meramente pornográfico ou no preconceito quanto à sexualidade feminina. Homens e mulheres, talvez nem todos saibam ou admitam, funcionam de modo diferente quanto ao estímulo ou à excitação sexual. Como mostra Francesco Alberoni, no seu livro *O Erotismo*, o masculino é essencialmente visual. O feminino, mais tátil, de envolvimento emocional.

A pornografia, invariavelmente criada para os homens, portanto, peca porque ignora, iguala ou distorce essas diferenças de comportamento e de estímulo sexual. Assim, o consumo exagerado de filmes e revistas de sexo pode estabelecer na cabeça do consumidor masculino que a mulher pensa e age em relação ao sexo como ele e, portanto, tende a ser, no seu íntimo, mais impulsiva, facilmente excitável pelo simples olhar ou galanteio barato.

Estabelece-se, desse modo, a espécie de mito da ninfomania, da disponibilidade em tempo integral para a luxúria que os filmes pornôs difundem – ou seja, a ideia da conquista fácil, da mulher tarada, despudorada, disponível o tempo todo para o sexo, como o homem. Às vezes, em leitura apressada, Manara parece confundir essa diferença, mas não chega a agredir ou a forçar a barra para criar situações assim.

No artigo "Milo Manara, Mulheres e Nanquim", Victor Lisboa observa que é na série *O Clic* que o artista italiano fez seus trabalhos "mais ostensivamente eróticos". E ressalta: "E é bom utilizar essa palavra, e não pornografia, pois o mestre italiano prefere deixar claro que há a distinção entre uma e outra forma de expressão artística da sexualidade humana".

Foi o que explicou o desenhista no seu livro *Memory*: "A indústria pornográfica existe porque atende a uma demanda, mas ela não soluciona nada. O consumidor pode apenas sentir culpa. Nós não devemos mais nos sentir envergonhados e, desde que haja certo grau de ironia, somos capazes de falar de qualquer coisa".

Para Manara, todos precisam reconhecer as fantasias sexuais e encará-las abertamente. Ao contrário do que seus críticos afirmam ou imaginam, existe toda a lógica de produção em que ele se ampara para produzir seus quadrinhos de temática sexual. Manara está longe da condição de autor instintivo, que deixa se levar pela ideia, sem pensar onde pode terminar.

Ele observou: "É por isso que eu falo de fantasias evitando qualquer forma de sentimento de culpa. Não obstante, a linha divisória entre pornografia e erotismo é subjetiva. Não é só questão de qualidade. Se o trabalho nos faz felizes e atende às nossas expectativas ao expressar nossas fantasias, então é erotismo. Eu endosso a afirmação de Woody Allen, de que 'a pornografia é o erotismo dos outros'".

Seus quadrinhos, porém, são mesmo essencialmente eróticos e sobram argumentos nesse sentido. As mulheres do desenhista são tão lindas quanto interessadas por sexo. Só que, muitas vezes, são estimuladas por situações do cotidiano. A isso devem ser acrescidos dois ingredientes quase sempre indispensáveis: humor de primeira linha e de bom gosto, sem qualquer tom de escracho ou de chanchada, e as doses mais ou menos ousadas de perversão.

Os conflitos de relacionamento, no entanto, não ocorrem porque o autor não supre de ferramentas básicas de romance como o galanteio, a conquista, o namoro etc. Manara trabalha justamente com esses elementos para tirar deles a combinação possível entre as fronteiras do pornô e do erótico.

FANTASIAS

A partir de *O Clic*, Manara se transformaria nos anos seguintes no insuperável mestre das fantasias sexuais humanas. Nessa época, seus quadrinhos correram o mundo e o consagraram onde a censura não tinha força para detê-lo. Em tudo que ele faria depois, estariam presentes, de alguma forma, os desejos mais comuns das pessoas, independentemente da classe social, credo religioso ou de formação intelectual.

Quem, por exemplo, não sonhou em ter uma linda mulher – ou, no caso delas, um belo homem – que, com um simples estalar de dedos, oferece-se para fazer sexo ardente em qualquer hora ou lugar? Ou quem não desejou se tornar invisível apenas para bisbilhotar a intimidade alheia – e, principalmente, poder transitar livremente e sem ser percebido nos momentos em que a mulher ou o homem se troca ou toma banho?

Taras ou invasões de privacidade à parte, essa característica explicaria, em parte, o extraordinário sucesso dos dois álbuns exclusivamente eróticos que Manara lançou inicialmente. Além da temática, suas personagens femininas eram, invariavelmente, para lá de exibicionistas. Tinham rostos lindos, trajavam acessórios e revelavam surpreendente habilidade para criar expressões faciais de excitação e de prazer, com lábios quase sempre entreabertos e em constante provocação.

Em seus quadrinhos, o artista italiano fazia o que o crítico brasileiro Dagomir Marquezi chamou de "espetáculo libidinoso irresistível às mentes mais livres". Havia, no entanto, o absoluto controle dessas sensações sobre as situações em que viviam as personagens femininas, sem qualquer submissão aos homens. E aí está o caráter libertário de Manara que os críticos, às vezes, não percebem.

Outro crítico brasileiro, Marcel Plasse, em resenha publicada no jornal *O Estado de S. Paulo*, acrescentou que as mulheres de Manara tinham "mãos irrequietas, sempre apalpando, apertando, esfregando". Para ele, a atenção que o artista dava às mãos femininas equivalia ao fetiche da podolatria de seu compatriota Crepax.

O jornalista paulistano Marcelo Alencar, ao comentar o trabalho do artista, chamou a atenção para a semelhança física de todas elas: são quase sempre louras, "com os mesmos cabelos matematicamente desarrumados, os mesmos olhos e as mesmas línguas à espera pelos lábios mais próximos". Na verdade, não desejavam apenas lábios, em sua opinião.

Vênus e Salomé, o luxuoso álbum, publicado em vários países europeus em 1994 e dedicado às personagens que Manara desenhou, ajudaria a se compreender melhor o estilo do autor. Lançado originalmente em francês, trouxe esboços e desenhos inéditos, além de cenas de diversos volumes editados com legendas, mas sem a fonte original definida, e que nada explicavam, pois queriam apenas fazer reverência ao traço do autor.

No entanto, de acordo com a apresentação, o trabalho do desenhista estaria dominado por um tema: o da jovem como mulher fatal inconsciente de seu poder de provocação, como a fêmea irresistível que assim se comportava de forma involuntária. "As aquarelas e ilustrações deste álbum formam um todo orgânico, que mostra as fascinações e obsessões do mais brilhante desenhista de sua geração", escreveu o editor.

Quatro anos depois, em 1998, saiu mais outro livro no mesmo estilo, só que em formato maior e capa dura, intitulado *As Mulheres de Manara*, que, na chamada da contracapa, foram assim descritas, com eficiente poder de síntese: "Cúmplices e altivas, próximas e inacessíveis, demasiado belas para serem verdadeiras e, contudo, demasiado verdadeiras para serem de papel". Era Manara inspirando poesia.

Segundo o editor, as garotas que o artista criou nas duas décadas anteriores seriam "misses do sonho, mulheres ideais, criaturas adoráveis, com seus impudores e rebeldia de seus gestos". Dava, assim, pista do propósito predominante em suas histórias: o caráter da liberdade sexual feminina, com garotas desafiadoras e manipuladoras diante do poder tradicional masculino.

As mulheres do desenhista seriam mesmo, sem dúvida, parecidas física e emocionalmente. São, resumidamente, taradinhas, como querem alguns reducionistas. Por isso, ficavam quase sempre nuas nas ruas e em locais públicos por incontingências do momento, como pioneiramente fazia uma das inspirações do desenhista italiano, a belíssima heroína Jane Pouca Roupa", do quadrinista inglês Norman Pett, nas décadas de 1930 e 1940 – a personagem foi publicada até 1959, no traço de Mike Hubbard.

ESTRADA

Antes de explodir na Europa e em vários países mundo afora com o primeiro volume de *O Clic*, na década de 1980, Milo Manara passou por um dos mais longos períodos de aprendizado, amadurecimento e de luta para consolidar um estilo próprio e, sem querer, inscrever seu nome entre os membros do seleto grupo de autores italianos de quadrinhos que alcançariam a notoriedade internacional.

Enquanto a maioria dos grandes mestres dos comics em qualquer lugar ou época costuma começar com o traço praticamente acabado desde os primeiros trabalhos publicados, Manara levou pelo menos uma década para encontrar seu traço definitivo como autor de quadrinhos. Um período difícil e dos mais desafiadores.

Os quinze anos que antecederam o lançamento do seu primeiro álbum erótico, entre os anos de 1968 e 1983, mostraram-no fortemente influenciado, em momentos distintos, por pelo menos três artistas consagrados dos quadrinhos europeus, dois italianos e um francês: Guido Crepax, Hugo Pratt e Moebius, não nessa ordem.

Esse foi o período, aliás, inexplicavelmente pouco apreciado e até subestimado por parte dos que se dedicaram a estudar sua obra. Em especial, porque rendeu alguns trabalhos geniais que ajudariam a compreender como Manara conseguiu aos poucos dominar a técnica da narrativa sequencial e passou a se dedicar a um tema adulto – o erotismo.

No decorrer de 35 anos, o primeiro volume de O Clic teve incontáveis edições, em mais de vinte idiomas pelo mundo. Mas a obra continua proibida nos países em que o rigor moral (e religioso) costuma considerar arte erótica algo nocivo e danoso à índole dos cidadãos ou coisa do demônio. Na página ao lado, capas recentes feitas por Manara.

MANARA
LES FEMMES
Glénat

MANARA
THE ADVENTURES
OF GIUSEPPE BERGMAN
VOLUME FOUR
MILO
MANARA

MANARA
L'INTÉGRALE
LE DÉCLIC
POUR
PUBLIC
AVERTI
Glénat

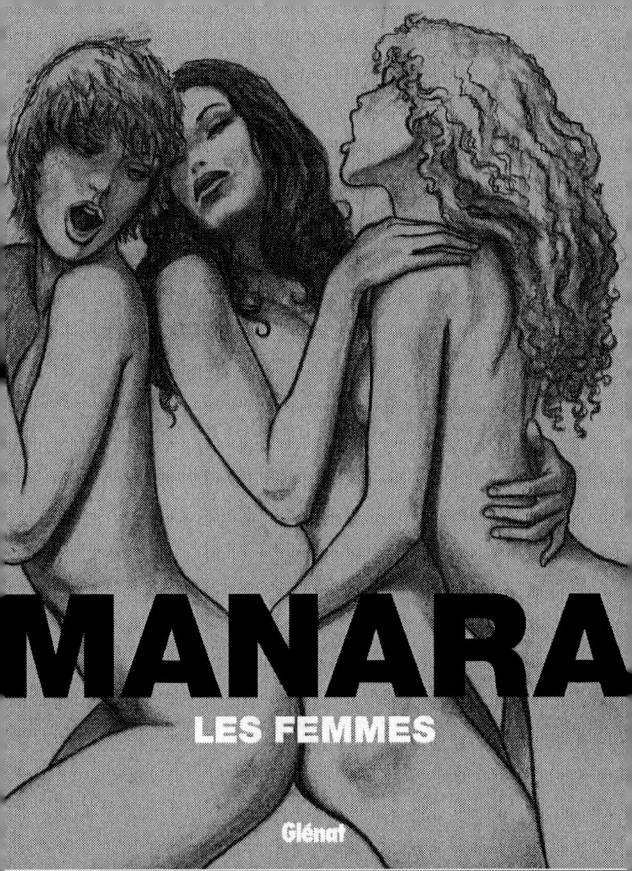

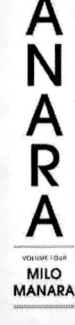

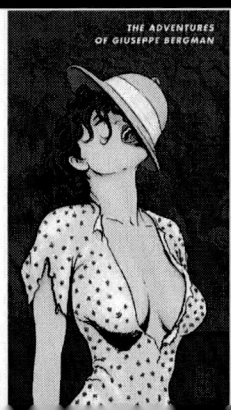

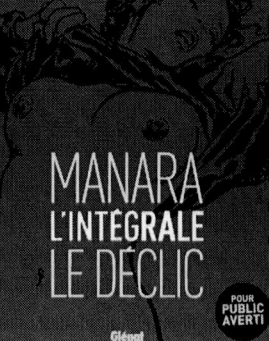

MILO MANARA

Donne e motori

Edizioni Di

MANARA
LE DÉCLIC
TOME 3
POUR PUBLIC AVERTI
Glénat

Manara
O Clic 2
KLIK!
MANARA

CAPÍTULO 1

OS PRIMEIROS PASSOS

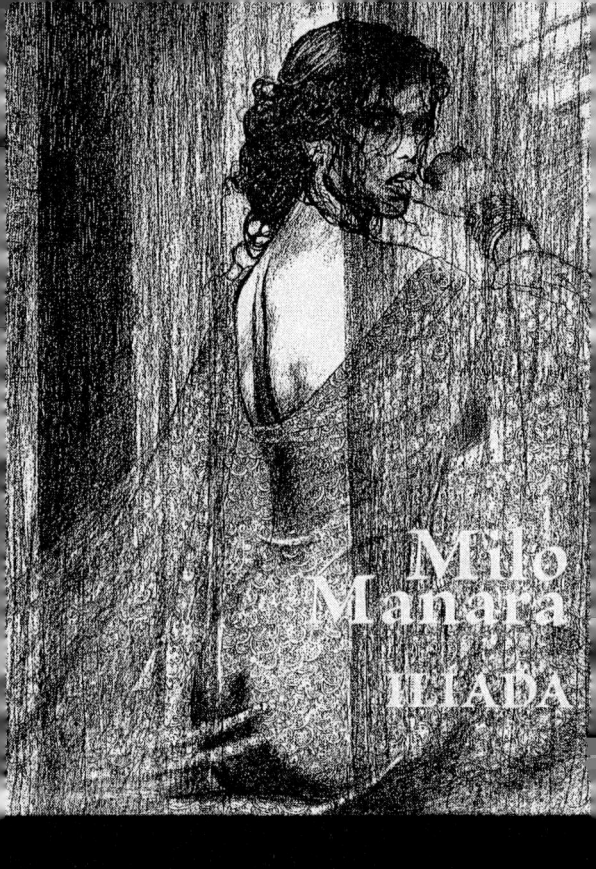

Conta-se que um dos primeiros trabalhos de Manara ainda menino foi ilustrar a saga clássica Ilíada, de Homero. Em 2005, ele voltou ao tema, com esse álbum de 99 páginas publicado pela Edizioni Di

A trajetória de obstinação de Milo Manara para se tornar artista de quadrinhos começou cedo em sua vida e não exatamente a partir dos gibis. Para chegar a esse ponto, no entanto, faz-se necessário buscar um pouco das suas origens familiares e da sua infância e adolescência. Com o nome de batismo de Maurilio Manara, ele veio ao mundo no dia 12 de setembro de 1945, na pequena cidade de Luson, Província de Bolzano, que fica na fronteira da Itália com a Áustria.

Se quase sempre os desenhistas se apaixonaram pelos quadrinhos desde os primórdios da infância, com Manara foi um pouco diferente. Embora desenhasse bem para uma criança, seu interesse inicial se concentrou nas artes plásticas, principalmente, na pintura. Via com encanto e admiração os quadros de grandes pintores e desejou fazer algo assim por toda a vida, como profissão.

Filho de uma professora e de um funcionário público, ele descobriu, no entanto, que para chegar ao pincel, precisava dominar antes o lápis, a técnica do desenho e da ilustração. Entre as lembranças desses primeiros tempos, ele recordaria de uma com carinho especial. Segundo declarou em entrevista, aos 14 anos, na escola, ele se impôs o primeiro desafio, ilustrar do clássico *A Ilíada*, de Homero. O artista, porém, nunca esclareceu se conseguiu completar a extensa tarefa.

Paolo Veronese (1528-1588), pintor preferido de Manara, adorava pintar mulheres voluptuosas em cenas realistas que causaram polêmica. Por isso, ele foi formalmente acusado de heresia pela Inquisição da Igreja Católica e, depois, condenado.

Após terminar o ensino básico, Manara concluiu que a pintura raramente dava dinheiro, nem mesmo àqueles que viviam de fazer quadros com retratos de pessoas ou de famílias, principalmente por causa da massificação da fotografia, que praticamente aposentara a profissão de retratistas desde as primeiras décadas do século XX. A não ser que tivesse talento enorme e alguma sorte para ter uma produção capaz de lhe dar sustento.

Na entrevista à revista *The Comics Journal*, em agosto de 1997, o artista falou de sua formação e também lembrou da relação com os pais e da influência deles sobre suas escolhas profissionais. Sobre o pai, afirmou sem rodeios, ao ser questionado se chegou a ajudá-lo em suas escolhas. "Eu diria que ele era 'distante'. Eu sempre tive muita liberdade, como o resto dos meus irmãos. Eu diria que meu pai não teve muita influência na minha escolha artística".

E acrescentou: "Meus pais trabalhavam, minha mãe era professora e isso trouxe todos nós, filhos, para um grau elevado de autossuficiência. Mesmo quando alguém estudava, procurava fazer biscates como fazer painéis decorativos. E assim, pouco a pouco, acostumei-me a trabalhar pesado, desde que tinha 12 anos".

A mãe teve papel mais ativo: "Talvez minha mãe fosse mais encorajadora a esse respeito. Ela foi a única que me apoiou e me matriculou no ensino médio e no curso de artes. Eu era apenas um menino do interior e nunca teria sido capaz de ir para a cidade, encontrar escola e me inscrever". Depois, ela fez o mesmo e decidiu que o filho deveria fazer faculdade de Belas Artes.

Só depois de adulto, Manara se aproximou dos quadrinhos, como contou na mesma entrevista. "Eu tenho de dizer que os quadrinhos chegaram relativamente tarde em minha vida. Quando menino, a pintura foi mesmo o que mais me interessou. Eu era um garoto que sonhava em ser pintor. Lembro que, certa vez, fugi de casa para ir a Roma visitar a exposição do pintor metafísico Giorgio de Chirico. Outra vez, fui de carona até Paris para ver a grande exposição de Picasso em comemoração ao seu 83º ou 84º aniversário. Foi o ano em que Florença foi inundada, em 1964".

Essas fugas, movidas a curiosidade, fizeram de Manara uma criança e um adolescente fora dos padrões, na época em que pessoas da sua idade tinham mais interesse em rock e em usufruir dos ventos da revolução sexual que sopravam do horizonte. "Eu estava absolutamente louco pela pintura. Nesse período, a arte do grafite começou a receber atenção na América. Sempre fui fascinado por esta saída criativa que fala com fluência da condição dos jovens 'na estrada'". Nessas aventuras, quase sempre ele recorria a caronas, inclusive quando foi para a França. Tanto que gastou entre quatro e cinco dias para chegar a seu destino.

Na prática, o jovem usava como subterfúgio os novos tempos que surgiam da contracultura e da contestação para ter acesso ao que tanto gostava. Fazia o que se chamava de escapadas aventureiras. "Na Itália, nos anos de 1960 e 1970, todos nós, jovens, viajávamos de carona: os caminhoneiros sempre paravam para nos pegar. É mais difícil agora. Quando menino, eu pensei que eu iria me tornar motorista de caminhão, por causa do meu amor por essas viagens. Nessa época, os caminhões me fascinavam".

Desse período, lamentou não ter vivido o suficiente ou o bastante no caminho certo, quando tentou se aventurar pelas artes plásticas. "A vida de pintor de mural itinerante, estou obcecado por esta lacuna na minha adolescência. Um dos muitos projetos que eu tenho, talvez o próximo que vá fazer, é retratar em quadrinhos a história desses jovens artistas de rua" – o que ele só faria em 2015, quando produziu a biografia do pintor Caravaggio.

Ao falar disso, em 1997, ele chegou a imaginar que, como pano de fundo, gostaria de situar a história que pretendia contar em uma megalópole estrangeira, mais do que em uma cidade italiana qualquer. "Mas não um lugar que fosse facilmente identificável. Podia ser Berlim ou Nova York. No caso, optou mesmo por Roma, nos tempos da Idade Média, no século XIV.

Manara não demorou a perceber que ser italiano implicava conviver com o fato de que, tanto em Roma como na Itália em geral, haveria sempre certa mácula política. No seu país, explicou ele, as autoridades tratam murais em locais públicos como algo que precisa ser apagado – não como arte, mas sujeira ser removida, enquanto em outros países, as pessoas não tinham essa noção.

Ele observou: "Na Itália, há sempre muita interferência política. Nunca há uma revolta contra as regras. Quem pode dizer o que falta no credo político em que acreditava Jack Kerouac? Seu credo era para mandar todas as estruturas organizadas para o inferno, para não pertencer a nada, nem mesmo aos círculos anárquicos, absolutamente nada".

Entre toda a emoção e agitação de seus anos de formação, como observou à *The Comics Journal*, Manara se arrependeria de não ter criado "grafites revolucionários" ou subversivos quando era adolescente e jovem – idade em que isso costuma acontecer. "O que quero dizer é que sempre dei pouca importância a dinheiro, mas muita importância para o *problema* do dinheiro. Muitos acreditam que esta é a chave".

É preciso de independência econômica para se ser capaz de conduzir qualquer pesquisa em expressão. "Se você é pobre, é claro que os únicos pensamento que você vai ter é encontrar algo para comer ou vestir, substituindo suas necessidades artísticas. Experimentei isso diretamente por algum tempo, vivendo como quis, em uma espécie de estilo de vida vagabundo, entre França e Itália, na Riviera, fazendo desenhos de giz nas calçadas, em troca de algumas moedas para comprar um prato de comida".

Sua intenção era trabalhar em pinturas sem ter qualquer preocupação com seu estômago. "A necessidade de sobreviver nos obriga a fazer escolhas comerciais em oposição às artísticas", destacou. Por isso, gostaria de ter levado um estilo de vida beatnik. "Kerouac, sem dúvida, foi o escritor que mais me afetou".

Depois, havia os livros de Tom Wolfe (*A Fogueira das Vaidades, Décadas Púrpuras, Os Eleitos, O Teste do Ácido do Refresco Elétrico* e *Radical Chic*) –, que não tiveram o poder de pegar na veia de Kerouac, mas, ainda assim, tinham um estilo cáustico e irônico. Entre os autores italianos, o que mais gostava era Pier Paolo Pasolini, polêmico diretor de cinema e escritor que morreu assassinado.

O artista teria memórias bastante confusas sobre a descoberta do sexo. "Todos sabem que Vêneto é a região do vinho. Quando eu era menino, durante a época de colheita de uvas para fazer vinho, vinham de aldeias vizinhas certas meninas que eram chamadas de 'portuarie'. Elas chegavam das regiões baixas das montanhas ou das colinas ao redor.

Esses grupos de garotas viviam precariamente. Todas elas eram obrigadas a dormir sob os pórticos, porque não havia lugar para alojá-las – iriam ficar três ou quatro dias. Portanto, pode-se imaginar o grau de excitação que percorria todos nós, rapazes, só em ouvi-las rir. Esse tempo representa a primeira memória e descoberta do sexo".

Tom Wolfe
O TESTE DO ÁCIDO DO REFRESCO ELÉTRICO

TOM WOLFE
Décadas Púrpuras
L&PM

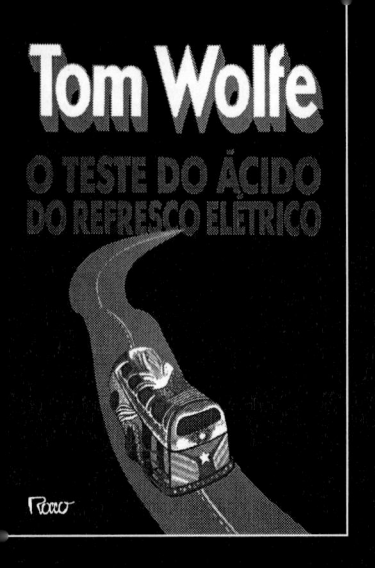

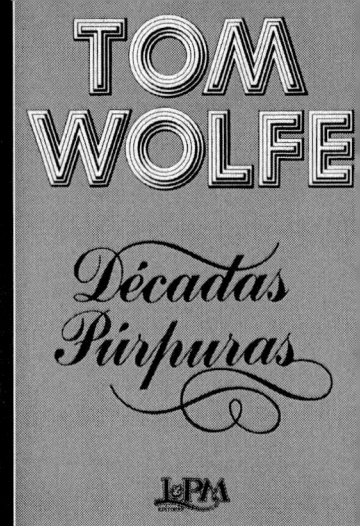

JACK KEROUAC
ON THE ROAD
PÉ NA ESTRADA

Introdução e posfácio de
EDUARDO BUENO

L&PM POCKET

Militante socialista na
juventude, Manara sofreu
forte influência da literatura
e do jornalismo literário
que se fez nos anos de 1950
e 1960. Em entrevista de
1997, ele falou do impacto
que escritores como Jack
Kerouac e Tom Wolfe
tiveram sobre suas ideias e
sobre o caminho artístico
que traçou para si, marcado
pela coerência temática

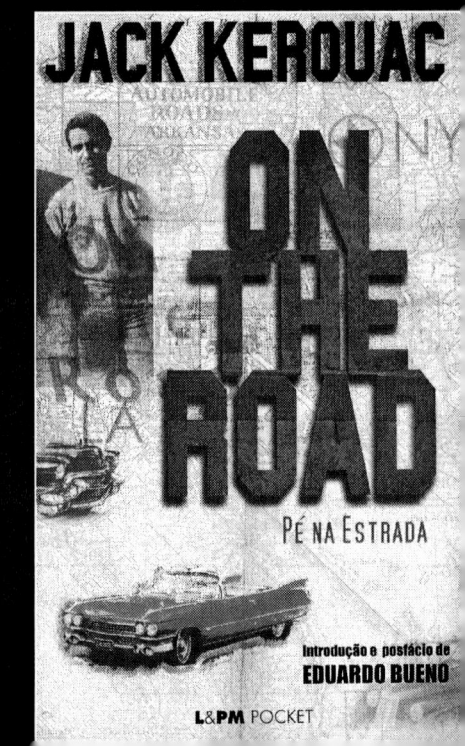

A coisa mais romântica que ele fez quando jovem demorou a acontecer. "Quando penso em gesto romântico, lembro-me do tempo em que ainda era estudante na Faculdade de Arte e me vesti de mulher para ver a menina que eu amava e que vivia em um colégio de freira. Ela tinha caído doente com gripe".

Naquela época, essas instituições eram rígidas, e todos os rapazes foram impedidos de entrar na faculdade. "Na minha classe, eu era o único menino entre cerca de 15 meninas. Tinha até modelo feminino que usávamos para desenhos ao vivo, de modo que me vi envolvido em uma atmosfera feminina carregada. As minhas colegas tinham decidido visitar Margherita, era esse o nome dela, e eu também queria vê-la obstinadamente".

As meninas ajudaram de modo divertido e desafiador para ele, embora, ao que parece, não tenha se importado com o aspecto da masculinidade. "Elas me vestiram de mulher: uma me emprestou as meias, outra, saia e blusa. Atravessamos a cidade juntos a pé para ir ver Margherita na faculdade. Eu era capaz de me esgueirar com as outras meninas".

As freiras não o reconheceram. Como podiam desconfiar de tamanha audácia? "Essa história remonta a quando eu tinha 15 ou 16 anos. Então, meus recursos eram – como posso dizer isso? – algo de feminino. Eu sempre considerei essa história um evento romântico. Margherita recuperou-se imediatamente. Lembro-me de que ela riu bastante ao me ver vestido como mulher".

BICOS

Às vésperas de completar a maioridade, Manara foi trabalhar em uma fábrica de brinquedos para pagar os estudos, moradia e alimentação. Conseguiu também alguns bicos como auxiliar em ateliês de alguns escultores conhecidos na cidade. Entre eles, o espanhol Miguel Berrocal, doze anos mais velho que ele e que trabalhava perto de Verona.

Nesse convívio, conheceu (e aprendeu) diferentes técnicas, teve contato com novas ideias, conceitos e pensamentos relacionados à pintura, além de acesso às tendências mais modernas das artes plásticas. Seu interesse arte visual, principalmente nesse momento, concentrou-se em artistas clássicos como Rafael, mestre da pintura e da arquitetura da escola de Florença, durante o Renascimento italiano, no século XV.

Na época, Manara ingressou no curso de arquitetura, em Veneza, e teve sua atenção direcionada para o emergente movimento estudantil, orientado por ideias marxistas e movimentos de esquerda que queriam estabelecer uma sociedade mais pluralizada e com políticas públicas mais democráticas. Era, assim, fisgado pelos movimentos revolucionários dos anos de 1960.

Na faculdade, o desenhista encontrou um clima político em efervescência como nunca se vira até então, em um país ainda abalado pelo fascismo de Benito Mussolini. Maravilhado com a possibilidade de mudar o mundo, tornou-se dedicado membro da organização maoísta conhecida como União da Juventude. Também passou a fazer parte do engajado grupo artístico Miraculo, ligado ao movimento estudantil, cuja tarefa principal era produzir cartazes com mensagens políticas para serem exibidos em passeatas e manifestações.

Engajado nas passeatas e atos de protestos estudantis, Manara chamou a atenção, nas entrevistas que deu sobre essa época, quanto ao papel de destaque dos confrontos que aconteceram entre os estudantes e a polícia, durante a edição da Bienal de Veneza, em 1968, evento tradicional das artes italianas, criado no final do século anterior de modo pioneiro e que se tornou um dos mais importantes das artes plásticas em todo o planeta.

Se a mobilização dos estudantes e dos artistas não conseguiu mudar o mundo, como Manara tanto acreditou, ao menos mudou a sua cabeça para sempre, como se veria nos quadrinhos engajados que ele produziu nas décadas seguintes, com ênfase na liberdade de expressão e do corpo, e nos momentos em que manifestou suas atitudes políticas.

A convivência nos ateliês de pintura fez com que Manara percebesse também o interesse dos artistas mais velhos por outro tipo de desenho: as relativamente recentes e ainda subestimadas histórias em quadrinhos. Eles gostavam das aventuras mais adultas, erotizadas, que apareceram no começo da década de 1960.

Esses leitores, tão refinados, achavam que os quadrinhos apontavam para as novas ideias e atitudes de comportamento que começavam a surgir simultaneamente na Europa – Londres, Paris, Roma – e nos EUA. Não significava que eles pretendessem experimentar algo na área, mas despertou o interesse do aprendiz para aquele mundo que sempre lhe pareceu, de certo modo, distante, pois crescera, na década de 1950, distante das revistinhas.

Agora, estimulado por quem entendia de arte, Manara se tornou um leitor curioso. Ele ficou boquiaberto com algumas dessas descobertas. Encantou-se, por exemplo, com os primeiros álbuns lançados pelo editor Eric Losfeld, que publicou heroínas voltadas para leitores adultos, como *Barbarella,* de Jean-Claude Forest; *Jodelle,* de Guy Peellaert e Pierre Bartier; e a *Saga de Xam*, de Nicolas Devil, entre outros, que tinham sido traduzidos para o italiano.

Manara não parou de pensar nesses mundos fantásticos, povoados de mulheres ousadas e dominadoras, à frente de seu tempo. Concluiu que poderia produzir histórias naquela linha e ganhar algum dinheiro para se manter. A confiança estava, principalmente, no domínio que exercia sobre a anatomia humana, embora seu traço fosse ainda amador e não tivesse noção de espaço e da linguagem dos quadrinhos. Acreditava, ao menos, que levava jeito para desenhar mulheres.

Em 1966, com 21 anos, o jovem começou a desenhar quadrinhos de sexo, após fazer sondagem nas bancas e comprar o que mais atraía sua atenção. Escreveu e desenhou algumas histórias e as levou para a revista *Genius*, do editor Furio Viano, especializada também em narrativas gráficas com temas policiais e de violência entre os ingredientes principais das histórias – todas, sem exceção, com mulheres bonitas seminuas, dentro da onda de comédias eróticas que dominavam o cinema naquele momento.

Esse material, sem dúvida, influenciou a comédia erótica italiana, que inspirou, por sua vez, o surgimento da pornochanchada no Brasil. Ele notou, de imediato, que seria mais difícil do que imaginava. Precisava definir seu estilo, sua marca, para impressionar os editores, em um mercado que lhe pareceu bastante competitivo. Mesmo assim, seguiu em frente, amparado de modo bastante explícito no traço de Guido Crepax, doze anos mais velho que ele e estabelecido no mercado, com o sucesso de Valentina.

Embora cursasse arquitetura, o interesse de Manara se tornou cada vez maior pelas histórias em quadrinhos naqueles turbulentos

O encanto de Manara pelo cinema de Fellini ganhou força quando ele viu a obra-prima do cineasta, *A Doce Vida*, de 1960. A versão para o cinema de *Barbarella* (1968), do diretor Roger Vadim, com Jane Fonda, também fez sua cabeça, no momento em que ele começava a produzir quadrinhos eróticos, que saíam sem sua assinatura. Ao lado, dois quadrinhos seus do final dos anos de 1960.

tempos de rebeldia juvenil. Os gibis ainda não eram seu único foco porque continuava de olho na pintura e estagiando na área. Mas começou a sobreviver da produção de histórias de sexo, que passou a fazer entre as muitas atividades em que estava metido – aulas, movimento estudantil, estágio etc.

Havia também o gosto pela literatura e pelo cinema – principalmente, os filmes de Federico Fellini, sua paixão, diretor de *A Doce Vida*. Ele não só assimilava como processava naquele momento as ideias e as técnicas dos grandes escritores e diretores de cinema europeus e as converteria em recursos gráficos que depois viria a aplicar de modo mais explícito no primeiro personagem de sua autoria, o autobiográfico Giuseppe Bergman.

Assim como Crepax, o maior diferencial de Manara era uma certa antropofagia de linguagens e de outras formas de comunicação que ele assimilava – inclusive a criação teatral – como suporte para fazer quadrinhos. Essa bagagem, entretanto, ainda demoraria um bom tempo para ser completada e, claro, aprimorada e explicitada. Em especial, a partir de 1979, com o personagem Bergman. Até lá, o aprendizado foi árduo.

A colaboração na *Genius* não durou muito tempo. Logo, iniciou sua produção para a editora Ediperiodici, conhecida na época por ser a principal publicadora de material erótico na Itália. Em *Memory*, o artista comentou sobre as experiências iniciais nos quadrinhos: "Em minha primeira história erótica, tentei expor todos os detalhes. Eu me propus a fazer um desenho idealizado por insistir nos aspectos cerebrais e intelectuais da história".

Para distinguir seu trabalho da pornografia, Manara tentou tratar mesmo as "piores coisas" – as cenas que exigiam sexo mais explícito – com humor e sem evocar sentimento de culpa – termo que sempre gostou de usar. Apesar de ter portfólio nada fora do normal, ainda em 1968, passou a trabalhar como artista fixo na Ediperiodici. Ficaria lá por sete anos, até 1975. Foi um período de bastante trabalho e aprendizado, em que se tornou apenas mais um de dezenas de desenhistas anônimos ou considerados de segunda linha que faziam quadrinhos de entretenimento para adultos.

Em 2015, ao ser entrevistado pela agência de notícias espanhola EFE, ele comentou as mudanças que o erotismo sofreu desde que começou a desenhar, no final da década de 1960: "Sem sombra de dúvidas, a situação mudou desde aquela época. Nos anos de 1960, estávamos no meio da revolução sexual, de mudanças bem profundas de mentalidade em relação ao que se pensava antes, mais fechada e repressora".

E como se tornou no século XXI? Na sua opinião, as coisas mudaram bastante, mas para pior. "Hoje, o erotismo é mais livre, porém, mais explorado comercialmente. Converteu-se em uma fonte de ganâncias, perdeu seu sentido lúdico, o prazer puro, e passou, na verdade, de uma prisão anterior para outra prisão atual".

DESENHISTA

Durante os três primeiros anos como desenhista de quadrinhos, Manara se limitou a ilustrar roteiros de sexo de terceiros – escritores que também não assinavam as histórias – para gibis de bolso da *Genius* e, depois, da Ediperiodici. Os trabalhos que produziu nessa época mostraram que ao menos era um desenhista criativo ou inventivo, que gostava de brincar com a estrutura física dos quadrinhos e das cenas, como se fossem fotogramas de cinema, em sequências que se pareciam a um strip-tease, por exemplo. Mas pecava ainda por certa insegurança na arte-final, realizada basicamente com bico de pena.

De olho em novas oportunidades que o mercado poderia lhe oferecer, Manara buscou alternativas de trabalho dentro do universo dos editores de quadrinhos de sexo, vistos até então como subgênero de segunda classe pelos formadores de opinião e entre os próprios editores, de modo geral.

A distinção era clara: quadrinhos eróticos não tinham status de arte. Em 1969, sem deixar a Ediperiodici, aceitou o convite da Elvipress para ilustrar sua primeira narrativa de fôlego e essencialmente autoral, a saga de *Jolanda de Almaviva*. Manara desenhou nada menos que 48 episódios até 1973, todos com roteiro de Francesco Rubino. A série tinha formato gráfico pequeno e demonstrava coragem ao tratar o erotismo, em uma apimentada série recheada de cenas de lesbianismo.

A dupla narrava a história da sedutora corsária que não tinha pudor diante de seus marinheiros, bem ao estilo das heroínas libertárias surgidas desde Valentina, prontas para dominar ou dar ordens aos homens. Valente e lutadora, Jolanda vivia entre perigosos piratas, galeões e impiedosos governadores constantemente à procura de prazeres carnais.

Com essa série, Manara conseguiu se destacar como desenhista entre os colegas que alimentavam a produção necessária para suprir mais de cinquenta títulos editados naquele momento na Itália com essa mesma temática erótica. A experiência serviu para evoluir um pouco mais seu traço, ainda influenciado por Crepax, tanto no desenho quanto na inclusão de elementos do fantástico na representação dos personagens.

Em 1971, simultaneamente à produção de *Jolanda de Almaviva*, Manara começou a colaborar na revista *Il Corrieri Dei Ragazzi*, cuja criação mais representativa de sua autoria foi "La Parola Alla Giuria", na qual convidava o leitor a julgar personagens célebres por seus crimes ou atitudes que marcaram a história. Como Átila, General Custer, Nobel, Helena de Troia, Yamamoto, Oppenheimer e Nero, entre outros.

Os episódios tinham roteiros de Mino Milani. Nessa revista, ele desenhou também três narrativas, cujo protagonista era um motorista parecido fisicamente com o ator americano James Dean. Anos mais tarde, ele voltaria a utilizar a mesma figura do ator para compor outro personagem nos álbuns *Clic 2* e *Clic 3*.

No mesmo ano, Manara recebeu uma interessante proposta financeira para colaborar na Edizione Erregi, onde estreou discretamente como desenhista de histórias de terror e de piratas, recheadas de navios fantasmas e, mais uma vez, algumas pitadas de erotismo. Cada página trazia dois quadrinhos, em formato pouco maior que os gibis de bolso que fazia anteriormente.

Se *Jolanda* não lhe deu tanta notoriedade autoral, ajudou-o a emplacar o que seria seu primeiro sucesso, em 1975: *Un Fascio di Bombe* (Um pacote de bomba). Com roteiro de Alfredo Castelli e Mario Gomboli, tratava-se de um trabalho essencialmente político, que aproximava os quadrinhos da grave crise de instabilidade que atravessava a Itália, marcada pelo terrorismo.

Posteriormente, considerada a primeira *graphic novel* italiana moderna, foi reconhecida também como marco na utilização dos quadrinhos como instrumento de informação histórica. A trama se passa em 1969, quando um atentado a bomba na Piazza Fontana espalhou o pânico pela Itália e faz com que o país passasse a viver um clima de medo e de incertezas.

Os ataques, então, multiplicaram-se, enquanto a polícia tentava chegar aos autores dos crimes. As investigações convergem na direção de uma "pista anarquista". Apenas em 1975, começou a se disseminar a hipótese de que tinha sido posto em prática a chamada "estratégia de tensão", mecanismo cínico e experiente que, ao espalhar o terror, garantia a manutenção do status quo.

No entanto, o tema escolhido pelos três autores para a história e as ideias que expressavam no decorrer da trama, entraram em choque com a linha juvenil da editora que a publicava. Mesmo quando a publicação passou por reformulação editorial e mudou seu nome para *Corrier Boy*, as pressões contra a série continuaram e Manara decidiu sair.

No período em que permaneceu na editora, porém, conheceu Silverio Pisu, com quem desenvolveria bem-sucedida parceria que lhe permitiria deixar de produzir quadrinhos exclusivamente de sexo para revistas em formatinho e se envolver com projetos mais sofisticados e, conceitualmente, mais ambiciosos.

FILOSOFIA

Os dois criaram séries como *Telerompo, Alessio, Il Borghese Rivoluzionario* e o primeiro êxito de crítica do desenhista, *Lo Scimmiotto* (O Rei Macaco), longa e densa história de 80 páginas, carregada de ensinamentos filosóficos, inspirada em uma novela chinesa do gênero fantástico do século XVI, *Si Yeou Ki* (A Peregrinação para o Oeste), do escritor Wou Tcheng-en. Seu personagem central era o rei Souen Wou-Kong, que personificava o valor e o espírito revolucionário e que já havia sido adaptada diversas vezes, em seu país de origem, para outras formas de expressão, inclusive para o teatro.

Na versão da dupla italiana, embora fosse macaco, o rei fazia alusão bem clara ao líder chinês Mao Tsé-Tung que, naquele período, promovia sua decantada revolução cultural, ovacionada pela esquerda ocidental, mas que se revelaria depois uma das mais terríveis opressões em regimes de força da história. Quando Manara desenhava o desfecho da saga, com a morte e sepultamento do rei, as rádios e TVs anunciavam o falecimento de Mao, em setembro de 1976.

Dessa vez, a objetividade e a simplicidade de outros trabalhos deram lugar a um estranho enredo sobre a busca pelo poder em um país imaginário da Ásia, governado um rei ambicioso. Na verdade, a evidente conotação política que se observava na história se revelou a oportunidade para Manara exercitar a militância de tendência maoísta que ainda mantinha.

A história se passa em um mundo fantástico quase igual à Terra, quando uma pedra com as mais puras essências da Mãe-Terra, formada no vigor da Luz do Sol com os melhores aromas, um dia acabou grávida e nela cresceu um ovo fecundado pelo vento. Daí, nasceu um guerreiro macaco de pedra, que veio à luz já com a forma de adulto, com corpo perfeito em cada um dos seus órgãos, como descreve o narrador.

Em seus primeiros movimentos, a criatura posiciona os braços e as pernas, no sentido de formar os pontos cardeais da rosa dos ventos. Assim, uma luz surge do céu e cai sobre sua cabeça, resvala e sobe, até atingir as portas do Castelo de Ouro e atrapalhar a tranquilidade do Imperador de Jade, senhor de todas as coisas, a ponto de incomodá-lo e fazê-lo querer saber quem era a criatura que ousara fazer algo tão petulante e imprudente. O imperador, então, ordena que seus guardas e ministros celestiais abram as portas de seu céu – de aspecto medieval – para que possam ver de onde veio o petulante ser. Em seguida, determina que acabem imediatamente com ele, em respeito à sua autoridade.

Há anos que essas portas não eram abertas e dois guerreiros partem atrás do macaco de pedra que fala e se acha no papel de líder e governante. Mas falta-lhe sabedoria e conhecimento dos encantos, desafios e da curta duração da vida.

No primeiro contato com os homens e mulheres que encontra, o humanoide pergunta a eles se existe mundo melhor que aquele. A resposta é sim, basta ele ir além das cascatas que estão diante dele, onde não parece ser simples adentrar. O lugar fica no oriente do sagrado continente, na montanha das flores e das frutas.

A criatura, no entanto, não encontra dificuldade, depois de saber que "aquele que por lá averiguar e voltar se tornará rei daquele povo". Ele encontra um local incrível, onde reina a paz e o prazer e chama todos para ali se estabelecerem. O que era alegria e diversão, no entanto,

O primeiro êxito de crítica do desenhista, feito em parceria com Silverio Pisu, foi Lo Scimmiotto (O Rei Macaco), longa e densa história de 80 páginas inspirada em uma novela chinesa do gênero fantástico do século XVI, A Peregrinação para o Oeste, do escritor Wou Tcheng-en.

torna-se desânimo e dúvidas para o rei: o que será dos milhares de seres que ficaram lá fora e se aquele lugar era mesmo seguro?

Cem anos se passam e o Imperador de Jade decide punir com a morte os vigilantes que tinha mandado observar o Rei Macaco. Mas permite que a fantástica criatura de pedra viva além da cascata. Enquanto reina cercado de lindas guerreiras nuas, a vida naquele paraíso leva o macaco de pedra à mesmice de seguidas festas em sua homenagem e ao tédio.

O tempo ali passa lentamente e todos estão felizes com seu governo – de paz e fartura para todos. Para ele, porém, tudo não passa de uma espécie de antessala do céu. Por mais que todos tentem agradá-lo, com bajulações e honrarias, para seus súditos é cada vez mais difícil satisfazê-lo – inclusive com favores sexuais.

Embora todos ali cheguem a viver até mil anos, o Rei Mono decide que não quer morrer, deseja aprender como atingir a imortalidade. Um sábio lhe diz que somente três tipos de seres escapam ao poder mortal de Yama, o Deus da Morte, e vivem para sempre: os budas, os imortais e os sábios. Todos são imunes à passagem do tempo e à morte, reforça ele.

Para encontrar a imortalidade, o governante deve chegar às curvas por trás das Montanhas Encantadas. Ele avisa a seus súditos que partirá em busca das sábias criaturas imortais. Com uma canoa, segue em direção ao mar. Ao chegar ao Parque Florestal, depois de muito tempo de viagem – anos? Dezenas de anos? –, ele encontra um sábio, pede-lhe para ser seu discípulo e, assim, atingir a imortalidade.

Em uma gruta, é recebido por jovem com pênis, mas num corpo claramente feminino. Os sábios o transformam em um serviçal doméstico e lhe dão o apelido de "Conhecedor do Nada". Três anos depois, ele começa a questionar as palavras do mestre, suas tarefas naquele lugar e se torna indisciplinado, negando-se a seguir os ensinamentos que lhe são passados. Mesmo assim, o sábio acaba por se simpatizar com ele e o ensina o trapézio das nuvens, que lhe permitirá surfar em todos os mares do mundo em um só dia.

Por fim, aprende os truques da imortalidade e volta para seu povo. Mono não percebe o quanto tempo passou e se depara com nova realidade, chocante, em que seu santuário foi transformado em uma caótica cidade do consumismo, com poluição visual de anúncios em painéis e outdoors e bens supérfluos pelas ruas.

A mudança aconteceu após a chegada de um demônio nórdico. Mono monta um exército de 47 mil guerreiros para enfrentar o Rei dos Demônios das Feras das Montanhas, depois que este exige o pagamento anual de tributos para deixar seu povo em paz. O governante conclui, no entanto, que está mais fraco para sair vitorioso no provável embate e parte atrás de armas mais poderosas junto ao Palácio do Dragão do Mar Oriental.

Ele acaba seduzido por uma linda mulher, preso e levado ao Reino de Yama, para que se posicione diante do senhor da morte. Mas consegue sobreviver e, ao retornar, sem saber, terá de lutar contra o temido Exército Celestial. Sua saga, no entanto, está apenas começando.

Nessa complexa história de descoberta, formação e aprendizado, amparada por milhares de anos de filosofia oriental sobre a vida, Manara parece um artista ainda na busca de estilo próprio, apesar de dominar a construção da anatomia dos personagens e dos cenários dos seus quadrinhos. Há certa poluição visual, com figuras em excesso e cenários confusos, que fazem as páginas parecer cartazes de cinema que tentam sintetizar a quem olha algumas cenas do que verá na tela. A sobreposição dessas imagens não ajuda na arte-final, feita basicamente sem o uso de pincéis.

Essa versão tem o propósito claro de misturar existencialismo com aventura para levar o leitor à reflexão, exatamente como queria a lenda original, porém, adaptada para a Itália da década de 1970, quando Manara ainda militava pela esquerda. Nenhuma observação negativa, entretanto, tira os méritos do desenhista nesse trabalho denso e de fôlego.

Uma avaliação mais crítica tem a ver com a rápida evolução que ele alcançaria em poucos anos e o transformaria em um dos autores mais importantes do mundo. *O Rei Mono* é, sem dúvida, um desafio ambicioso que funcionou como ensaio para sua obra futura e mais conhecida, em que desenhos bem elaborados viriam acompanhados de boas histórias. Na época, a sua publicação causou sensação e, mais tarde, aqueles que não gostavam da obra essencialmente erótica do artista o consideraram o melhor trabalho em toda sua carreira.

A saga do *Rei Mono* foi publicada entre janeiro de 1976 e fevereiro de 1977 na revista *Alter Linus*, em episódios que variavam de oito a 16 páginas – com breves resumos do capítulo anterior no primeiro quadrinho de cada nova parte. Manara e Pisu estrearam no número 1 da publicação e encontraram liberdade para trabalhar que nunca haviam tido antes. E a nudez, muitas vezes gratuita, das personagens femininas parecia ser o aperitivo que o editor buscava para chamar a atenção de novos leitores e manter a fidelidade dos antigos.

Mesmo com seu propósito político, o trabalho agradou bastante à crítica. Tanto que lhe rendeu o mais cobiçado prêmio internacional de quadrinhos, o Yellow Kid, de melhor obra no Festival de Lucca de 1976. Esse reconhecimento fez com que Manara rapidamente se tornasse conhecido na Itália e em outros países europeus, como França e Espanha. Ele, finalmente, estava pronto para viver sua grande aventura.

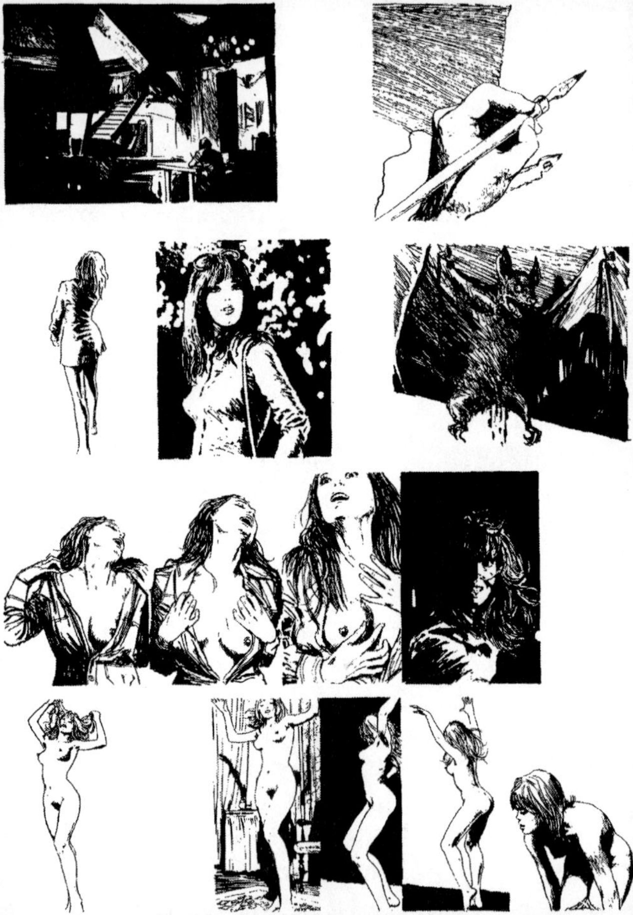

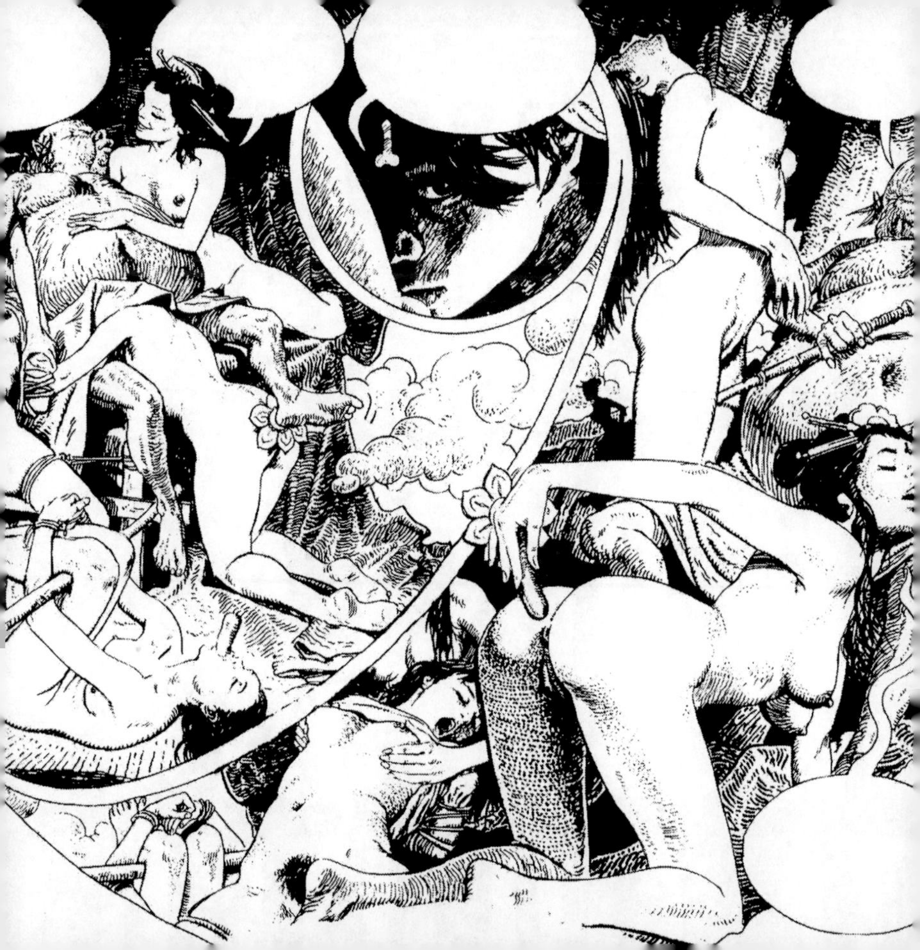

CAPÍTULO 2

UM AUTOR EM BUSCA DA AVENTURA

Histoire de France en Bandes Dessinées – A história da França em Quadrinhos (1976). Ao longo de três anos, Manara ilustrou cinco episódios para esse projeto. Ao mesmo tempo, fez parte do não menos ambicioso La Storia D'Italia em quadrinhos, da editora Mondadori.

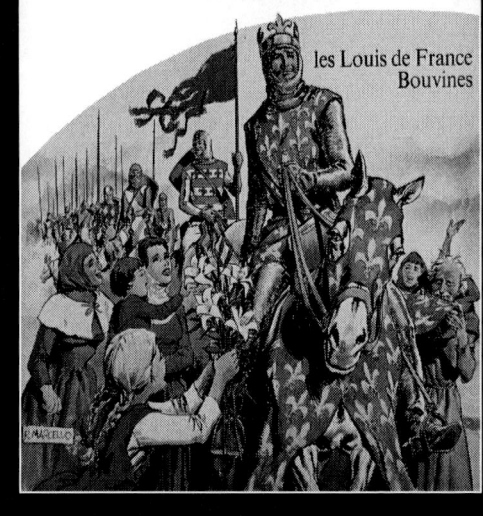

Graças à conquista do Yellow Kid, Milo Manara era um nome razoavelmente conhecido entre leitores de quadrinhos na Itália quando, entre 1976 e 1978, ele participou de um grandioso projeto da editora francesa Larousse, famosa em todo o mundo pela sua enciclopédia de assuntos gerais. Ele seria um dos desenhistas da saga *Histoire de France en Bandes Dessinées* – A história da França em Quadrinhos. Em três anos, Manara ilustrou cinco episódios para esse projeto, com destaques para a biografia de *Carlos Magno* e os fatos históricos *A Revolução de 1789* e *A Guerra Contra a Prússia*.

Em seguida, ilustrou o álbum *O Descobrimento do Mundo* (1977), com textos de Jean Ollivier e Pierre Castex. E desenhou as biografias dos exploradores Vasco Núñez de Balboa (1475-1519) e James Cook (1728-1779). Ao mesmo tempo, fez parte do não menos ambicioso projeto *La Storia D'Italia* em quadrinhos, da editora Mondadori – ilustrou os episódios *Firenze, L'Atene del Medioevo, Il Papa Lascia Roma* e *La Lingua Degli Italiani*.

MANARA
new comic

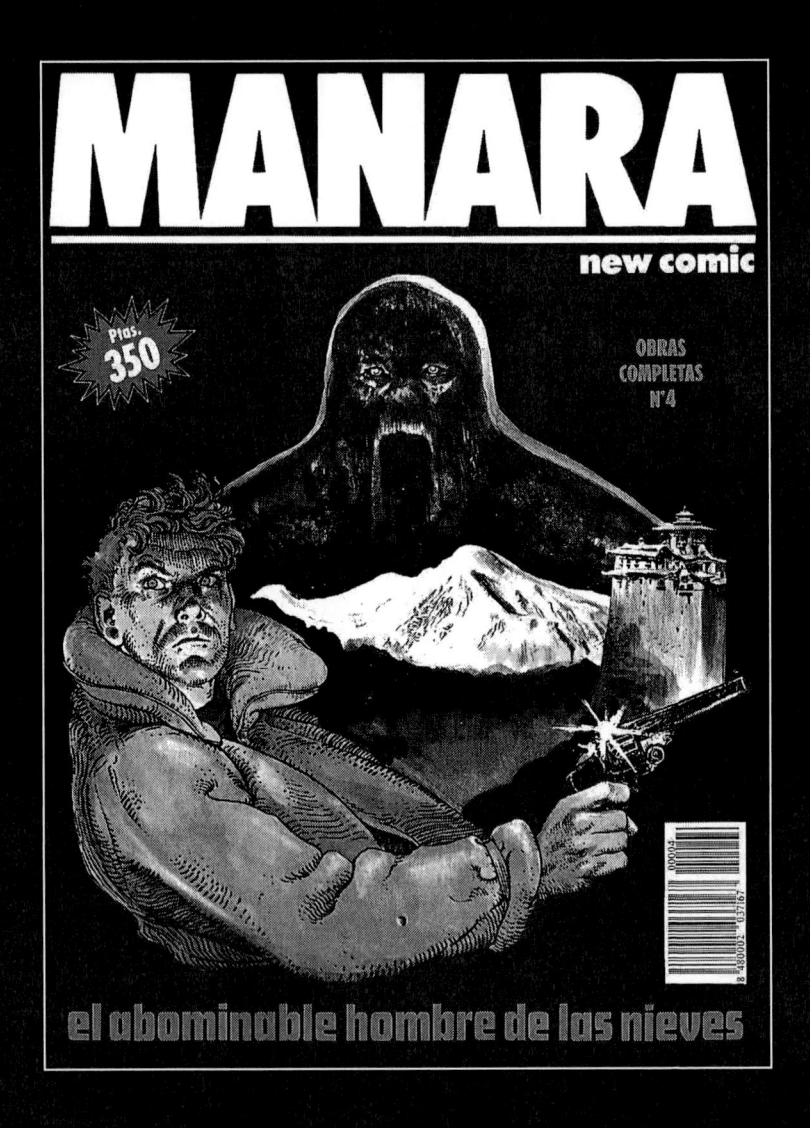

Ptas. 350

OBRAS COMPLETAS Nº 4

el abominable hombre de las nieves

O Homem da Neve. A experiência acumulada em uma década como ilustrador de quadrinhos eróticos e o sucesso de Lo Scimmiotto, na Itália e na França, estimularam Manara a produzir seus próprios roteiros. Nesse caso, uma obra-prima de pura poesia e lirismo.

A partir dessa ideia, Manara e Castelli bolaram a versão bem particular para explorar o mistério. A edição se tornaria uma boa oportunidade para observar o quanto o desenhista estava sob influência de Moebius na época. Apesar de seguir um sentido mais clássico de narrativa, como observou o crítico espanhol Javier Coma, a história pareceu estritamente ligada "às possibilidades líricas e intelectuais do desenhista".

A oportunidade de aparecer nas páginas da revista *Alter Linus*, que se tornaria uma publicação de vanguarda na década de 1960 e continuava a ditar moda, e a premiação em Lucca deram outro sentido para a sua carreira. Tudo bem que *Lo Scimmiotto* mostrou seu domínio do desenho e a rápida guinada em seu traço. Mas havia ainda a evoluir.

A influência de Crepax deu lugar à paixão explícita pelo estilo único e revolucionário do francês Jean Giraud, o "Moebius", artista que se tornara, desde o começo da década, a grande sensação dos quadrinhos europeus nas páginas da revista *Métal Hurlant*.

O desenhista italiano se encantou tanto pelo seu traço que "adotou" algumas de suas nuances assim que leu suas primeiras histórias de ficção científica. Mas ainda não se via isso na saga do macaco de pedra, só no seu seguinte trabalho de fôlego: *O Homem da Neve*. A experiência acumulada em uma década como ilustrador e o sucesso de *Lo Scimmiotto* na Itália e na França estimularam Manara a produzir seus próprios roteiros – foi publicada também nos Estados Unidos, pela revista *Heavy Metal*.

E começou muito bem, com uma história excepcional. Em 1978, a Editorial Cepim, de Sergio Bonelli, deu-lhe a oportunidade de voltar à ficção com o lançamento do belo álbum *L'Uomo Delle Nevi* (O Homem da Neve) ou *O Monge do Tibet*, como foi denominado em alguns países. Roteirizado por Alfredo Castelli, a aventura se passa no silêncio inquietante do Himalaia, a imponente cordilheira localizada na Ásia, pico com seis mil metros de altitude.

O fato teria acontecido na noite entre os dias 21 e 22 de setembro de 1921, na estrada de Lhakpa La, no Himalaia, a 6.812 metros de altitude, quando a visibilidade era razoavelmente boa, não havia ventos ou nevascas. Na manhã seguinte, a expedição inglesa do Coronel Howard-Bury – a primeira de dez que tentaram escalar aquela região, chamada de O Teto do Mundo – deixou o acampamento e se pôs a caminhar, rumo à escalada, acompanhada de guias que conheciam bastante a região. No caminho, notaram pegadas de animais que teriam cruzado aquele trecho durante a noite ou no começo da manhã.

Eles prosseguem na caminhada até que veem pegadas grandes e em forma humana e que não deixam dúvidas de que um homem descalço havia andado por ali. Um dos guias, então, diz a eles, com expressão de terror, que os exploradores desconhecem: Metch-Kangmi. E traduzem: "O sujo e repugnante homem das neves".

Impressionado com o que os nativos lhe relatam, Howard-Bury envia um artigo sobre o tema por telégrafo para o jornal inglês *The Daily Telegraph*. A notícia se torna sensação em todo o mundo e nasce a lenda do Abominável Homem das Neves. Investigações feitas nos meses e anos seguintes deram conta de que outros aventureiros europeus brancos também tinham visto as pegadas misteriosas na mesma região.

Em seu livro de memórias, por exemplo, publicado mais de vinte anos antes, em 1898, o coronel inglês A. L. Waddel já havia descrito um caso parecido. Segundo ele, "desgraçadamente", uma nevasca havia prejudicado as pegadas que ele vira antes que pudesse mostrá-las a um de seus companheiros de viagem.

A narrativa prossegue. Em 1922, Charles (Granville) Bruce (1866-1939), chefe da segunda expedição inglesa ao Everest, conversou com um monge do famoso Mosteiro Rongbuk, e este lhe assegurava que naquela região viviam cinco misteriosos homens das neves – sujeitos de estatura imensa, com mais de três metros de altura e o corpo todo coberto de pelos, desenvolvidos para que se adaptassem ao frio.

O roteirista Castelli fez uma síntese desses dois episódios e acrescentou outros detalhes para enriquecer a narrativa. Manara, por sua vez, tentou enfatizar na história que, por todo o século XX, o misterioso ser alimentou a fantasia de gerações de pessoas, até mesmo com registros em filmes. Mas que fora a história de 1921 que havia inspirado sua narrativa, cujo resultado é uma obra-prima, marcada por lirismo poético e humanismo, ainda que não devidamente reconhecida como tal.

O álbum focou no relato dramatizado da experiência de Howard-Bury, que começa com o coronel explicando ao assistente que eles serão apenas os primeiros europeus a chegarem ao topo do Himalaia, pois os nativos da região já o tinham feito. Enquanto os expedicionários ingleses dormem, a criatura gigante branca se aproxima e os observa.

Fez isso, no entanto, sem despertar a atenção dos intrusos, em uma sequência de beleza cinematográfica, construída em ritmo de pura magia pelo desenhista. A paz é rompida na manhã seguinte, no momento em que o grupo se prepara para levantar acampamento e um dos guias começa a gritar, assustado, por causa dos vestígios do Homem das Neves.

Ele deixa claro que por toda a noite a criatura esteve próxima de todos, e rondara as barracas, embora nada tivesse levado nem ferido alguém. A notícia logo chega a Londres, que acompanha com grande interesse aquela que pode ser uma expedição histórica. O ambicioso jornalista Kenneth Tobey reescreve o texto e, por achar que o termo "repugnante" não soa bem, troca-o por "abominável". O frisson que a manchete causa atrai até o jornal o coronel Wadell, aquele que tinha citado a criatura em suas memórias em 1898.

Ele garante tê-lo visto com seus próprios olhos. Tanto que escreveu na página 315 de seu livro que, naquela noite, quando estava a cinco mil metros de atitude, distinguira, na brancura da montanha, "uma criatura monstruosa". O repórter quer acreditar na história, mas seu editor desconfia, diz que, provavelmente, Howard-Bury havia lido as memórias de Wadel e inventado o caso. Tobey faz pesquisas na biblioteca pública e encontra outros relatos parecidos.

Diante do seu entusiasmo, o diretor do jornal o manda como correspondente na expedição do ano seguinte, comandada por Charles Bruce. Durante a viagem, uma avalanche soterra parte do grupo e seis deles desaparecem. O jornalista, ferido na perna, vê diante de si três homens das neves, saca sua arma, atira neles, mas parece não ferí-los.

Até que perde os sentidos e acorda em uma aldeia himalaia, onde se envolverá em diversos rituais religiosos e místicos, que inclui o velório de um sábio ancião – tudo, ao que parece, não passa de alucinação, provocada por alguma bebida que ele consumiu.

Em seguida, toda a expedição restante avista os gigantes brancos, que observam de longe, como guardiões das montanhas contra a presença maligna do homem. Enquanto isso, Tobey faz

Guido Crepax era doze anos mais velho que Manara e estava
estabelecido no mercado, no final dos anos de 1960, com o sucesso
de Valentina. Por sua causa, embora cursasse arquitetura,
o interesse de Manara se tornou cada vez maior pelas histórias
em quadrinhos, naqueles turbulentos tempos de rebeldia juvenil

várias tentativas para deixar o mosteiro onde foi tratado e acolhido, despede-se de todos, mas não consegue ir embora. Faz inúmeras tentativas, sem êxito.

Por fim, consegue partir, mas, no caminho, é alvejado por bandoleiros e, quando tudo parece perdido, surgem cinco criaturas gigantes para acudi-lo. À medida que se aproximam dele, vão se transformando em pessoas normais e em forma de monges, na mais bela e emocionante imagem de todo o álbum.

De volta ao refúgio dos religiosos, o jornalista mergulha nos estudos e nos altos conhecimentos milenares guardados no mesmo lugar, até que a aventura chega a um dos mais impressionantes e cinematográficos finais da história dos quadrinhos. Nesse momento, percebe-se a grandiosidade da história.

É evidente a transformação que passa Manara neste álbum de 60 páginas, com quadrinhos menos poluídos e confusos e a sensível mudança que sofreu na forma de finalizar os quadrinhos e distribuí-los nas páginas – o artista fez de três a seis quadros, bastante convencionais e eficientes no sentido de ajudar em sua compreensão.

MOEBIUS

Impressionava o quanto Manara se deixou influenciar por Moebius nessa história, com sombreados marcados por traços curtos e interrompidos e o abandono do preto hachurado. De Moebius, ele tomaria emprestado, é preciso ressaltar, o estilo bem diferente do que o francês costumava usar nas aventuras de faroeste que fazia, quando assinava como Jean Giraud. Ele apontou para Manara um caminho para suprir sua maior deficiência até ali: a arte-final. Nada disso, porém, tira desse trabalho o rótulo de obra-prima e um dos grandes trabalhos do artista.

Como Manara, outros desenhistas se deixaram influenciar pelo estilo experimental e inventivo do artista francês que, na segunda metade dos anos de 1970, já acumulava 20 anos de profissão e respeitável currículo.

Giraud nasceu na França, em 1938. Aos 16 anos, em 1954, entrou para a École des Arts Appliqués, de Paris e, dois anos depois, sob a influência do belga Joseph Gillain (1914-1980), que assinava

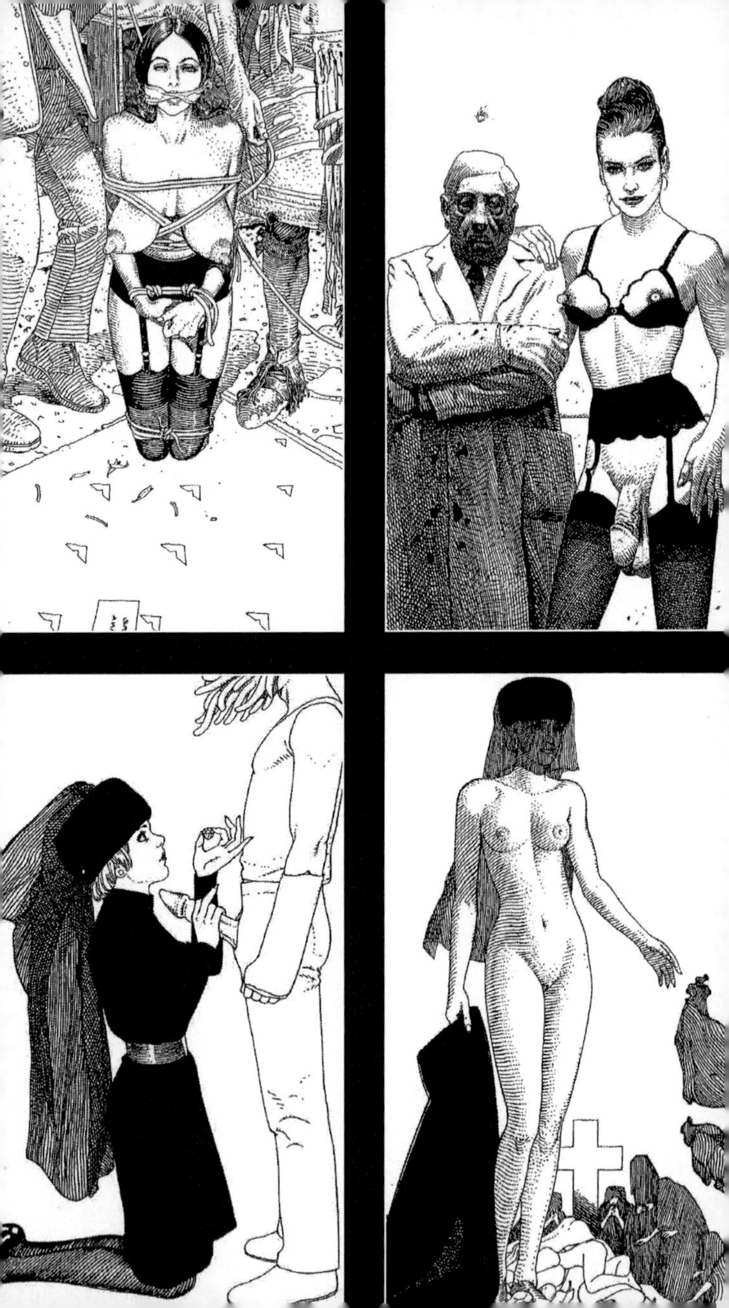

Jijé, começou a colaborar ativamente como desenhista de quadrinhos em jornais e revistas franceses.

Seus primeiros trabalhos comerciais como quadrinista foram na linha de bangue-bangue americano. Entre 1963 e 1980, ilustrou a cultuada série *Tenente Blueberry*, com texto de Jean-Michel Charlier (1924-1989), um dos roteiristas mais importantes da escola franco-belga de quadrinhos.

A partir de 1973, sob o pseudônimo de Moebius, Giraud começou sua carreira solo, como ilustrador de seus próprios roteiros de fantasia e ficção científica, e adotou desenhos mais estilizados que espantaram o mundo pela sua originalidade, beleza muitas vezes insólita e, não raro, textos com certo tom poético. Virou um dos nomes mais influentes da história dos quadrinhos.

Assim, por causa de Moebius, Manara deu início à segunda fase de sua carreira na busca de um próprio estilo. O desenhista incorporou os cenários de fundo e a arte-final do artista francês, marcada por certo jeito despojado, que prenunciava novo passo na evolução dos comics. Não por acaso, os quadrinhos foram abalados pela ficção científica de Moebius, em vários países. No Brasil, seu maior seguidor foi o pernambucano Watson Portela.

Mesmo com a identificação de Moebius, estava claro, ao menos, que os desenhos de Manara eram de um legítimo representante da escola realista italiana que despontara a partir da década de 1950 e revelou nomes como Hugo Pratt, Guido Crepax, Dino Battaglia, Guido Buzelli e Sergio Toppi.

A partir desse momento, sua colaboração se tornou regular na *Alter Linus* e despertou o interesse dos editores franceses em seus desenhos – talvez até pela proximidade de identificação com o estilo. E eles começaram a lhe encomendar histórias. Inicialmente, com trabalhos de menor relevância.

Os quadrinhos eróticos não tão conhecidos de Moebius. Na década de 1970, a influência de Crepax deu lugar à paixão explícita pelo estilo único e revolucionário do francês Jean Giraud, o "Moebius", artista que se tornara, desde o começo da década, a grande sensação dos quadrinhos europeus nas páginas da revista futurista Métal Hurlant.

Hugo Pratt, criador de Corto Maltese, personagem que vivenciou nos quadrinhos muitas das experiências reais do artista pela América Latina e África. Fã confesso, Manara homenagearia o colega italiano com um personagem que vivia loucas aventuras pelo mundo, o alterego Giuseppe Bergman.

AUTORRETRATO

O ponto de ruptura que converte Manara em autor de seus próprios roteiros aconteceu graças à oportunidade que lhe foi dada pela editora francesa Casterman. A editora fundara em 1977 a revista À Suivre, que se tornaria marco nos quadrinhos franceses, por causa de sua tendência de publicar quadrinhos de vanguarda, na onda de publicações importantes como *Métal Hurlant, Circus* e outras do gênero.

No ano seguinte ao seu lançamento, no número 9, Manara estreou de modo a confirmar a expectativa promissora que tinha criado em torno de seu nome. O ponto de partida foi o início da saga das histórias de Giuseppe Bergman, de forte caráter autobiográfico e reflexão moderna e pouco convencional sobre a possibilidade de se viver aventuras no mundo moderno.

A primeira história do anti-herói de Manara teve o título de *HP e Giuseppe Bergman* – as iniciais HP eram homenagem a outro importante quadrinista italiano, Hugo Pratt, de quem Manara já era amigo e fã. Era apenas o princípio de um dos marcos na carreira do artista, que se estenderia até a década de 1990, pois Manara revisitaria Bergman em quatro momentos – divididos em cinco volumes – de sua longa carreira, ambientando suas aventuras sempre em locais pitorescos e com tramas cujo teor era muitas vezes delirante.

Em uma passagem do livro *Memory*, o artista contou o processo criativo que envolveu essas histórias tão pessoais, porém, capazes de confundir tanto dos leitores comuns quanto os críticos e os estudiosos de sua obra. Ele afirmou sobre o processo de criação da série: "Eu viajei pela Ásia para elaborar as entrevistas de Giuseppe Bergman. Essa foi uma viagem genuína, no estilo da clássica viagem de aventura. Quando passeio dessa forma, tiro um monte de fotos e faço rascunhos. Posso trabalhar em qualquer lugar, mesmo durante viagens."

Com Bergman, sua produção da segunda metade da década de 1970, com ênfase no realismo fantástico, mostrou um autor sofisticado e interessado em testar ao máximo as possibilidades da linguagem das histórias em quadrinhos como meio de experimentação artística. E, que, depois, contribuiria para que encontrasse seu jeito tão peculiar de contar e desenhar histórias com temática de alguma forma ligada a sexo.

Versões espanhola e brasileira das aventuras do irrequieto Giuseppe Bergman. Entre as décadas de 1970 e 1990, o anti-herói manariano teve quatro histórias distribuídas em cinco álbuns ao longo de quase vinte anos.

Nesse momento, teve origem, principalmente, a série transitória de aventuras de Giuseppe Bergman, que costuma ser tratada como experiências desconexas ou mesmo incompreensíveis, mas que é, de longe, um dos momentos mais interessantes na evolução da linguagem dos gibis europeus. Por causa de Bergman, Manara mostrou que os comics eram mesmo uma forma de comunicação ainda em processo de desenvolvimento e com múltiplas possibilidades de experiências no mínimo interessantes.

Seu traço nesse trabalho atingiu a maturidade, apesar de ainda ser marcante a influência de Moebius e de Hugo Pratt. Graças à sofisticação narrativa criada nessas aventuras, Manara fez do personagem um acontecimento que precisa ser mais bem compreendido e estudado. E com detalhe curioso: foi seu primeiro roteiro de fôlego escrito para os quadrinhos. Um momento importante inclusive para o próprio criador, que passara pelo menos doze anos como ilustrador de roteiros de outros e sempre à procura de traço marcante.

As Aventuras de HP e Giuseppe Bergman, encaixava-se plenamente no que se chamava então de "quadrinhos de autor", com trabalho fortemente experimental e marcado por pitadas de erotismo. Declarado admirador do estilo de vida e da obra de Pratt – morto em 20 de agosto de 1995 –, Manara surpreendeu não apenas por homenagear o artista, mas por transformá-lo em personagem de quadrinhos, com as mesmas características físicas e o uso de seu nome verdadeiro.

Na história, Pratt contracena com um rapaz que não é outro senão o próprio Manara, só que dez anos mais jovem e batizado de Giuseppe Bergman, sujeito louco por aventuras, sedento de descobertas e por aprender sobre a vida e a própria arte dos quadrinhos. A partir disso, o artista criou situações antológicas entre eles.

Na vida real, apesar de acompanhar seu trabalho havia tempos, Manara só se aproximou de Pratt em 1976, durante o Festival de Lucca, quando foi premiado. Ao passar toda a vida em viagens pelo mundo, o talentoso criador de Corto Maltese havia se tornado herói de verdade dentro do universo da indústria das histórias em quadrinhos.

A matéria-prima para seus trabalhos era a própria vida, que aproveitou intensamente e transformou em narrativas gráficas. Entre as décadas de 1940 e 1980, esse aventureiro italiano percorreu os mais distantes pontos da Europa, América do Sul, África e Ásia. Ele vivera parte da infância na Somália e na Etiópia, países africanos de vegetação e clima bem diferentes dos de seu habitat familiar e que marcariam sua vida para sempre.

Pratt também morou na Inglaterra e na América Latina. Nos anos que passou na Argentina, nas décadas de 1950 e 1960, consagrou-se como desenhista e roteirista, quando criou as séries *Sargento Kirk* (1953), *Ernie Pike* (1956) e *Anna della Giungla* (1959), entre outros trabalhos.

A princípio, o americano Milton Caniff foi sua referência constante e explícita, como ele mesmo afirmou em várias entrevistas. Antes de regressar a seu país, Pratt passou curta temporada no Brasil, mais precisamente em Salvador, Bahia, cidade onde se hospedou por cerca de três meses com a família do delegado Raimundo Lisboa, por volta de 1966.

Ele teria vivido também período semelhante entre os índios do Mato Grosso, logo que deixou a Bahia. Conta-se até – sem comprovação ainda – que teria se tornado pai de quatro crianças brasileiras – uma na Bahia e três com uma índia, com quem voltou a se encontrar algumas vezes no decorrer de anos.

Dessas experiências brasileiras resultaram os álbuns *Rendez-vous à Bahia* e *L'Aigle du Brésil*. Seu propósito era conhecer culturas diferentes e aproveitar parte do que aprendeu nas aventuras de seu anti-herói Corto Maltese, cujos enredos, de tão fascinantes e até fantásticos, chegaram a ser comparados aos contos e romances de escritores latino-americanos como Gabriel Garcia Márquez e Jorge Luís Borges.

Entre 1967 e 1994, Pratt produziu as aventuras do marinheiro, sujeito mal-humorado, de poucas palavras, mas cheio de regras e princípios éticos e que enfrentava desafios e perigos com frieza e determinação. Mas era romântico o suficiente para ir buscar nos pontos mais distantes a cura para amor não correspondido. Não era outro, senão, o alter ego do autor.

Com a série, o desenhista trouxe para os quadrinhos a tradição dos romances de aventura bastante populares entre a segunda metade do século XIX e primeiras décadas do XX – gênero literário bastante subestimado por muito tempo. As ações se passavam em mares e mundos tidos como exóticos, cheios de heróis e vilões dos mais curiosos.

Pratt seguiu os passos de autores como Robert Louis Stevenson (1850-1994), Hermann Melville (1819-1891) Jack London (1876-

1916), Joseph Conrad (1857-1924) e Ernest Hemingway (1899-1961), que tinham em comum o fato de terem vivido na prática boa parte das histórias que escreveram.

Apaixonados pelo conhecimento de novas culturas e povos, percorriam o planeta através dos mares em condições muitas vezes desconfortáveis e até perigosas – por causa de barcos precários em que viajavam – em busca do novo, do exótico. Se não enfrentavam exércitos rebeldes, corriam algum perigo e sonhavam como seus heróis idealizados.

Quando decidiu retornar definitivamente à Itália, Pratt acumulara quinze anos de experiência como viajante e desenhista, além de ter morado e construído sua carreira de quadrinista na Argentina, onde foi professor na Escuela Panamericana de Arte.

Mesmo como morador da América Latina, seu traço foi notado pelos leitores de *Corrieri Dei Piccoli*, de Milão, onde se empregou ao voltar, como quadrinista. A consagração veio em 1970, após lançar aquela que seria sua mais famosa criação, Corto Maltese, para a revista francesa *Pif*.

O personagem caiu no gosto da crítica porque Pratt inseriu nas aventuras desse oficial da Marinha de Malta elementos de feitiçaria e magia – que aprendeu em suas andanças pela África e pela Bahia – que resultaram em atmosfera pesada de fúria e surrealismo.

Em 1974, o artista transferiu a narrativa de Corto para a conceituada revista belga *Tintin*, o que aumentou consideravelmente sua popularidade. A partir disso, as histórias começaram a ser reunidas em álbuns luxuosos e traduzidas para várias línguas.

Em suas aventuras, Corto Maltese seguiu o formato consagrado dos quadrinhos europeus que combinavam entretenimento com informações de história e cultura, sem cair na chatice do didatismo escolar. Divertia-se ao mesmo tempo em que aprendia sobre a vida cotidiana da época da história e fatos importantes que aconteceram. Ao mesmo tempo em que divertia com suspense, romance e muita ação, os leitores aprendiam um pouco dessa história – do país que retratava em cada experiência ou, de forma mais ampla, continental.

Desenhista compulsivo, dono de traço inconfundível, sem preocupações acadêmicas em sua construção, embora tivesse sido professor, marcado pela simplicidade – e criticado pela falta de movimentos e ações –, Pratt seria consagrado a partir dessa década como um dos poucos artistas a alcançar a compreensão do que era a técnica narrativa completa dos quadrinhos.

Suas histórias, que tanto encantaram Manara, combinavam domínio de texto, com elementos literários, rigor histórico, humor e desenhos econômicos, mas extremamente expressivos. E revelaram o talento perene do artista que modernizou com seu estilo gráfico a tradição dos grandes romances de aventura pelos mares, desertos e campos de guerra, na tradição dos já citados escritores da segunda metade do século XIX.

Pratt, indiscutivelmente, poderia ter escrito grandes romances – só o fez uma vez, quando adaptou seu Corto Maltese para a prosa. Preferiu, no entanto, fazê-los em quadrinhos, que ele considerava uma legítima forma de arte popular.

LIBERDADE

O primeiro episódio de Giuseppe Bergman revelou o propósito autobiográfico de seu autor. Manara queria liberdade para bolar suas próprias histórias e o personagem funcionou como seu grito de libertação, pelo fim das amarras na criação de quadrinhos. Desse modo, construiu, então, uma história raivosa, com o propósito de pregar rupturas, na defesa do experimento.

A ideia combinava conceito similar ao da geração beat, movimento literário americano das décadas de 1950 e 1960, inspirado em princípios libertários – botar o pé na estrada e sair pelo mundo porque a vida seria curta diante da ameaça de iminente guerra nuclear. Afinal, disse ele depois, Jack Kerouac foi o escritor que mais marcou sua vida. Também estava próximo das aventuras vividas e adaptadas por Pratt.

A trama começa à meia-noite de um dia qualquer, na cozinha de seu apartamento, quando Bergman explode com sonoro "Chega!". Em seguida, anuncia para a namorada que aquele é o momento de decidir o que deve ou não fazer de sua vida. Não se compreende de imediato o que levara o personagem a agir assim. "Nada mais de aluguel, de pedágios, de impostos a pagar só para ter o direito de existir nesse planeta horroroso. Não vou mais precisar vender minha cabeça, meus braços, minhas pernas para poder apenas sobreviver!".

E arremata em seguida, em tom filosófico, sobre sua emancipação das amarras artísticas que parecem prendê-lo: "Minha vida só pertence a mim e não vou deixar os primeiros imbecis que apareçam, forrados de grana, me obrigarem a viver de acordo com seus projetos, como um energúmeno". Em sua reflexão diante da brevidade da vida, como já havia perdido muito tempo, Bergman sente que precisa fazer algo por si próprio antes que seja tarde demais.

Diante da companheira que o escuta espantada, ele explica: "Tenho de partir, é a minha grande chance, é a minha vida que está em jogo e com a vida não se brinca. O que eu vou dizer quanto estiver perto de morrer?" A liberdade que Bergman quer é denominada por ele de "A Aventura", a chance que conquistara ao se tornar o único a responder ao anúncio de jornal feito pela editora que procurava alguém interessado em interpretar um personagem de história em quadrinhos.

Por isso, ganha o direito de escolher o lugar onde poderá viver "a grande aventura", sem qualquer limite de gasto. Ele também não precisaria se preocupar em relação às imagens, pois seria acompanhado, de algum modo, o tempo todo, pelo desenhista do projeto. A única exigência era que escolhesse algo cativante, mirabolante, capaz de fazer com que quem leia a história consiga se evadir por completo dos problemas cotidianos.

É importante destacar que a trama de Manara – a história dentro da história –, de certo modo, antecipa o que ocorreria muito tempo depois com os programas de TV na linha dos *reality shows*, nos quais pessoas são acompanhadas por câmeras enquanto vivem situações aparentemente reais, quase sempre de conflitos e brigas – no caso do Brasil, exemplos como *No Limite* (Globo), *Big Brother Brasi*l (Globo) e *Casa dos Artistas* (SBT).

Para ajudar seu personagem, a editora fictícia contrata o "mestre da aventura" em quadrinhos chamado HP (Hugo Pratt). Quando Bergman chega a Veneza à procura do guia, encontra a cidade em guerra: a polícia tenta reprimir uma manifestação com violência.

Na confusão, um terrorista e um policial entram no seu furgão e começam uma luta corporal. Ele pega a arma e mira nos dois. O policial o incentiva a disparar contra o manifestante: "O que está esperando para atirar nele? Se você é um bom cidadão, sabe em quem deve atirar".

No quadrinho à direita, Bergman se encontra com Pratt. A primeira história do personagem de Manara teve o título HP e Giuseppe Bergman – as iniciais HP eram homenagem a Hugo Pratt, de quem Manara já era amigo e fã fazia algum tempo. Nos demais quadrinhos, cenas da mesma história.

FOI VOCÊ QUE GRITOU?
EU FUI O ESCOLHIDO PARA A AVENTURA!
VOCÊ NÃO VÊ QUE PARA MIM A AVENTURA ESTÁ COMEÇANDO?!
FINALMENTE, VOU SER O ÚNICO A DECIDIR O QUE VOU OU NÃO VOU FAZER!
TODAS AS MANHÃS ME LEVANTAREI COMPLETAMENTE LIIIVRE!

ESTÃO PROCURANDO A AVENTURA, TODOS VOCÊS?
ESTAMOS À PROCURA DE NÓS MESMOS...
AH! PENSEI QUE ESTIVESSEM PROCURANDO MACONDO.
VOU TE FAZER UMA PERGUNTA...
A AVENTURA PRA VOCÊ É EVASÃO OU CONHECIMENTO?

IL A LAISSÉ UNE LUMIÈRE ALLUMÉE...

Essa passagem se tornou emblemática do estado de espírito em que se encontrava Manara na época em que ele produziu a história. A ânsia de paz e liberdade que o desenhista tanto procurava naquele momento, confrontava-se com a dura realidade política de seu país naquele tumultuado ano de 1978.

Não por acaso, no dia 9 de junho, a polícia encontrou o corpo do ex-primeiro ministro democrata-cristão Aldo Moro dentro do porta-malas de um carro. O crime – e as terríveis fotos do corpo do político – chocaram o mundo. Moro havia sido sequestrado 55 dias antes pelo grupo terrorista de esquerda conhecido como Brigadas Vermelhas e mobilizado todo o país pela sua libertação.

Cansado da apatia e do desânimo que havia tomado conta dos italianos, Manara se viu acuado entre o terrorismo e a repressão à arte, que procurou extravasar em sua primeira experiência como roteirista, em uma obra que está longe de ser produto meramente comercial. Até que acontece o grande encontro de Bergman com Pratt. Ele diz ao seu orientador que estava ali para começar "a aventura".

O mestre se limita a olhá-lo em silêncio. Em seguida, pergunta se ele realmente está pronto para partir. O rapaz responde que deveria comparecer ao tribunal de Lucca em um mês, por causa de problema com o seguro, mas se sente motivado a mandar tudo às favas em nome da experiência de correr o mundo e viver intensamente a tal experiência proposta.

Ele diz: "Todo mundo tem sede de aventura e nós matamos essa sede!" Pratt, então, questiona outra vez se essa "sede" é por aventura lida ou vivida, uma vez que se trata de coisas completamente diferentes.

Como guia turístico, Bergman passa a conversar com o leitor. Faz cortes na história e explica que pretende poupá-lo da viagem chata que o levara ao lugar onde queria se aventurar: a floresta amazônica brasileira, em turnê a partir do Rio Negro, mas tudo começa a dar errado.

O anti-herói se perde de HP e, quando consegue subir no barco e pergunta pelo companheiro, ouve o sermão do estranho que dava voz aos temores de Manara: "Ah, mais um que procura evasão. Vocês não falam em outra coisa, hein? Vocês, os junkies: cigarro de maconha, picada, aventura, tudo que é válido desde que possam fugir a galope".

Irritado, o homem ressalta: "O cinema, a música, o estádio, as histórias em quadrinhos, toda a indústria da maldita evasão que faz a gente sonhar, contanto que se pague e continue preso à cadeia de produção! Bela evasão!". Esses e outros personagens que cruzam o caminho de Bergman tentam convencê-lo de que a grande aventura que ele procura não existe mais e o que aprendeu nos livros e esperava desfrutar naquela experiência não passa de bobagens.

Mesmo assim, o rapaz não desiste, segue em frente até reencontrar HP. Ele insiste que está disposto a não interromper sua busca. Pratt insinua que tudo o que quer está dentro dele mesmo. E diz que, decididamente, Bergman não é nem lírico, nem apaixonado e nem trágico.

Manara, mais uma vez, toma a voz de seu personagem para expor a HP suas angústias e dúvidas como autor de quadrinhos diante de mercado editorial condicionado a modismos de gêneros e para pedir conselhos ao grande mestre: "Só sei é que me pedem aventura e eu procuro fornecê-la da melhor forma possível. O que devo fazer? Didatismo? Demagogia? Doutrinamento? Em nome de quem? Eu bem queria saber!".

E essa busca estava apenas começando. E seria bem longa.

CAPÍTULO 3

METALINGUAGEM DOS QUADRINHOS DE AVENTURA

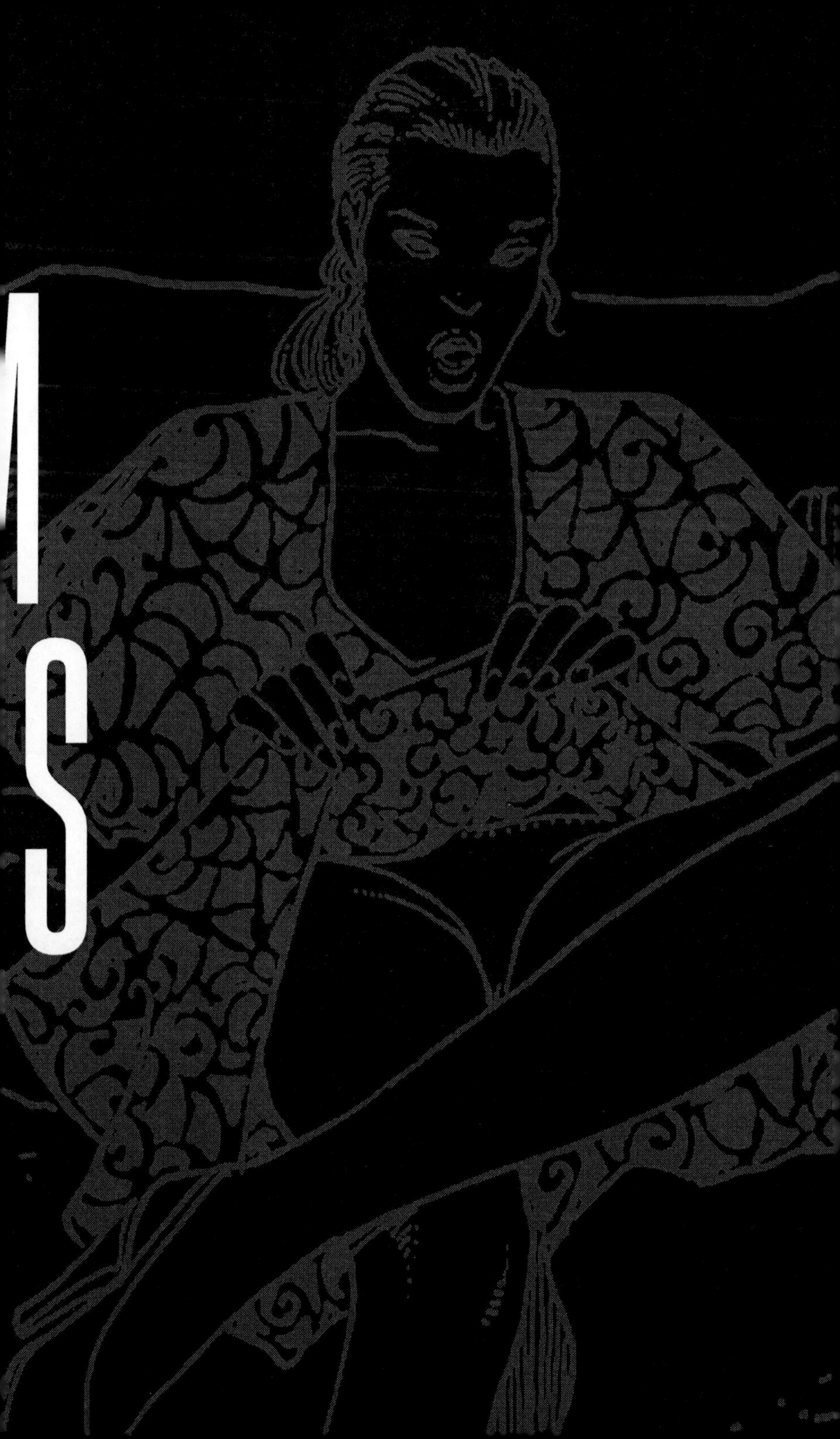

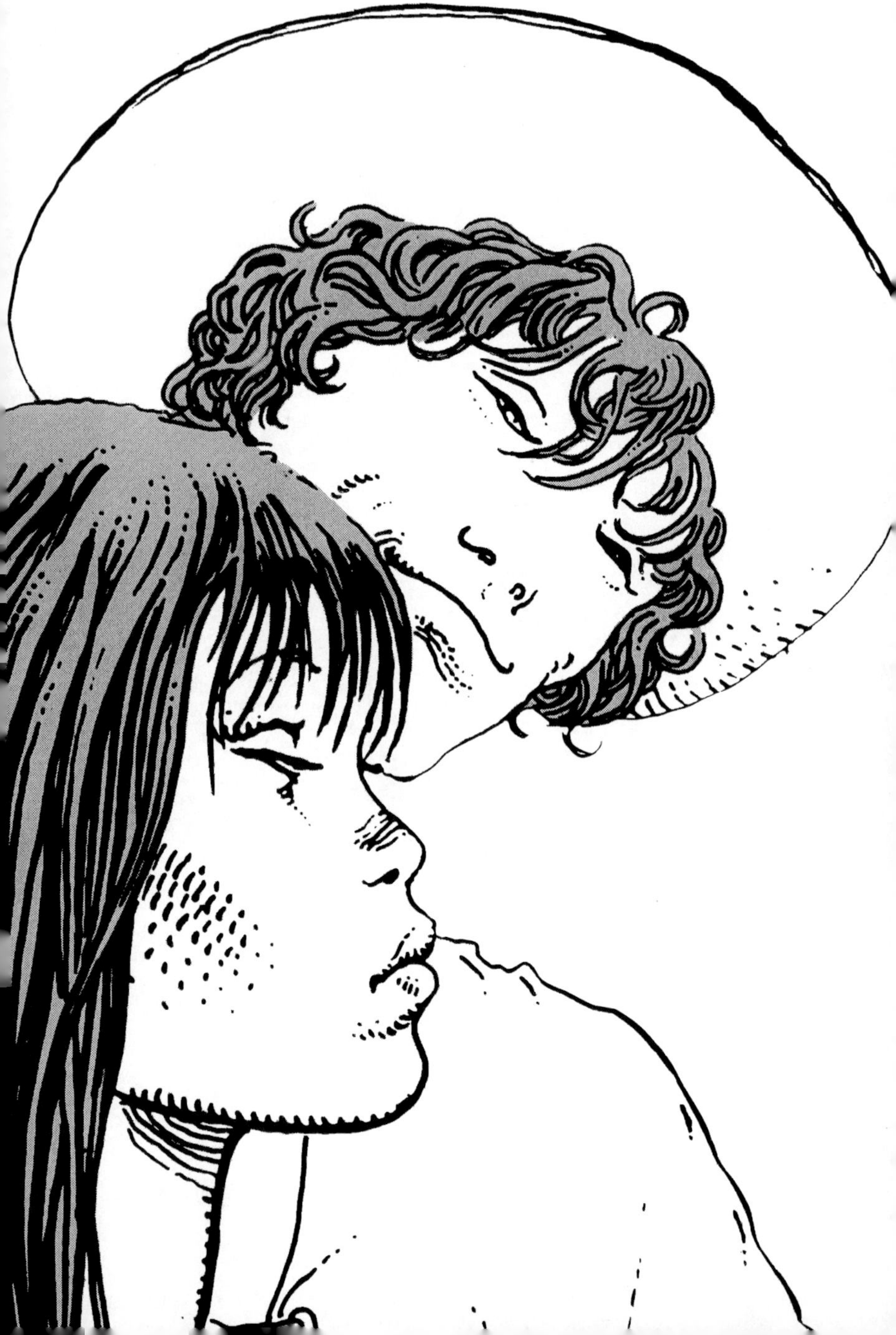

A partir de uma leitura apressada, pode-se afirmar que a estreia de Bergman soaria como espécie de delírio autobiográfico do autor, de suas experiências reais ou imaginadas pelo mundo. E, pior, nada comercial para um artista que buscava espaço para trabalhar projetos pessoais de seu agrado. Afinal, não seria uma narrativa convencional, mas algo carregado de metáforas sobre a própria linguagem dos quadrinhos.

Ao se colocar na pele do personagem à procura do mestre (Pratt), Manara pareceu mais fazer uma brincadeira pessoal na posição de artista de quadrinhos e, desse modo, acabou por construir uma obra original. Como se estivesse em busca de referência a que pudesse se apegar como criador e aprendiz de roteirista ou pela simples necessidade de se declarar admirador do grande desenhista e "aventureiro" italiano.

Com estrutura sofisticada e cheia de simbologias para contar história, de modo inteligente e provocador, Manara construiu a trama marcada por cortes sistemáticos de condução que mudavam de cenário e de contexto abruptamente. O leitor é informado disso sempre que necessário, por meio de um pequeno quadro onde aparece a palavra "cortina", do mesmo modo que acontece no teatro.

A opção por esse recurso de contar a história estava clara: como ele acredita que só interessa para o leitor a ação, a história aparece editada como num filme ou programa de TV. O artista demonstrava, assim, em Bergman, ampla visão da narrativa gráfica e também ampliava suas possibilidades de experimentar e criar coisas novas.

Seu personagem era original porque quebrava a lógica de se contar histórias em quadrinhos – como, por exemplo, a da submissão à linearidade, à objetividade e à lógica para explorar a fantasia, a reflexão e as linguagens. Ele transferiu para a estrutura do desenho sequencial vários recursos de outros meios para narrar a história – tão amplamente experimentados na literatura, no teatro e, em especial, no cinema.

Ao fazer humor com seu alter ego, na busca de identidade para seu criador, Manara se rendeu por completo ao cinema personalíssimo de Federico Fellini, com seus tipos oníricos, embriagados por sonhos e fantasias. Sobre esse começo, o artista comentou depois que o propósito, ao conceber o personagem, era mostrar uma narrativa com diversos níveis de leitura. Podia ser lida como simples relato de aventuras. E, ao mesmo tempo, como análise não tão rigorosa do gênero aventura e de seus mecanismos.

Havia nisso "o propósito de explorar a complicada relação existente entre evasão e compromisso, entre coisas lidas e vividas, entre a realidade e a fantasia, entre a vida e as histórias em quadrinhos". Para ele, Bergman representava a aventura como ética, cultura e modo de viver. "A aventura não segue passivamente os acontecimentos, ela é a autodeterminação", disse, após terminar a primeira história do personagem.

Javier Coma escreveu que a série em que se transformou Bergman não se limitou à mera saga com protagonista fixo. Aproximou-se da reflexão brechtiana em torno da fabulação da aventura. "Pode-se notar o distanciamento escolhido por Manara, estética e ideologicamente, que se apoiou em outorgar a estrutura linguística dos quadrinhos no universo de certa maneira assimilado da representação teatral e de outras perspectivas não distantes das circunstâncias da produção cinematográfica".

Poucos, entretanto, entenderam, no primeiro momento, o propósito do autor ao se tornar personagem de quadrinhos. Manara idealizou uma estrutura com interrupções bruscas de narrativa para fazer elucubrações e experimentos sobre a linguagem dos comics. Com Bergman, começou em grande estilo como roteirista e deu início a uma série complexa, de conteúdo bastante subjetivo e carregado de simbologias. Tanto que sua importância levaria bom tempo para ser devidamente compreendida.

Ao brindar o estilo consagrado por Hugo Pratt, o desenhista fez uma declaração de amor ao gênero aventura e construiu uma das mais sublimes homenagens aos quadrinhos e à livre expressão. Como se fosse autor em busca da própria imagem e do estilo pessoal, produziria episódios ao longo de vinte anos nos quais propôs uma reflexão sobre as técnicas de desenho, enquanto escancarava ideias às vezes vagas, dúvidas e inseguranças e defendia a plena exploração dos gibis como arte de contar histórias. Pregou também a apropriação de recursos cinematográficos e literários pelos quadrinhos. Tratava-se, já na primeira história, de ousadia sem limites para um roteirista iniciante.

GÓTICO

Estudiosos da obra do artista identificaram que a metalinguagem adotada por Manara em relação a Hugo Pratt remetia também ao estilo gótico medieval que o poeta romântico e ilustrador inglês William Blake (1757-1827) adotara largamente em sua obra. Em suas imagens e poemas, Blake chegou a incluir o próprio poeta John Milton (1608-1674) – autor de "O Paraíso Perdido", um dos poemas épicos mais importantes da literatura universal – como personagem, assim como Manara usaria, mais tarde, no final do século XX, o mestre Pratt como participante de suas aventuras.

Em uma das ilustrações de Blake, Milton descia dos céus na forma de cometa e caía sobre o teto da casa do pintor. Blake foi também pintor, impressor e dos maiores gravadores da história inglesa. Deixou como legado uma das obras mais originais e influentes da história, que extrapolou a gravura, a pintura e a poesia e chegou à música e ao cinema.

O visionário e futurista William Blake. Estudiosos da obra do artista identificaram que a metalinguagem adotada por Manara em relação a Hugo Pratt remetia também ao estilo gótico medieval que o poeta romântico e ilustrador inglês impôs e influencia o mundo há mais de dois séculos.

Chamado frequentemente de místico, deliberadamente escreveu no estilo dos profetas hebreus e escritores apocalípticos a sua visão alucinada do mundo, do universo, da vida e da morte. Ele pressentiu que seus trabalhos eram como expressões de profecias, enquanto seguia os passos de Milton. Na realidade, acreditava piamente que era a incorporação viva do espírito de Milton.

Manara retomou seu personagem em 1981, com *As aventuras africanas de Giuseppe Bergman*, compostas de dois álbuns: *Um Autor em busca de seis personagens* e *Dias de Cólera*, ambas reproduzidas de forma confusa, fragmentada, e mutilada, em vários países, inclusive no Brasil, onde jamais circulou de modo organizado e claro. Tornaram-se, seguramente, as mais interessantes produções da série.

Trata-se, novamente, de mais um exercício bem-humorado de experimentação e criação gráfica. Quem teve paciência para ler suas quase 200 páginas – por causa do volume considerável de texto dos balões e legendas e as quebras bruscas na história –, deve ter percebido que Manara fez, nesse trabalho genial, um convite para que os próprios artistas finalmente acordassem para as variáveis possíveis de se explorar a linguagem dos quadrinhos.

Dessa vez, ele construiu espécie de sátira aos próprios códigos narrativos dos comics e ao seu processo de elaboração pessoal – no momento em que tentava se firmar como roteirista e criador. O autor brincou de contar a história dentro de outra história, quando reproduziu o que seriam os bastidores do que se chama "aventura", semelhantes aos de uma peça de teatro ou de um filme.

A própria linguagem dos quadrinhos serviu para fazer humor quando Bergman fala em longo texto, enquanto segurava o balão do quadrinho com uma das mãos para que não seja esmagado pelo seu próprio monólogo. Ao mesmo tempo, dá a ideia de que sobrecarregava o leitor com muitas palavras o que não era recomendável em história em quadrinhos.

O roteiro é o mais louco possível: como nos filmes de Fellini, os personagens sabem que representam como atores uma aventura em quadrinhos, mas se rebelam contra isso a todo instante, como se tentassem fugir do destino previamente traçado ou discordam do roteiro. Bergman, na posição de protagonista, tem postura às vezes incoerente: ora pressiona o "elenco" para respeitar o leitor e dar prosseguimento à história – cujo espaço precisa ser delimitado – ora

As aventuras africanas de Giuseppe Bergman, de 1981, foram compostas de dois álbuns em alguns países, como Portugal e Espanha: Um Autor em busca de seis personagens e Dias de Cólera, ambas histórias foram reproduzidas de forma confusa, fragmentada, e mutilada, em vários lugares.

tenta criar um outro caminho e prega a desobediência às regras.

A primeira parte da trama começa com o personagem trapalhão irritado por causa do atraso de Jane, a bela loura escolhida para desempenhar o papel principal na ação ambientada nas ruínas da antiga civilização inca – em uma explícita referência visual a Fellini. Depois de uma discussão, a moça anuncia que não está mais interessada no trabalho porque prefere representar uma aventura de ficção científica para a qual foi convidada.

Antes de partir, ela sugere à produção que coloque em seu lugar a linda morena de cabelos cacheados, responsável pelo seu guarda-roupa. Pega de surpresa, a garota concorda com a indicação, meio a contragosto. A jovem, porém, exige como condição não ser obrigada a tirar a roupa. Surge, então, a mal-humorada senhora S. Ambrogio, encarregada da direção da história.

Com autoritarismo e violência – seria crítica ao comportamento de parte dos roteiristas e editores com quem Manara havia trabalhado? –, ela obriga a nova protagonista a interpretar a personagem Lou-Lou, prostituta que se mete em uma intrigante trama policial. Depois de presenciar um assassinato, a moça apanha a pasta do morto e foge, sob a orientação da senhora S. Ambrogio, que se esconde dentro da própria geografia da história. No caminho, Lou-Lou conhece um cafetão que tenta convencê-la a trabalhar para ele.

Nessa introdução, Manara sinalizou o gênero que seguiria em sua consagrada obra internacional nas décadas seguintes e já experimentado no episódio anterior. A abordagem erótica aparece ampliada, com mais cenas de nudez. Como nas sequências em que, sem tempo de se vestir, Lou-Lou foge pela janela com sua trouxa de roupas. Se não bastasse, a pasta que carrega cai sobre um fusca que acelera em disparada, deixando-a completamente pelada em plena rua. A jovem, então, passa a viver as mais inesperadas situações sem roupa. Em uma delas, vê-se sozinha, em um bar cheio de homens, que tentam possuí-la a força.

Para contê-los, Lou-lou concorda em dançar sobre uma mesa. Com jeito, consegue se esconder no banheiro. Bergman surge, então, para ajudá-la a escapar. Como ele não consegue tirá-la pela grade da janela, vai, aos poucos, dando-lhe roupas, em um ritual erótico de enlouquecer o leitor. Primeiro, a calcinha, depois a blusa. Em seguida, as meias que lhe cobrem as pernas até o meio das coxas.

Em seguida, parcialmente vestida, Lou-Lou bebe a garrafa de uísque que encontrara no banheiro. Separados por uma parede, ela e Bergman passam a discutir sobre a responsabilidade que tinham de interpretar a história em quadrinhos que vivem naquele momento, uma vez que a moça não tem experiência nesse tipo de trabalho e ambos já haviam perdido tempo bastante com questões pessoais.

Até que ela se livra da prisão do bar, ajudada por um homem negro que, inexplicavelmente, derrubara a parede e lhe dá uma saia. Depois de dançar com ela, confia-lhe a missão de levar a tal pasta misteriosa até a Etiópia – mesmo país, aliás, onde Pratt ambientou uma aventura de Corto Maltese, em 1975. E assim começa, finalmente, a aventura propriamente dita no continente africano. Mas Lou-Lou logo abandona seu papel. Prefere seguir mundo afora com um caminhoneiro – provavelmente em busca de sua própria aventura.

O que se segue são as mais absurdas situações no meio do deserto, como o luxuoso hotel no meio do nada, cheio de ricos turistas – com belíssimas mulheres. Entre eles, está a senhora S. Ambrogio. Em um dos quartos, Bergman encontra Lou-Lou nua, que reaparece de modo inesperado. Ela implora por sexo. Realidade e ficção se aproximam de modo a confundir os próprios personagens.

A Bergman cabe o último papel da trama: entregar a pasta e sair de cena. Mas o personagem teima em salvar a mocinha e desobedece às regras. O roteiro é claro: a presença da bela garota tem apenas o propósito de se tornar componente erótico da trama e deve ser "a imagem da lascívia e um poço de prazer proibido".

A seguir, Manara construiu um grande espetáculo, nos moldes dos filmes de Fellini: com fantasias e máscaras de baile de carnaval, novos personagens desfilam na passarela e são, um a um, apresentados ao público. Embora todos tenham seu futuro definido pela senhora S. Ambrogio, surge uma força misteriosa que suga todos para dentro de um buraco quadrado e os joga no deserto da Etiópia, onde iniciam a aventura prevista.

Alguns personagens são transformados em camelos, uma vez que este é o papel que lhes cabe. Nesse momento, surge um guerreiro africano que toca o tambor e conduz Bergman à exaltação de idealizar algo que ultrapasse os limites da imaginação. O som provoca a nostalgia de fabulosos mundos perdidos que consomem os sonhos e a alma de Bergman.

INFINITO

O volume seguinte de Bergman, *Dias de Cólera*, não foi exatamente a mera conclusão do anterior. O cenário e os personagens continuam os mesmos, mas a interrupção entre uma edição e outra parece ter servido para mais inventividades de Manara, com surpreendentes brincadeiras que dão algum nexo à mirabolante e descontinuada história de um personagem perdido em sua própria imaginação.

De fato, as aventuras de Bergman mais parecem colagem de experimentos, sem propósito definido – embora seus personagens teimem em anunciar que existe um roteiro a ser cumprido. O narrador agora passa a ser uma linda menina loura chamada Cloé, que lembra Alice, a garotinha do País das Maravilhas, do escritor inglês Lewis Carroll (1832-1898). Curiosa, ela toma conta da narrativa e conversa o tempo todo com o leitor sobre como se deve fazer uma história em quadrinhos – exercício, aliás, bastante útil para quem pretende ser desenhista, com dicas interessantes.

A capa original do álbum se torna uma atração à parte: mostra Cloé sobreposta a uma página de quadrinhos. Na cena, ela toca a figura de Bergman por simples curiosidade, como se quisesse ter certeza de que a imagem dele é real ou que está interessada em brincar com ele.

A aventura tem início quando Cloé se pergunta se ela seria uma garota de verdade ou simples desenho de história em quadrinhos. Depois de alguns questionamentos, é interrompida pela ama que costura um pano próximo a ela e lhe ordena para que deixe de importunar o leitor, uma vez que este precisa finalmente retomar a aventura não concluída no livro anterior.

A menina não dá importância ao pito e passa a imaginar como seria sua aparência se fosse desenhada por outro artista – aqui, Manara reproduz traços de quadrinistas italianos que admira. Depois, o artista chama o público para observar as muitas formas de fazer o acabamento de um quadrinho com zelo no figurino, de acordo com o estilo de cada época e das paisagens.

Para dar um exemplo ao leitor, a personagem manipula a figura de seu tutor. Não satisfeita, deforma tudo a seu redor para exercitar diferentes estilos de pintura – como o abstracionismo. Por fim, a estória retoma o ponto em que parou no primeiro episódio, embora

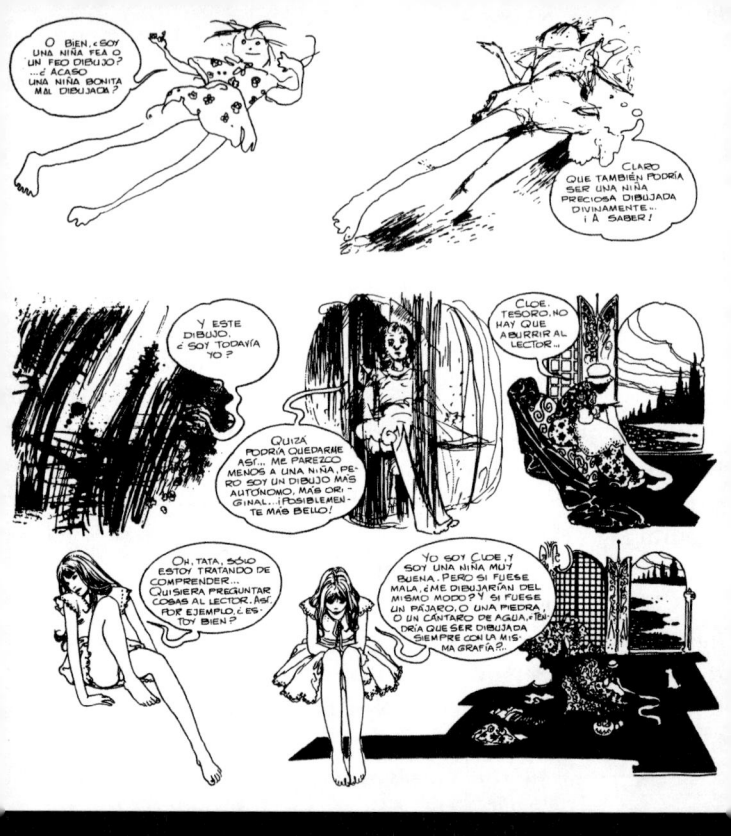

Manara observa a paisagem no calor do Oriente Médio. Experiência vivenciada pelo artista em meados da década de 1980 o levou a fazer referências à personagem psicodélica de Lewis Carrol, Alice

não parem de ocorrer interrupções de Cloé, que atrapalham o curso da trama e até mudam sua direção em determinado momento.

A menina não é exatamente a nova forma de se autoexpressar por parte de Manara, mas, sim, a fantasia em forma de ninfeta – fetiche que se evidenciaria em diferentes situações da história, quando ela muda de idade e de forma física diversas vezes para que o leitor a note como mulher adulta. Essas situações, aliás, reforçam a ideia de que as referências à obra de Carroll foram conscientes e intencionais por parte do autor.

Enquanto isso, entre aulas didáticas e costumes africanos, Bergman segue a travessia pela África a bordo de um moderno caminhão-baú, até que dá carona a um casal de aparência exótica – um roqueiro punk e uma jovem sadomasoquista. Desse ponto até o final da aventura, predomina o humor refinado de Manara, com elementos sempre sutis de erotismo, expressados em diálogos e na nudez de suas belas garotas magras, de seios pequenos e de bumbuns arrebitados.

Em uma de suas inesperadas interrupções, Cloé joga mais um questionamento de curiosidade: o que fazem os personagens de quadrinhos entre uma história e outra? Não teve resposta. Manara quer apenas que o leitor reflita e imagine tal situação. Consciente do papel que deve representar, Bergman continua a tentar conter a rebeldia dos personagens. Como uma espécie de álbum de esboço de desenhos e ideias, Manara leva seu alter ego para uma tribo de índios que teve uma de suas garotas raptada por roqueiros – dos quais faz parte o casal que Bergman deu carona na estrada.

Bergman só consegue a liberdade depois de prometer que trará a menina de volta. Em sua busca, depara-se mais uma vez com Hugo Pratt em pessoa, que viaja pelo deserto em expedição de tuaregues – viajantes do Saara. Ao construir uma espécie de metáfora, o veterano desenhista-personagem apresenta o destino para a busca de Bergman/Manara. Cloé, então, interrompe a aventura para que Pratt conte a incrível estória do explorador Siete, que perdera os braços em acidente de helicóptero e acabou prisioneiro de uma tribo de pigmeus.

Impressionado com o volume de livros que traz no helicóptero, o chefe dos nativos havia obrigado Siete a ler todos os títulos para seu povo. Ele o fez quase ininterruptamente, durante nove anos. Eram poemas e prosas cujos autores Manara fez questão de citar, como indicação de suas preferências literárias, do mesmo modo que Guido Crepax fazia nas histórias de *Valentina*: Yeats, Melville, Shakespeare, Cervantes, Dostoievski, Castañeda, Borges, Miller, Kerouac e Joyce. Siete nunca conseguiu descobrir se os pigmeus realmente entendiam inglês, uma vez que lia sempre para plateia estranhamente atenta e silenciosa.

A menina peralta que contemplava a aventura e interferia como se fosse os olhos do autor passa a mexer mais ativamente na estrutura da história e muda a posição dos personagens, de modo a exercitar como seria, por exemplo, se Bergman trocasse de roupa com a jovem roqueira e passasse a andar vestido de mulher. Segue-se experimento de técnicas e de planos no qual o desenhista troca os cenários, figurinos e faz desaparecer objetos para alterar a trama.

Bergman, sob a orientação de Pratt, continua a procurar o hotel fantástico nos confins da África, onde finalmente possa promover o "desfecho" de sua longa história em quadrinhos. Quando chega a seu destino, descobre que a estrutura física do monumental edifício está ligada à lenda da virgem que, se encontrasse o prazer do sexo, faria com que tudo viesse abaixo. Trata-se de uma adolescente virgem que, em noite de lua cheia, lança chamado carnal em letras misturadas que, quando organizadas, formam uma palavra mágica.

Para abafar sua voz e impedir que ela chegue aos ouvidos de algum homem, toda noite de lua cheia a direção do hotel organiza um grande concerto. Na noite em que Bergman está presente, o show fica a cargo de uma banda de roqueiros punks cujos componentes são familiares ao personagem.

Segue-se, então, um final apoteótico e surpreendente, no qual vários elementos enigmáticos se encaixam, principalmente no papel da menina que conta a história. Manara não poderia encerrá-la sem uma autoavaliação. E a faz na pele de Pratt que diz secamente: "Nunca gosto dos finais de suas histórias".

ESFORÇO

O mais fascinante nas duas/três primeiras aventuras de Bergman é o modo como os álbuns foram construídos e que culminou em uma experiência tão inovadora para a época – embora, até hoje, não devidamente reconhecida. Bergman foi, acima de tudo, uma ousadia desafiadora na história dos quadrinhos que deu a Manara o status de marco, assim como fez Will Eisner com *The Spirit*, em 1940 – sem querer aqui comparar os dois autores e personagens e o alcance que Eisner teve e tem.

Por mais que as aventuras de Bergman sejam lidas e relidas, haverá sempre um campo infinito de novas interpretações, possibilidades e convite à reflexão em diversos sentidos para diferentes públicos – do leitor comum ao desenhista, do roteirista de quadrinhos àqueles que trabalham com cinema, teatro e literatura.

As angústias de Manara como artista, retratadas na busca figurativa por Pratt, um de seus autores preferidos, resultou nesse campo fértil de imaginação que não era outra coisa senão uma homenagem às histórias em quadrinhos de que o autor tanto gosta. Giuseppe Bergman foi, ao que parece, o ritual de passagem, de transição, de busca, de autoconhecimento e de autocrítica que beirava a flagelação do próprio autor. Ou, ainda, sua cerimônia de batismo, de pedido de licença para mostrar todo o seu potencial inventivo, que viria em 1982, com o primeiro episódio de *O Clic*.

Quem sabe, uma brincadeira séria na busca pelo estilo mais próximo da aventura, no mesmo formato que consagrou Pratt como um dos grandes aventureiros do século XX, que mostrou talento e sensibilidade para transformar vivências em arte. O discípulo, porém, só pôde recorrer a livros, aos quadrinhos de Corto Maltese e às descrições de terceiros para criar suas próprias aventuras no primeiro momento.

Sem pudor para chocar os mais conservadores e moralistas, Manara compôs essa impressionante sequência zoofílica de A Metamorfose de Lucius, inspirada em O Asno de Ouro, escrito por Lúcio Apuleio (125-170), no século II d.C.

A amizade e a admiração de Manara por Pratt apareceram em vários momentos da obra do desenhista erótico. Basta observar sua decisão de incluir personagens do veterano artista italiano nas suas histórias de Bergman, em que os dois dialogam entre si.

Sem correr risco, de certa forma, Manara anunciou seu ingresso nesse mundo ao trabalhar também, a seu modo, com o imaginário popular das lendas, tradições e mitos para criar uma expectativa de perigo e emoção para seu personagem e, claro, para o leitor. Só depois, partiu para viagens reais, como fez Pratt.

Isso pode ser notado, por exemplo, quando ocorre o diálogo de Bergman com um estranho argelino que o alertou, com a sabedoria transmitida de geração em geração: "A África, senhor, é uma terra onde tudo pode acontecer". Em seguida, o interlocutor faz longa explanação sobre as tribos dos pigmeus e surpreende Bergman ao lhe mostrar esses anões dentro da pequena valise que carregava. Os pigmeus, é bom lembrar, são personagens importantes nas histórias de *O Fantasma*, criado pelo americano Lee Falk, em 1936.

As primeiras peripécias de Giuseppe Bergman pelo mundo da imaginação se mantêm atuais na segunda década do século XXI, como experiências modernas e sofisticadas, ligadas à linguagem dos quadrinhos, profundamente vinculadas à fase do cinema mais contemplativo de Fellini dos anos de 1970 e 1980.

Talvez o grande problema tenha sido uma certa dificuldade que Manara encontrou para criar maior intimidade com o leitor, fundamental para o êxito de sua ousada proposta. Em especial, na segunda parte das aventuras africanas do personagem, quando ele cometeu excessos como o uso em demasia de textos por quadrinho e certa demora para fazer fluir a(s) trama(s).

Para Javier Coma, nessa aventura, pode-se notar, de modo claro, o distanciamento estético e ideológico escolhido por Manara – quando se esperava algo mais engajado, pelo seu envolvimento com causas políticas e sociais desde os tempos do movimento estudantil nos anos de 1960.

Em vez disso, o autor se preocupou em conceder à estrutura linguística dos quadrinhos a base de certa maneira assimilada à representação teatral e a partir de outras perspectivas não distantes da linguagem cinematográfica.

Coma identificou em Bergman certos elementos do neorrealismo italiano deflagrado por Roberto Rossellini na década de 1940 e que influenciaria os movimentos da nouvelle vague francesa – e do cinema novo brasileiro – nas duas décadas seguintes ao fim da Segunda Guerra Mundial.

A Espanha foi dos países europeus que mais cuidaram com zelo de toda a obra erótica e não erótica de Manara, com uma coleção de todos os seus álbuns na década de 1990, inclusive do material pouco conhecido, começo dos anos de 1970.

É o que se observa no começo da segunda parte da história de Bergman, quando um dos personagens defende a necessidade de se fazer um roteiro somente com personagens autênticos e "não profissionais", sem experiência de representação, como pregou Rossellini na obra-prima *Roma, Cidade Aberta*, de 1945.

Em seguida, porém, segundo Coma, surgiu o estilo irônico do pensamento de Manara, que coloca a contradição em forma do autodeslocamento criativo. Em determinado momento, o protagonista da história exclama: "É evidente que, se os personagens fazem o que querem, ou é por pudor ou porque não estão de acordo com o que veem".

A partir desse ponto, o artista adotou o famoso conceito de Auguste Rodin (1840-1917) como fio da narrativa – e que seria citado no segundo volume das aventuras africanas, mas sem o crédito do autor. Rodin considerava a arte como o exercício da mente que procura compreender o mundo e se fazer compreender.

Do seu jeito, o quadrinista italiano buscou em sua história entender os significados da aventura e fazer com que fossem assimilados pelo leitor, a partir da adoção de formas narrativas que se vestiam discretamente de didatismo sem, no entanto, deixar de impelir progressivamente o relato que iria fazer mais adiante. Para Coma, à sua estética reflexiva se uniu uma ideologia da ação e, de modo inexorável, mais uma vez, descreveu em seu relato as normas de produção que regem a criação e o desenvolvimento de fábulas, como são as histórias em quadrinhos.

Assim, ainda de acordo com Coma, o leitor foi convidado a assistir, de modo paralelo, à luta íntima do autor contra a indústria, e a recriação dessa luta na sucessiva composição das páginas e páginas de quadrinhos necessariamente narrativas.

De modo casual, destacou o pesquisador espanhol, a fórmula de Manara, em que os personagens inseriam seus papéis na presumida existência real e que a partir daí começaram os acontecimentos, estava preconizada também pelo pensamento artístico de Rodin – "Uma arte que tem vida não reproduz o passado, continua-o".

Por isso e muito mais, a leitura de Giuseppe Bergman, na sua opinião, permitiu levantar diversos questionamentos. Manara construiu o que Coma chamou de "uma esplêndida comédia erótica – produto de inspirada reflexão sobre as estruturas linguísticas dos quadrinhos – que contrapõe a falsa moralidade

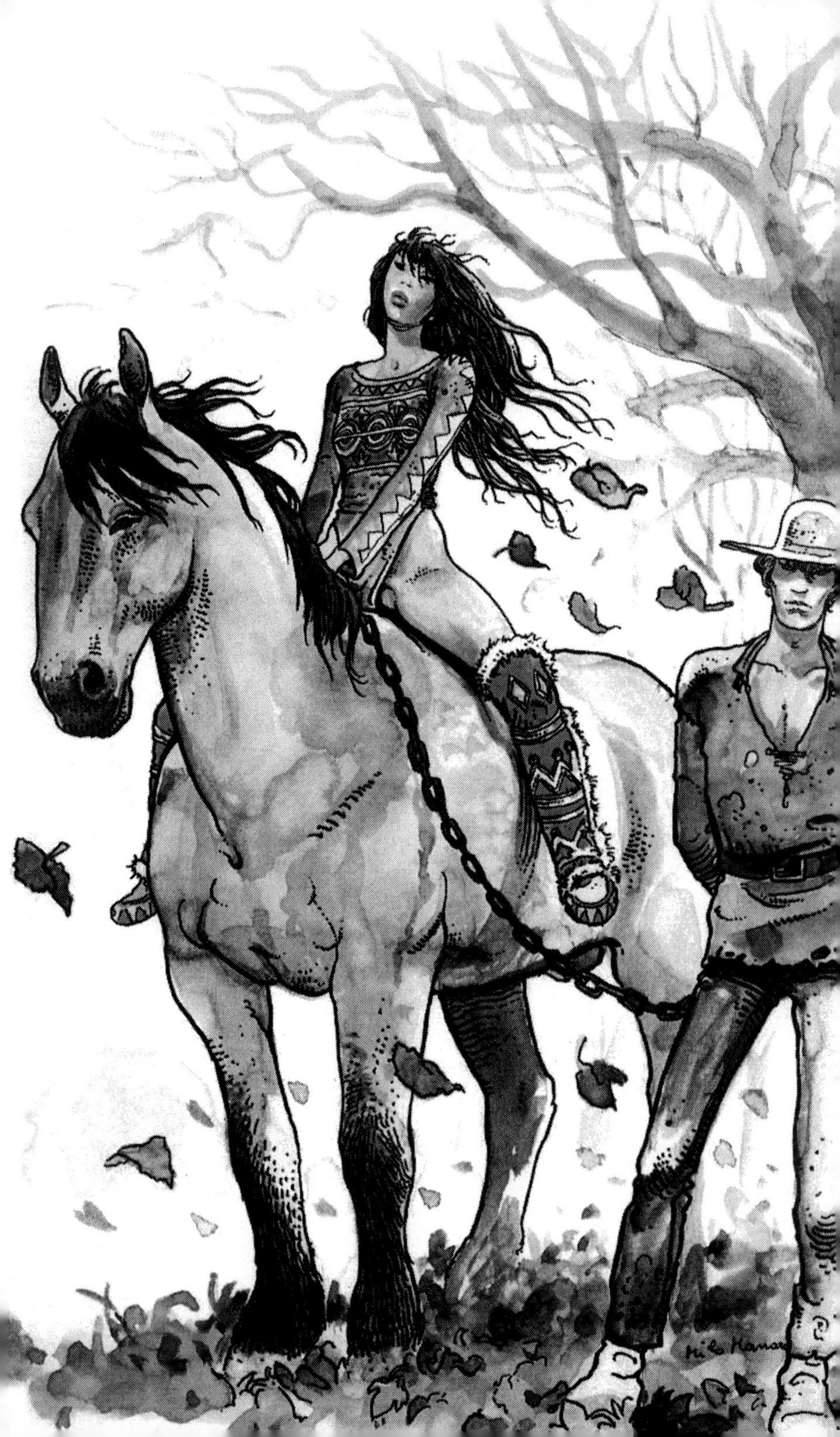

social de que pretendem alardear na ficção os figurantes simbolizadores da classe dominante".

Para estes, destacou Coma, aventurar-se na experiência da aventura tem sido, felizmente, arriscar-se em excesso. E o autor tem conseguido, com seu jogo mental, cumprir a necessidade de chegar ao revés da trama para adquirir uma precisa consciência ética. "Muitas vezes, sentiríamos vergonha de nossas mais belas ações se o mundo enxergasse todos os motivos que as originam", acrescentou o crítico espanhol.

WESTERN

A surpreendente repercussão da primeira aventura de Giuseppe Bergman abriu ainda mais espaço para Manara como quadrinista autoral, principalmente no mercado francês. Coube à editora Dargaud publicar, pela primeira vez, o poético western *Quatro Dedos – O Homem de Papel*, um dos trabalhos mais criativos e sensíveis já realizados sobre o gênero nos quadrinhos e, disparado, uma das melhores produções do artista italiano. Assim como em outros casos, é obra que ainda espera a merecida atenção crítica.

Com roteiro próprio, no qual inseriu um toque de humor refinado, com pé no realismo fantástico, Manara criou um grupo de cinco personagens inesquecíveis que lembram bem o universo humanista e singular que o diretor italiano de cinema Mario Monicelli (1915-2010) compôs no inesquecível filme *O Incrível Exército de Brancaleone*, comédia de 1966 levemente inspirada no livro *Dom Quixote*, de Miguel de Cervantes (1547-1616). Lembra também a história infantil do *Mágico de Oz*, de L. Frank Baum (1856-1919).

Pouco lido e conhecido, o poético western Quatro Dedos – O Homem de Papel é um dos trabalhos mais criativos e sensíveis já realizados sobre o gênero nos quadrinhos e, disparado, uma das melhores produções do artista italiano.

O ponto de partida da narrativa é a imensidão dos cânions americanos, no final do século XIX, onde um solitário jovem loiro admira a fotografia da linda moça chamada Gwendoline e brinca de gritar que a ama, enquanto ouve o eco repetir suas frases várias vezes pelo vácuo da montanha. Até que surge um velho sargento reservista rabugento do Exército da Realeza Britânica que ainda luta para retomar a América para seu país.

Como seguiam para a mesma direção, o rapaz finge que concorda com o confisco de seu cavalo para carregar uma caixa de madeira – onde estão o rifle e a farda do velho militar. Depois de boa caminhada sob o sol forte, o oficial decide desafiar sozinho uma cavalaria do exército americano.

Ridicularizado pelos soldados, o inglês biruta recebe como missão entregar-se, juntamente com uma linda índia, como prisioneiros no forte mais próximo. A antipatia entre a moça e o rapaz que acompanha o militar se revela de imediato e é recíproca. Ao vê-lo admirar a fotografia da amada, ela passa a chamá-lo de "Homem de Papel" – daí o título da história, que traz em si também uma amplitude maior de significados intencionalmente colocados pelo autor.

Os três prosseguem juntos até que encontram um homem gordo, atormentado por uma maldição que o transforma em uma espécie de fera bestial, semelhante a lobisomem, todas as vezes que começa a chover. Por fim, une-se ao grupo um índio sioux que está sendo perseguido. Sua principal característica é fazer tudo ao contrário, inclusive, montar a cavalo – o que só consegue de costas, numa referência ao filme *Um Homem Chamado Cavalo* (1970), de Elliot Silverstein. Tanto que, para agradecer ao sujeito gordo por tê-lo salvo, dá-lhe duas palmadas na face.

Entre idas e vindas, perigos constantes e o ódio mortal entre o loiro e a esperta índia nasce uma inesquecível aventura, regada a amizade, que se desenvolve para uma bela história de amor, cujo final é de enorme tristeza.

O álbum realçou a inspiração de Manara para fazer roteiros inteligentes e imaginativos. A complexidade de Giuseppe Bergman, deu lugar à poesia aplicada sobre tema tão desgastado como o faroeste em *O Homem de Papel*. Não deixou dúvidas de que o desenhista não apenas deu dois passos importantes como autor, mas confirmou o surgimento de um artista diferenciado no mundo dos quadrinhos. E que muita coisa surpreendente poderia surgir de seu talento.

Do ponto de vista pessoal, as primeiras histórias "solos" de Manara – com argumento e desenhos próprios – permitiram especular que ele estava pronto para abrir as portas de sua imaginação e fazer surgir um universo bem próprio que deixaria fluir seu irrequieto espírito libertário. Só não foi possível imaginar que ele conseguiria ir tão longe e subverter tantos valores quando fez da mais pura e irresistível sacanagem em quadrinhos de *O Clic* uma forma de arte.

Com roteiro próprio, no qual inseriu um toque de humor refinado, com pé no realismo fantástico, Manara criou, em O Homem de Papel, um grupo de cinco personagens inesquecíveis que lembra bem o universo humanista e singular do diretor italiano Mario Monicelli.

CAPÍTULO 4

MANARA E OS LIMITES DO EROTISMO

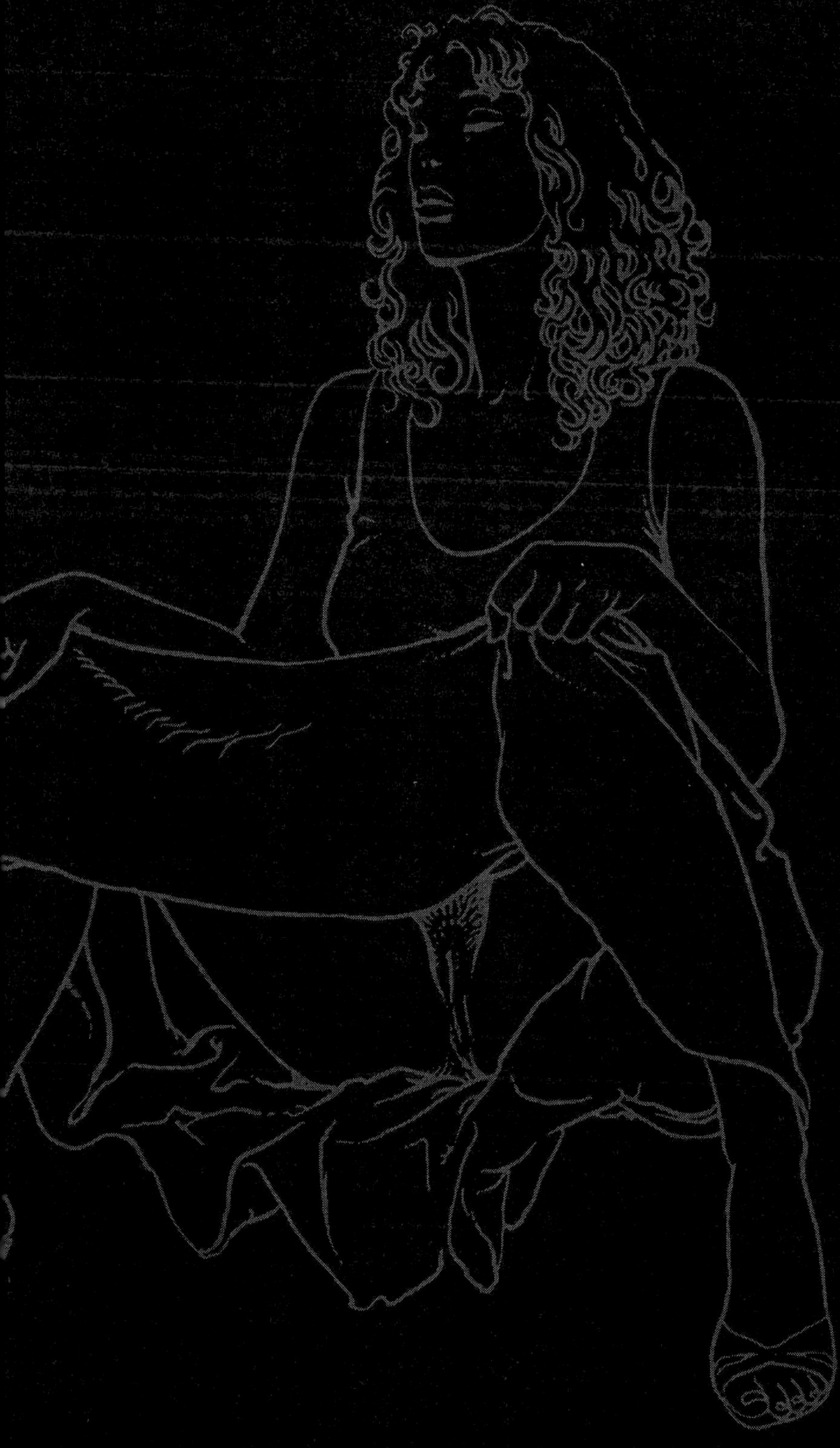

CLIC 1
MILO MANARA

A edição em formato álbum de O Clic fez com que Manara fosse
catapultado instantaneamente ao posto de autor de quadrinhos
mais comentado de 1983 em toda a Europa e nos Estados Unidos.

A virada profissional de Milo Manara que o transformaria em astro mundial dos quadrinhos começou a acontecer em 1982. Mais confiante em sua capacidade como roteirista, depois das experiências com os três álbuns de Giuseppe Bergman, *O Homem da Neve* e a aventura de *O Homem de Papel*, ele resolveu radicalizar – ou seria assumir? – em um gênero que o acompanhava com maior ou menor presença nas histórias que ilustrou ou escreveu desde 1966: o sexo.

Nos últimos anos, depois de se livrar dos quadrinhos de sacanagem, ele havia preservado em seus últimos trabalhos um pouco de erotismo e de nudez, como fez em Rei Mono e Bergman, por exemplo. O artista não abriu mão de colocar, sempre que possível, jovens e lindas mulheres nuas, com seus longos cabelos lisos ou cacheados. Com isso, explorava suas formas de modo a enfeitiçar seus leitores – de maioria masculina.

Com a censura moral mais branda e a consolidação do segmento de álbuns de luxo em quadrinhos para adultos, no decorrer da década de 1970 em vários países europeus, o artista escreveu e ilustrou seu primeiro trabalho exclusivamente erótico, em capítulos, da história que intitulou *O Clic* – no Brasil, ao ser lançado em 1986 pela Martins Fontes, recebeu o complemento de "A rendição do sexo".

Manara provou com esse trabalho, no primeiro momento, que também sabia contar histórias de forma mais compreensível, longe do experimentalismo de Giuseppe Bergman – como, aliás, já havia mostrado também em *O Homem de Papel*. A edição em formato álbum de *O Clic*, que começou a circular a partir do ano seguinte à publicação dos episódios, logo se tornou grande sucesso de vendas e de crítica em diversos países mais liberais, O artista foi catapultado instantaneamente ao posto de autor de quadrinhos mais comentado de 1983.

Com menos texto e mais imagens que os outros trabalhos em parceira ou solo, a obra revelou qualidades excepcionais, acima da média do que se fizera de erótico nos últimos anos, à exceção de Guido Crepax – com a vantagem de trazer conteúdo mais objetivo, acessível e popular que não havia em Valentina, Anita e Bianca, por exemplo. O desenhista era, então, um artista maduro, aos 39 anos de idade e com 18 anos de experiência como desenhista de histórias em quadrinhos.

Em *O Clic*, não havia mais as influências tão marcantes de Crepax dos primeiros anos, ou de Moebius e Pratt, da fase intermediária. Seu desenho realista, limpo e elegante, estava finalmente personalizado – o mesmo traço que se via em *O Homem de Papel* –, pronto para dar forma a seu talento de narrador excepcional. Nada, porém, atraiu mais o público que suas mulheres luxuriosas, finalmente despidas em todo o seu esplendor e totalmente à vontade para fazer uso do sexo como bem entendessem.

A história da milionária Cláudia, que perdia o controle sobre sua libido por causa de um dispositivo instalado em seu cérebro e acionado por controle remoto, trouxe para o público adulto um espetáculo temático e visual que fascinou, principalmente porque a leitura nada tinha de chocante, como costumam ser as revistas em quadrinhos pornográficas.

Havia ali uma usadia inédita, revolucionária até, como se constataria depois, algo que se estabeleceu confortavelmente na fronteira entre o pornográfico e o erótico. Manara havia criado o que se poderia denominar de erotismo total, sem limites de pudor, com estilo inédito e arrebatador, mas não pornográfico.

A história teria sido inspirada no episódio que ocorreu com o próprio autor no começo da década de 1980. Manara fora contratado pela revista masculina italiana *Playmen* – equivalente à americana

Playboy – para fazer algumas ilustrações eróticas. A encomenda veio do então diretor de arte da publicação, ninguém menos que Guido Crepax. Para fazer o trabalho, o desenhista foi passar alguns dias em Roma. Lá, impressionou-se com a feiura de um jornalista que trabalhava para a revista.

Embora fosse desajeitado e coberto de pústulas, ele estava sempre rodeado de belas mulheres, que supostamente não conseguiam resistir ao seu charme. Manara ficou intrigado com aquilo e perguntou para si mesmo qual seria o segredo daquele homem para obter tanto sucesso com as garotas? Teve, então, a ideia de criar a história: imaginou que ele possuía um controle remoto escondido, com o qual despertava nas mulheres o desejo por ele.

APARELHO

É necessário detalhar mais o conteúdo que nasceu daí. O álbum conta a história da aristocrática Cláudia Cristiani, jovem e bela mulher, na casa dos 30 anos, com curvas exuberantes e beleza facial pouco comum. Elegante e discreta no modo de vestir, com certo ar de arrogância, ela parece «bem» casada com o comendador Alberto Cristiani, homem idoso, dono de fortuna colossal e que lhe dá todo conforto possível.

Mesmo com a vida de princesa que leva, Cláudia parece ser uma mulher reprimida e contida sexualmente, talvez até insatisfeita ou infeliz em sua sexualidade. Ao mesmo tempo, Cláudia não demonstra qualquer interesse por sexo. Até que um dos amigos da família, conhecido apenas por doutor Fez, resolve assediá-la.

O inescrupuloso sujeito tem obsessão por possuí-la e tenta convencê-la a todo custo a se entregar aos prazeres carnais. Sem conseguir comovê-la, apela outra vez para que ela deixe de odiar seu corpo e de ter vergonha de se entregar a um homem mais viril que seu esposo, no caso, ele. Cláudia não lhe dá esperanças.

Pelo contrário: chega a ameaçá-lo de contar ao marido sobre as abordagens que lhe faz. Um dia, porém, durante uma conversa de bar, o doutor Contini mostra a Fez a revista que traz uma matéria sobre a descoberta de um poderoso remédio contra a impotência sexual de origem psíquica.

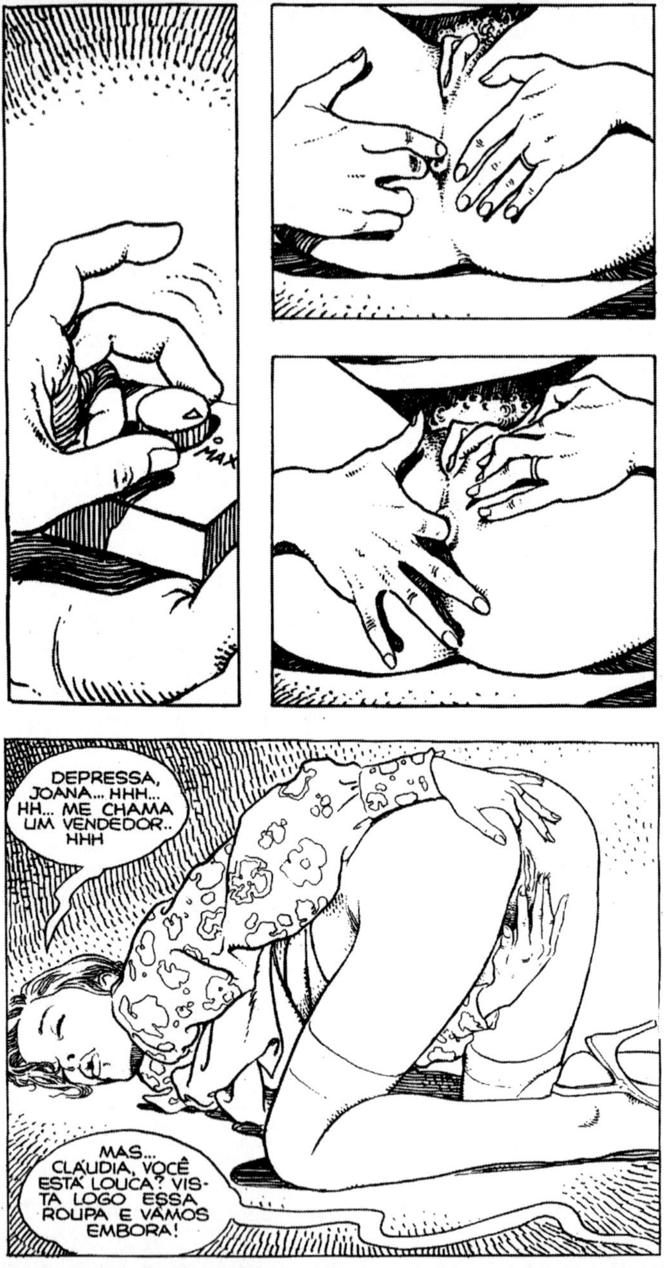
MAX
DEPRESSA, JOANA... HHH... HH... ME CHAMA UM VENDEDOR.. HHH
MAS... CLÁUDIA, VOCÊ ESTÁ LOUCA? VISTA LOGO ESSA ROUPA E VAMOS EMBORA!

Segundo o texto, o doutor Kranz e sua equipe, de Genebra, teriam inventado um transmissor com alcance de até dez metros que, quando instalado no cérebro de alguém, recebe estímulos sexuais que deixariam a pessoa excitada.

O efeito funcionaria a partir de um chip de apenas dois milímetros, que recebe os sinais por controle remoto e que pode ser carregado no bolso. A invenção tem um botão que regula a intensidade do estímulo. A engenhoca, porém, não havia sido testada em seres humanos. Fez aproveita-se da amizade com o dr. Kranz para entrar em seu laboratório e roubar o tal aparelho.

Em seguida, sequestra Cláudia e implanta o chip em sua cabeça. Libertada, ela volta para casa sem entender bem o que lhe havia acontecido. Sua vida, porém, jamais será a mesma. Como vingança por ter sido desprezado, Fez passa a segui-la por toda parte e a acionar o aparelho sempre que ela se encontra em lugares públicos. O que acontece em seguida é quase indescritível. A recatada senhora se transforma, então, em ninfomaníaca descontrolada.

Em uma das sequências, ela investe contra qualquer homem ou mulher que cruze seu caminho, sem se importar com o que vai achar quem está próximo. Na frente de plateias boquiabertas, ela ataca um padre, transa com o mordomo e parte para cima de um estranho no mesmo teatro e mesmo com o marido ao lado, faz sexo oral com o rapaz.

Uma das cenas mais picantes do álbum se passa no provador de roupas de uma loja. Cláudia começa a se masturbar, ao mesmo tempo em que manipula o próprio ânus com o dedo. Para escândalo de uma amiga, ela sai nua, à procura de um homem qualquer para possuí-la. Na frente da clientela escandalizada, implora ao primeiro jovem que encontra para que a deixe lhe fazer sexo oral. O que se passa com ela?

A trama inicial de O Clic narrava a história de uma recatada e aristocrática milionária chamada Cláudia, que perdia por completo o controle sobre sua libido e se transformava em uma ninfomaníaca, por causa de um dispositivo supostamente instalado em seu cérebro.

Desesperado por causa do exibicionismo da mulher, o comendador busca ajuda médica. E quem ele procura? Ninguém menos que o doutor Kranz. Este logo conclui que o seu transmissor roubado fora maldosamente implantado em Cláudia. Como solução, manda que o marido a leve para uma temporada em alguma ilha tropical, onde deve ficar escondida até que um detetive encontre o ladrão do aparelho.

O isolamento não dá certo porque Fez a segue e continua a estimulá-la psiquicamente. No meio do mato, por exemplo, ela chega a ser possuída por um cachorro. Em seguida, vai para a estação de esqui nos Alpes à procura de prazer. E assim os escândalos se sucedem, sempre em público. Entre outras estripulias, além de se masturbar numa festa de aniversário, Cláudia rouba a vela do bolo e a enfia no ânus na frente dos convidados. Depois, é perseguida nua pela estação. Até que vem uma revelação surpreendente no final da história.

ESTILO

Além de mostrar que Manara encontrou um particular e característico estilo de contar história de sexo, divertido e chocante, *O Clic* trouxe uma característica especial na sua estreia como autor erótico: ele não se impusera qualquer limite de censura para escancarar literalmente sua personagem principal.

A história de Cláudia não tem pudores ou qualquer freio moral. Apresentou, sim, a radicalização proposital do espírito subversivo e inquieto do autor que, para os moralistas, não passava a impressão de um trabalho oportunista, em busca do lucro e do sucesso fáceis, comuns em publicações sobre sexo.

Mais tarde, quando se referiu ao erotismo existente em suas histórias, produzidas nos anos de 1980 e 1990, o autor disse: "O sexo é um componente determinante da cultura. Quando se vive plenamente a própria sexualidade, rompe-se com o embrutecimento social. E quando desenho cenas eróticas, creio que expresso uma das dimensões essenciais no homem e que é o único objetivo da aventura".

O Clic foi recebido como obra provocativa e também escandalosa por quem condenava a abordagem sexual em qualquer forma de expressão artística. Para os críticos e leitores mais liberais, havia, sem dúvidas, nas entrelinhas dessa história, certo propósito libertário para a mulher, sob certos aspectos. Cláudia, mesmo sem querer, aparentemente, confrontava a hipocrisia das relações e das normas religiosas que regulam, há milhares de anos, a conduta social ocidental.

A personagem fazia isso ao desnudar seu corpo, ao explorar suas entranhas e deixar fluir toda a potencialidade de prazer do corpo feminino – suprimido à força pela religião ao longo de dois mil anos. Manara construiu uma obra rica em significados e, por isso, realizou um trabalho contundente que dividiu opiniões. Os conservadores não mediram esforços para reduzi-lo à mera pornografia escandalosa e à redução da protagonista à gratuita exploração sexual e comercial.

Mesmo assim, a maioria não teve como não se render à qualidade de seus desenhos e à sedução de suas mulheres, sem se importar com as implicações morais da trama. Por isso, muitos costumam destacar apenas esse aspecto de seu trabalho. Ou seja, passam a ideia bastante superficial de que ninguém desenha garotas "gostosas" como ele.

Mas, quem escreve quadrinhos eróticos daquela forma? Entre os críticos mais receptivos *O Clic* foi aclamado pelo tratamento dado ao erotismo com elevado nível satírico e humorístico. O artista certamente previra a polêmica em que se meteria. Sua experiência em jamais ter deixado de relacionar seu trabalho com erotismo certamente o levou a correr o risco.

Mesmo que, para isso, em suas entrevistas, tivesse de explicar que não se tratava do sexo pelo sexo em sua arte. "Nada é gratuito quando desenho", garantiu. "Tenho a firme intenção de expressar uma das dimensões essenciais do ser humano". Não se deve afirmar, de qualquer modo, que seu primeiro trabalho erótico tenha ficado somente no nível superficial.

Afinal, *O Clic* mostrou que, como nenhum outro trabalho do gênero, Manara sabia trabalhar bem as fantasias sexuais universais. Seus futuros trabalhos mostrariam que havia sim uma consciência intencional para estabelecer um estilo próprio de fazer quadrinhos eróticos. Ou seja, ele tinha completo domínio sobre como manipular a imaginação do leitor que leria seus trabalhos.

ENGANO

O mesmo elemento fantasioso do voyeurismo que propiciara ao leitor contemplar a indiscrição de Cláudia em *O Clic* serviu de tema também para cinco histórias avulsas do volume "As aparências enganam", lançado na Europa em 1984. Todas as histórias tinham em comum a ideia da falsa aparência e haviam sido publicadas em algumas das mais importantes revistas em quadrinhos europeias: *À Suivre*, *Pilote*, *Métal Hurlant* e *Frigidaire*.

Seus temas variavam da ficção científica às alegorias, todas com enfoque erótico. A primeira delas não tem diálogos e traz a personagem Sandra F, suposta leitora de Manara que vive em Verona e lhe escreve cartas para perguntar se ele sabe o que é angústia – a ideia do artista é trabalhar criticamente o sexo de outra forma, com ênfase na solidão e na autocastração das pessoas.

A primeira carta – e as demais – vem acompanhada de trechos de seu diário íntimo, com a descrição de vários caprichos picantes que representam suas maiores obsessões: ser bolinada e se exibir publicamente.

Outro destaque deste álbum é a história chamada "Sem título", com quatro páginas, em que apresenta interessante alegoria do cinema autoral de Fellini – mais uma vez, presente na obra de Manara –, com sucessão de quadros oníricos.

Suas imagens mostram símbolos identificáveis para os fãs do

Na década de 1980, Manara fez uma série de histórias breves que
quase nunca passavam de seis páginas – publicadas no Brasil, em parte,
no volume Curta-Metragem, da L&PM. Enquanto isso, seus álbuns
ganhavam títulos diversos, como nessa edição O Perfume de Um Sonho.

cineasta, como o navio do filme *E La Nave Va*, a vila romana de *Satyricon* e alguns personagens de *Casanova*. Há, também, homenagem ao genial compositor Nino Rota (1911-1979), responsável pelas trilhas sonoras de grandes filmes.

No Brasil, essas histórias seriam reunidas quatro anos depois, no volume *Curta Metragem*, publicado pela editora gaúcha L&PM, acrescentadas de outras histórias que foram descritas pelo crítico Marcel Plasse como trabalhos em que "a melancolia, o erotismo, os sonhos e a magia se transformam em traços de penas finas que furam o coração das telas brincando de faca com a realidade".

Numa delas, a ficção espacial "Fone", o artista mostra determinado planeta tomado por montanhas de livros que guardam o futuro escrito em suas páginas. Tudo começa quando dois náufragos, um terráqueo e um "artusiano", encontram um livro que descreve a possibilidade de fuga daquele planeta insano.

Mas há um problema: o texto é formado de palavras trocadas e imperfeições de escrita que, quando lidas, transformam tudo ao seu redor. A história, de oito páginas, foi republicada depois na revista *Animal* nº 5, de 1989, com o título de "Fom". Alguns estudiosos, como Nobu Chinen, apontaram uma influência/homenagem ao conto "Biblioteca de Babel", do escritor argentino Jorge Luís Borges.

Manara prestou aqui uma homenagem alegórica ao Beatle John Lennon (1940-1980), assassinado em 8 de dezembro de 1980 por fã paranoico, em Nova York. Ele aparece no céu, sem os diamantes de Lucy e alegra o paraíso ao cantar para os anjos a canção "Sgt. Pepper's Lonely Hearts Club Band". Uma emocionante história poética em quadrinhos – publicada na *Animal* número 4, de 1988.

INVISÍVEL

A característica de roteirista habilidoso na exploração das fantasias sexuais mais universais desenvolvidas por Manara nos álbuns *O Clic* e *Curta Metragem* seria confirmada no seguinte, *O Perfume do Invisível*, de 1985.

Dessa vez, o imaginário sexual aparece no desejo de um bom número de pessoas em se tornar invisível para bisbilhotar a intimidade do outro. Aqui, a ideia do artista é brincar com o sonho

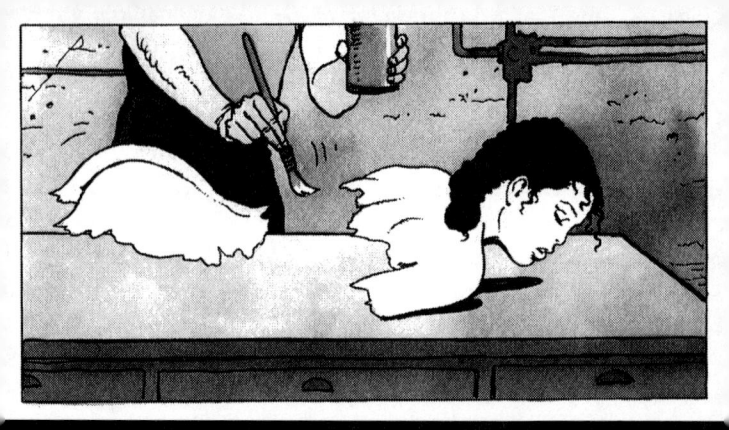

Milo Manara

O PERFUME DO INVISÍVEL

O Perfume do Invisível, de 1985:
Dessa vez, Manara explorou o
imaginário sexual universal de
homens e mulheres em se tornar
invisível para bisbilhotar a
intimidade do outro.

maior – porém impossível – de entrar nos lugares mais secretos sem ser notado, principalmente em banheiros, quartos de dormir etc. ou até mesmo para propósitos nada libidinosos como assaltar um banco ou uma joalheria.

Com o talento de criar situações engraçadas no melhor estilo dos filmes de humor e das sitcoms da TV, Manara diverte e excita o leitor ao mesmo tempo, com situações que surpreendem a cada cena. Na história, ele narra as aventuras da loira Mel, que se mete nas mais incríveis confusões porque ninguém acredita que ela está acompanhada de um homem invisível. Dona de respeitável par de lábios carnudos, Mel tem corpo perfeito, que transpira sensualidade no andar e no piscar dos olhos, vestindo sempre um leve vestido azul.

A pobre moça é secretária da ambiciosa e temperamental bailarina Beatriz Daltavilla. A trama tem início no momento em que ela se dirige ao quarto da patroa em um elegante hotel e, ao entrar, depara-se com um homem que só tem metade do corpo – da cintura para cima. Assustada, a jovem tenta correr, mas o invasor a segura e explica o que está acontecendo: ele é professor de fibra ótica e havia criado uma espécie de pomada que não reflete a luz de forma normal, de modo que qualquer objeto untado se torna invisível.

A substância tem, em sua composição, o caramelo, que funciona como um mecanismo não tóxico aderente. O professor revela que, desde a infância, é louco por Beatriz – seu amor de infância, agora uma bailarina famosa e cruel – e que está no seu quarto com o propósito de se aproximar dela sem ser notado, uma vez que a amada sempre o ignorou. Mel pensa que tudo não passa de um sonho (ou pesadelo), até que tateia na altura da cintura do

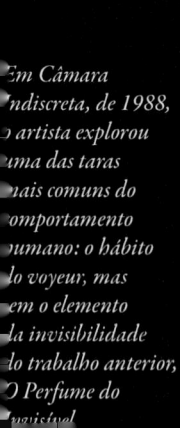

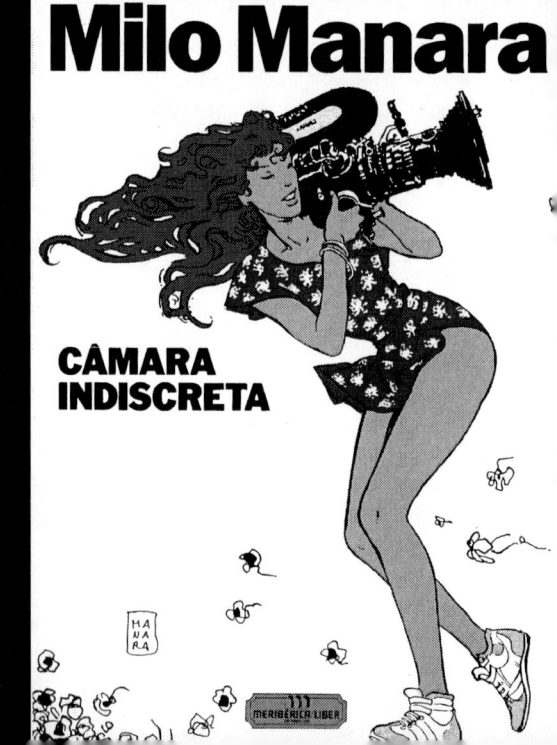

Em Câmara
Indiscreta, de 1988,
o artista explorou
uma das taras
mais comuns do
comportamento
humano: o hábito
do voyeur, mas
sem o elemento
da invisibilidade
do trabalho anterior,
O Perfume do
Invisível

estranho e toca seu pênis. Ela percebe que o membro logo se alterara ao sentir seus dedos e entra na brincadeira com o estranho.

O professor, então, implora a ela para que não conte nada a Beatriz, mas não é atendido. A loira sai à procura da bailarina e, quando a encontra, tenta contar o que acabara de lhe acontecer. Só que ninguém, claro, acredita na história.

Vem, a seguir, a mais pura e refinada sequência erótica que só Manara sabe fazer. Como na antológica cena do restaurante em que, totalmente excitada, Mel abaixa a calcinha, passa uma fatia de pão em sua genitália úmida e dá o pedaço para o professor invisível saborear. Ele come a massa melada e acha o sabor adocicado, com gosto de caramelo.

A criatividade de Milo Manara, de certa forma, foi redimensionada com o lançamento de *O Perfume do Invisível*. O tema original da história consagrou seu talento de forma definitiva. A ideia da invisibilidade foi, sem dúvida, uma sacada que o fez acertar de novo, bem no alvo, do mesmo modo que em *O Clic*.

Sem dúvida, o artista buscou inspiração no romance de ficção científica *O Homem Invisível*, escrito em 1881 pelo inglês H. G. Wells (1866-1946). Para dar forma à protagonista, ele homenageou a atriz Kim Basinger, musa da época.

CÂMERA

Nessa época, várias editoras, como a Martins Fontes, do Brasil, adquiriram os direitos dos dois álbuns eróticos de Manara e criou-se em torno dele grande expectativa sobre seus futuros trabalhos. Nesse sentido, o livro seguinte não decepcionou. *Câmara Indiscreta,* de 1988, seguiu a mesma via do voyeurismo.

Dessa vez, o artista explorou uma das taras mais comuns do comportamento humano: a bisbilhotice, o hábito do voyeur, mas sem o elemento da invisibilidade do trabalho anterior. Na contracapa do livro, a chamada anunciava sua intencionalidade de espiar a vida alheia: "Quando Milo Manara foca a sua câmera indiscreta, a imaginação abre suas portas para o erotismo".

O nome do álbum veio de um desses programas de tevê especializados em "pegadinhas", que começavam a virar mania nas televisões do mundo todo na década de 1980. A primeira aventura trazia um título sugestivo relacionado ao impacto causado por *O Clic*. Como se fosse uma resposta às críticas que havia recebido, Manara criou "A opinião sobre o pudor".

Na trama, a equipe de produção de TV resolve testar se o pudor é algo inerente à alma humana ou imposto pelas leis e religiões. Para isso, instala uma câmera escondida em um hotel e determina que um ator pare mulheres na rua e lhes ofereça 250 notas em dinheiro para levantar a saia durante vinte segundos. Para descontrair as interessadas, uma loira da produção, Miel, finge que nada sabe e participa do quadro.

Na segunda história, a pegadinha se chamava "O Disco Voador". A mesma Miel tem seu corpo pintado de verde para se fazer passar por uma marciana com três seios e asas de borboleta que desembarcara na Terra, enquanto câmeras escondidas filmam a reação das pessoas.

A nave foi alugada na Cinecittà, famoso estúdio de cinema italiano, onde Fellini fez a maioria dos seus filmes. Dessa vez, porém, sai tudo errado. O disco e sua linda tripulante, instalados nas ruínas milenares do Coliseu, provocam um grave engavetamento no trânsito.

Em "Por culpa de um desconhecido", o cinegrafista da equipe aborda uma mulher na estação de trem e seu gesto causa ciúme no marido dela. Diante de sua rispidez, ele decide segui-los e o que acontece em seguida nada tem de convencional. Na história "Joisses", um milionário propõe ao produtor da mesma equipe de TV que registre em vídeo a sua transa com a esposa. Em retribuição, promete patrocinar seu filme. Segundo ele explica, está na moda homens trocarem fitas com cenas em que eles transam com suas mulheres. Uma trapalhada, porém, põe tudo a perder.

Em "Bailarina", Miel se inscreve como participante do concurso para Miss Itália com o propósito de revelar os bastidores do evento. A produção consegue até arregimentar um aliado do júri, certo desenhista de histórias em quadrinhos. Diferentemente dos outros episódios, nada há de engraçado no final. Por fim, em "O Rito", tudo começa quando, durante uma viagem, o produtor do grupo ouve uma estranha história no avião sobre ritual de exorcismo ao qual uma bela mulher acusada de bruxaria será submetida ao método como meio para purificar sua alma.

Ao chegar, ele avisa seus colegas para que posicionem as câmeras no local. No meio da multidão, enquanto o exorcista fala, a garota tira a roupa, peça por peça, e é obrigada a mergulhar nas águas frias de Veneza, diante da plateia curiosa. Essa narrativa acabou por se tornar a história singular no álbum, porque foge do factual e direciona para o realismo fantástico e para as fantasias da experiência de Manara com Giuseppe Bergman.

SADOMASOQUISMO

No ano de 1989, Manara participou como ilustrador de um projeto dos mais interessantes em sua carreira: o livro *A Arte da Palmada*, do escritor francês Jean-Pierre Enard. O romance era um intenso e moderno relato sobre sadomasoquismo, bem escrito, provocativo e polêmico. Enriquecida com 76 ilustrações de Manara, a obra se revelou um tratado sem pudores em homenagem ao bumbum feminino.

A história, dividida em oito capítulos, é narrada por Eva Lindt, conhecida como a rainha da fofoca e a imperatriz do escândalo, por causa das crônicas que escrevia para vários jornais sobre a vida sexual das estrelas. Ela também tem um programa de TV, exibido às sextas, a partir das 22 horas, em que oferece ao público "uma visão profunda do decote" e "histórias apimentadas através dos meus lábios gulosos".

Na sua profissão, segundo ela, para se dar bem, é preciso "empenhar-se de corpo e alma". E é a curiosidade pela vida alheia que induz Eva a uma interessante descoberta durante uma viagem de trem. A personagem acaba de embarcar em Lyon, está sozinha quando um senhor portando uma valise se senta em frente a ela. Encantada com a presença do estranho, a moça passa a "devorá-lo" com os olhos.

Mas o passageiro parece não a notar porque sua atenção estava voltada para as bundas das mulheres que circulavam pela estação antes do trem dar a partida. Após se fixar em uma delas, ele retira seu caderninho verde do bolso e começa a escrever afoitamente, até que a locomotiva dá a partida. Algum tempo

MANARA
ENARD
A Arte da Palmada

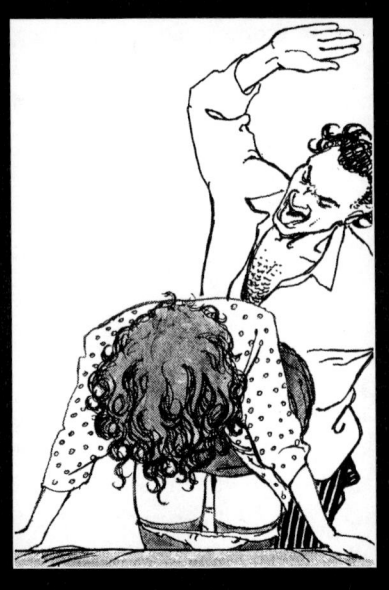

Com 76 ilustrações de Manara, A Arte da Palmada, do escritor francês Jean-Pierre Enard, era um intenso e moderno relato sobre sadomasoquismo, bem escrito, provocativo e polêmico.

Martins Fontes

depois, com o trem em movimento, ao notar que ele cochila, Eva apanha suas anotações e o que chama a sua atenção, no primeiro momento, é o título do caderno, escrito a mão: "A Arte da Palmada".

Logo abaixo, ela vê o desenho de uma cena erótica. Depois de olhá-la por algum tempo, a moça começa a ficar excitada e a se lembrar das histórias infanto-juvenis da Condessa de Ségur, que leu quando era mais jovem. Eva recorda que tremeu de prazer enquanto lia passagens eróticas escritas pela condessa. Como a passagem em que o professor chama uma aluna malcomportada até o quadro negro, tira-lhe a calcinha na frente da turma e lhe aplica um castigo no bumbum com o qual todos se deliciam, excitados.

Enquanto Eva tem sonhos eróticos acordada, o dono do caderno abre os olhos e lhe pergunta se gostou do manuscrito que tem em mãos. A moça percebe que ele não havia dormido coisa nenhuma e armara uma encenação para ver até onde ia a sua curiosidade. Ao notar que Eva está desconcertada, o homem se identifica como Donato Casanova e explica que se trata de um livro de memórias, com suas experiências sexuais. Fizera aquilo, acrescenta, porque a reconheceu como a famosa jornalista Eva Lindt.

Diante da resistência dela em devolver o caderno, ele faz uma série de observações sobre a importância da palmada. Ressalta que se trata de recurso em desuso e que, infelizmente, havia perdido espaço na cama para o chicote e a correia. "Ninguém sabe o que é uma palmada e muitos a consideram punição infantil. Outros, como mania ridícula. Mas, a palmada é a melhor maneira de se homenagear o que a mulher tem de mais nobre, mais delicado e mais generoso: a bunda".

Enfeitiçada pelo charme e pelas palavras do estranho Casanova, a jornalista apenas o escuta em silêncio, à medida que aumenta sua excitação. "Você sabia, Eva, que o ser humano é o único animal que tem bunda? Os demais animais têm rabo! Nós é que temos essas esferas arrogantes e adoráveis, que atraem, assanham e provocam. Nas mulheres, elas têm curvas deliciosas, que são um convite irresistível à mão. Dar umas palmadas na bunda não é bater. É, ao mesmo tempo, afagar e violar. Para mim, não há nada mais maravilhoso do que uma bunda que corcoveia sob a mão, depois se enrijece e se retesa, solicitando a palmada seguinte".

No mesmo movimento, prosseguiu ele, "ela se revolta e se

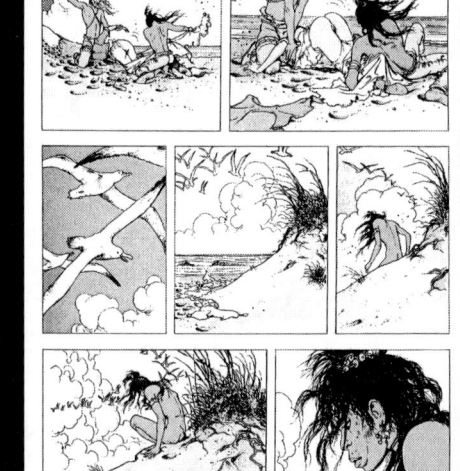

Pratt, que já tinha sido homenageado nas aventuras de Bergman, uniu-se a Manara para produzir Verão Índio, de 1986, obra de fôlego, com mais de 130 páginas. A parceria causou impacto, pela qualidade do roteiro e pelo preciosismo dos desenhos de Manara.

oferece. Dar umas palmadas no rabo de uma mulher é melhor que enrabá-la. É como fazer amor e ao mesmo tempo observar os efeitos". Em seguida, o estranho pede Eva para que leia seu relato em voz alta. Diz ter certeza de que ela saberá apreciá-lo. Como a viagem é longa, Eva segue a recomendação e mergulha fundo em suas excitantes aventuras.

AVENTURAS

Milo Manara não abandonou os quadrinhos de aventura depois que se consagrou como autor de álbuns eróticos, a partir do começo da década de 1980. Na verdade, sob esse aspecto, é preciso ressaltar, suas abordagens sobre sexo devem ser mais bem classificados como "aventuras eróticas", uma vez que esse foi o seu gênero predominante de narrativa, sempre com personagens em movimento o tempo todo, mudanças de ambientes e ação constante.

Tanto antes como durante essa fase, ele produziu histórias em que não apenas o erótico era o elemento central de cada enredo. No decorrer dos anos de 1980, Manara deu continuidade aos experimentos da linguagem e da narrativa iniciados em *As Aventuras de HP e Giuseppe Bergman*.

O artista também produziu, até o final da década seguinte cinco álbuns inesquecíveis e consagradores – dois com roteiros seus e três em parcerias com duas de suas mais importantes influências: Hugo Pratt e Federico Fellini. Em um espaço de dez anos, publicou duas obras-primas, *Verão Índio* (1986) e *El Gaúcho* (1990), com roteiros de Pratt.

A breve e fundamental parceria entre os dois quadrinistas italianos se tornou um acontecimento no mundo dos quadrinhos europeus, pela grandiosidade dos trabalhos que realizaram, em forma de épicos históricos comparáveis aos grandes filmes de aventura. O ataque final dos índios ao forte no álbum *Verão Índio*, por exemplo, tornou-se algo para se rever sempre e não se esquecer jamais.

Não foi diferente em relação ao confronto entre os piratas ingleses e as forças espanholas e escocesas no começo do século XIX, em Buenos Aires, como se viu no espetacular *El Gaúcho*.

Ambos resultaram da combinação irretocável dos gostos de dois dos maiores autores de histórias em quadrinhos do século XX: a paixão pela aventura histórica e pela descoberta de novos mundos de Pratt, com o traço vigoroso, expressivo e de beleza plástica inigualável do grande mestre do erotismo em que Manara estava se transformando quando fez o primeiro álbum.

Por méritos diversos, *Verão Índio* causou impacto em toda a Europa. Não apenas pela qualidade do roteiro de Pratt, como também pelo preciosismo dos desenhos de Manara que, além de estilizados como sempre, traziam um detalhismo e acabamento que até então não se vira em nenhum de seus trabalhos anteriores.

Pratt, que já tinha sido homenageado nas aventuras de Bergman, uniu-se a Manara para produzir obras de fôlego, com mais de 130 páginas cada. Por outro lado, além do valor artístico, com base em dois fatos históricos, eles ofereceram ao leitor a oportunidade de conhecer episódios exemplares da construção de duas nações – Estados Unidos e Argentina, país com quem Pratt tinha relação sentimental forte e duradoura. Ou seja, os volumes tiveram em comum também o universo selvagem da conquista da América.

Verão Índio narra uma trágica história ambientada na América colonial, a partir da adaptação livre do romance *O Último dos Moicanos*, de James Fenimore Cooper (1789-1851). Este, aliás, foi ressuscitado no fictício e imaginativo prefácio no qual o escritor apresentava Pratt e Manara como dois contemporâneos seus e fazia observações sobre a adaptação.

A aventura começa com um estupro. Dois adolescentes – um descendente de holandês e outro da tribo dos Squandos – estupram uma menina loira que passeava na praia, depois de colher flores. A primeira cena traz uma brutalidade de grande impacto: a garota é possuída à força pelos rapazes, que, em seguida, a abandonam para brincar nas ondas do mar, sem qualquer aparente noção de culpa.

Logo depois, um dos índios adultos explica tal comportamento: trata-se de algo que ocorre rotineiramente entre os rapazes mais jovens a cada ano, sempre que começa o verão índio, quando sentem vontade de "brincar" com as fêmeas. Só que eles escolheram a mulher "errada".

Em seguida, surge o jovem branco Abner Lewis, que mata os dois garotos para vingar a moça que está caída e ferida. Em seguida, arranca os escalpos (cabelos) dos dois mortos como troféu.

Visivelmente encantado pela beleza da jovem, Abner a leva para sua casa. Esse episódio desencadearia, no entanto, uma guerra de vingança dos índios contra os brancos de consequências trágicas, narrada de forma épica, como uma superprodução cinematográfica.

Em ritmo frenético de tirar o fôlego, a história gira em torno da amaldiçoada senhora Lewis, mãe de Abner, conhecida como a "Mulher-Diabo", marginalizada do convívio social, acusada de bruxaria e de conduta imoral. Ela vive em uma cabana na floresta, com seus três filhos bastardos e um menino adotado. Dois deles têm como pais o temido reverendo Black e seu filho, Peregrino Black, que, em diferentes momentos, violentam Lewis.

Nesse clássico inesquecível da história americana, Manara retoma o tema do faroeste com roteiro enxuto no qual os desenhos falam mais que os textos, literalmente. Nas nove primeiras páginas, por exemplo, não há um único balão. Depois de breve fala, seguem-se mais quatro páginas "mudas". Ao que parece, Pratt sabia que podia criar algo interessante apenas com os desenhos expressivos do colega e sem precisar do uso de balões.

Informações históricas, aventura, romance, sexo e humor foram explorados para contar uma história sobre os primórdios da América. O principal mérito de Pratt foi ter realizado um roteiro denso no qual bandidos e vilões não foram claramente distintos e o elemento surpresa se tornou constante. Ao final, é possível notar a nobreza de sua intenção, quando retira do índio o papel demoníaco ou de vilão e o transporta não exatamente para o branco colonizador, mas para a essência de pessoas de índole ruim que compuseram a trama.

De acordo com seu enredo, entende-se que todos os lados que participaram do conflito foram vítimas do processo cruel de descoberta e conquista que ocorreu a partir do choque de culturas e do desconhecimento destas como fatos geradores do conflito. O foco crítico de Pratt, na verdade, foi a presença implacável da religião naquele período histórico importante, que revelou um poder inescrupuloso e hipócrita, além de desumano, no qual os princípios bíblicos foram usados ou abusados para atender a interesses pessoais mesquinhos.

O poder aparece dividido e conflituoso entre as forças da guarda imperial britânica e o reverendo Black, sujeito cuja aparência física lembra mais a figura demoníaca que se impõe pela defesa da moral, a partir de princípios cristãos que regem a sociedade na época – relações às quais o autor não se colocou como subserviente.

A posição de Pratt frente à religião é objetiva e corrosiva. Black se destaca na trama como homem de ambições desmedidas, que compra e vende pessoas brancas como escravas e não tem pudores para abusar sexualmente das mulheres que deseja, pelo uso da força e do terror religioso.

O roteirista radicalizou em sua abordagem quando inseriu na trama a questão do incesto, justificável por uma das personagens com dois argumentos: o comportamento do reverendo, que é uma autoridade de Deus; e o modo como o tema aparece de forma recorrente ao longo da Bíblia, principalmente no Antigo Testamento – a origem do homem com Adão e Eva não teria acontecido assim?

PIRATAS

Pratt e Manara retomaram a temática histórica em *El Gaúcho*, com foco no contexto da Guerra Anglo-Espanhola, outro trabalho que já nasceu clássico. O prólogo da aventura: tudo se passa no final do século XIX, quando um grupamento de soldados argentinos da província de Buenos Aires faz uma expedição à aldeia de Namancura e se depara com um velho branco que teria mais de cem anos de idade. A tropa é recebida com terror pelos índios, que veem esses homens brancos como "cristãos" perigosos. Por isso, saem em correria.

Mesmo com o clima hostil entre os dois lados, o capitão fica mais impressionado com a misteriosa figura anciã e determina que um soldado tome nota de suas memórias. Seu nome é Tom Browne, mas os nativos que o acolheram o chamam de Paraun. Este, então, recorda o que considera o momento mais importante de sua vida, marcado por um amor que jamais esqueceu.

O relato parte do momento em que ele chega à América do Sul como tocador de tambor do 71º Batalhão de Infantaria Escocês, que participaria pouco depois da invasão inglesa a Buenos Aires, no terrível inverno de 1806-1807.

O velho soldado conta que, até aquele momento, havia conhecido muitas mulheres, mas nenhuma como Molly Malone, peixeira de Dublin que fora obrigada a embarcar no mesmo navio que ele para servir de diversão sexual aos oficiais, junto com dezenas de jovens raptadas. Ele relembra que, desde o começo da longa travessia marítima, um havia se interessado pelo outro. A aproximação, porém, torna-se ameaçada por causa das complicações que surgem quando os ingleses estão ancorados e prestes a bombardear a maior cidade argentina.

O enfoque sobre a opressão religiosa em *El Gaúcho* funcionou como um dos pontos em comum com *Verão Índio* – além do fato de ser um episódio da história da América quase selvagem do século XIX e pouco conhecido fora da Argentina.

A importância da presença do elemento religioso estava no pretexto e na justificativa para grandes decisões que resultariam em sacrifícios de muitas pessoas, na época em que a vida pouco valia naquele ponto hostil da América do Sul.

Tanto que os navios traziam em seus porões lindas jovens irlandesas, escravizadas como prostitutas – e essa era apenas uma das facetas da violência em nome do poder e da sujeição aos Céus e a Deus. E onde acabava a aventura histórica de *El Gaúcho*? Em uma trágica e inesquecível história de amor.

Esse foi o ingrediente que Pratt sempre soube dosar bem em seus roteiros de Corto Maltese, como parte fundamental para se construir bom relato de aventura, sua maior especialidade. Sensibilidade, aliás, que Manara usou bem em *O Homem de Papel*, dez anos antes. O roteiro do parceiro e mestre, novamente, revelou-se soberbo, na sintonia perfeita com os desenhos do discípulo e amigo. Infelizmente, os dois jamais voltariam a trabalhar juntos.

Ao *The Comics Journal*, em agosto de 1997, Manara disse que considerava *Verão Índio* e *El Gaúcho* duas obras "absolutamente importantes" em sua carreira. Em ambas, observou ele, foi apenas o desenhista, não o roteirista. Por isso, pôde se concentrar inteiramente nos aspectos gráficos e estéticos. "Eu não mexi em uma única palavra na história de Hugo. Eu só acrescentei alguns painéis e as primeiras páginas da sequência inicial [em *Verão Índio*]. Eu tive bastante liberdade para trabalhar, poderia combinar duas linhas de diálogo no mesmo quadrinho, se eu quisesse. No entanto, respeitei os diálogos o tempo todo porque achei que isso era necessário para preservar o estilo dele".

O artista contou que recebeu o roteiro escrito a mão, em folhas

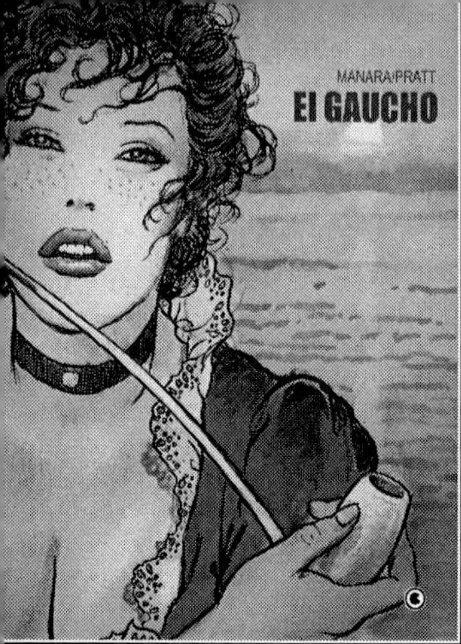
MANARA/PRATT
EI GAUCHO

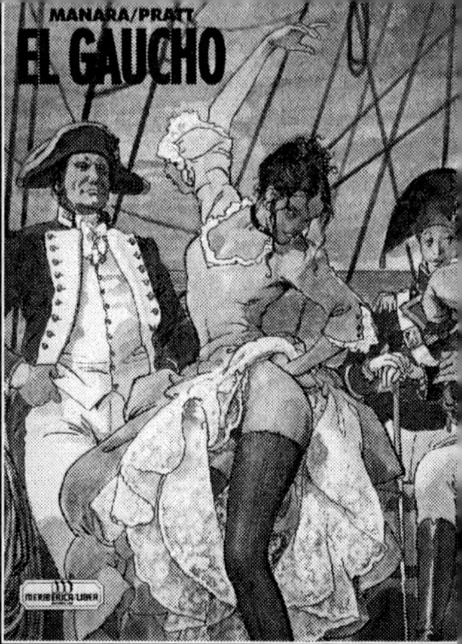
MANARA/PRATT
EL GAUCHO

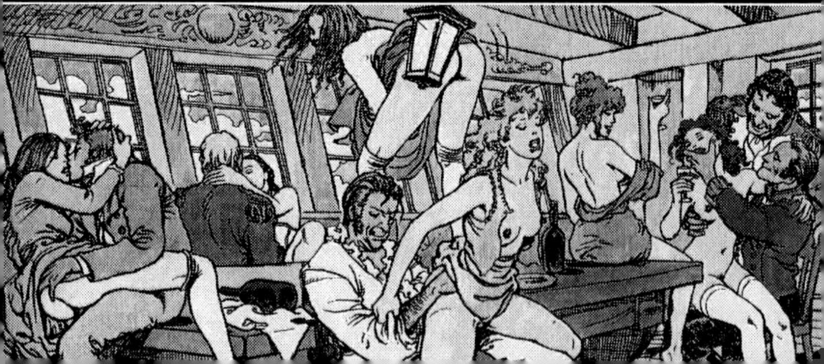

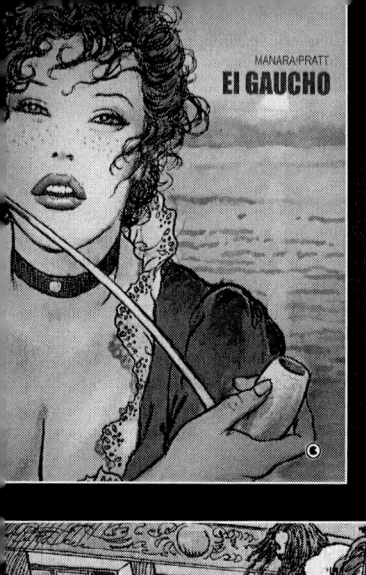

soltas que Pratt lhe entregara pessoalmente. Ficou acertado que o resto seria enviado eventualmente pelos Correios ou entregue quando os dois se reunissem novamente. Uma coisa que ele se lembraria de *Verão Índio* foi que dois episódios ele desenhou nos Estados Unidos, em New Orleans, quando foi fazer o lançamento de *O Clic*.

Ele recordou: "Era para ficar apenas algumas semanas e me preparar para fazer esse álbum. Mas resolvi adiantar o trabalho para que pudesse ter noção mais clara do que deveria fazer. Como isso aconteceu, fiquei mais tempo do que o previsto, quatro meses, e então dois capítulos foram feitos, em um total de 14 páginas".

Sobre *El Gaúcho*, Manara contou que, no momento em que o projeto estava sendo feito, Pratt adoeceu gravemente. Por isso, tornou-se uma produção complicada, com uma série de transtornos e interrupções, entre idas e vindas. "Hugo, lembro-me disso perfeitamente, disse-me para apressar e terminá-lo porque ele queria ser capaz de vê-lo antes que fosse 'tarde demais'. E, novamente, disse: 'Se você não vier me ver, eu nunca mais vou vê-lo novamente'. Eu comecei a trabalhar no álbum dia e noite, mesmo nos feriados. Eu tinha que terminar rapidamente. Virei-me nas últimas páginas e, de alguma forma, fomos capazes de imprimi-lo. Ele teria pelo menos a satisfação de vê-lo publicado". E assim aconteceu.

O álbum foi lançado na Itália em abril de 1991, com ovação unânime da crítica. Pratt morreria no dia 20 de agosto de 1995, em Grandvaux, na Suíça. Segundo Manara, a parceria foi mais intensa em *El Gaúcho*, por causa do medo de ele morrer antes de sua conclusão.

Revelou ainda que Pratt tinha pensado em uma sequência. "Em sua mente, ele poderia ter desenvolvido uma grande saga. Pratt era muito ligado à Argentina, que ele amava como uma segunda pátria, onde havia passado sua juventude e tinha começado seu trabalho (como quadrinista). E este amor foi apreciado e correspondido pelos argentinos".

A essa altura, restava aos dois o consolo que tinham vivido não uma, mas duas grandes aventuras. E Manara prosseguiria sua jornada. Sozinho, na maior parte das vezes.

CAPÍTULO 5

EROTISMO INTENSO E CONTÍNUO

Milo Manara
O CLIC 2

MERIBÉRICA/LIBER

É possível estabelecer uma segunda fase no erotismo de Milo Manara a partir da década de 1990. Não só porque no decorrer de dez anos a produção se tornou a mais intensa de sua carreira – foram publicados nada menos que treze álbuns, onze deles eróticos, sem contar quatro antologias de desenhos, rascunhos, portfólios e cartões postais.

Nesse período, seus trabalhos se diversificaram e se aproximaram de outras linguagens, como a literatura, o cinema, a TV e a comunicação digital – CD-ROM e internet. Três dos projetos concluídos nesse período foram adaptações ou versões literárias "erotizadas": *Gullivera* (1996), *Kama Sutra* (1997) e *A Metamorfose de Lucius* (1999).

Havia muito tempo que uma sequência de *O Clic* se tornara inevitável. E Manara a lançou em 1991 – mesmo ano em que saiu *El Gaúcho*. A história de *O Clic 2* tem início com uma entrevista no programa de TV *SOS Planeta,* dada pelo professor Piripicchio, um conceituado ecologista.

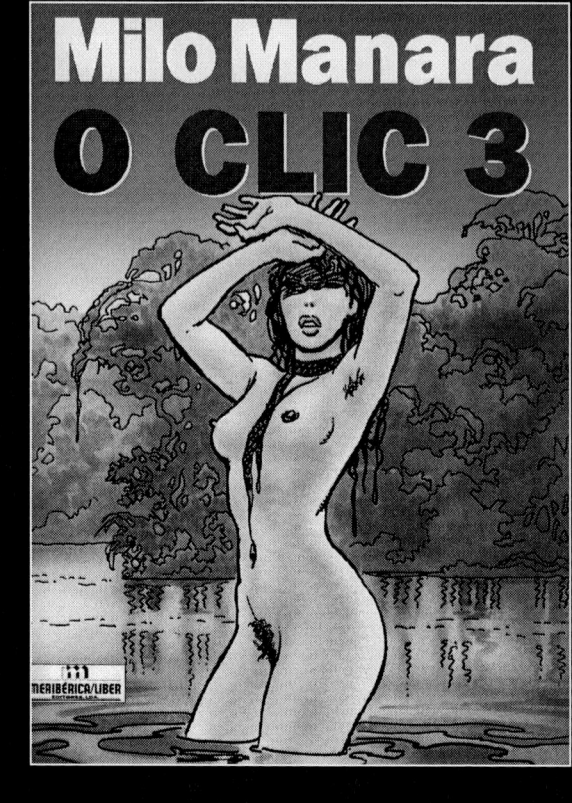

Não menos lamentável seria o terceiro volume de O Clic, lançado três anos depois do segundo, em 1994. Dessa vez, a história era ambientada em algum lugar da Floresta Amazônica brasileira, próximo ao garimpo de Serra Pelada.

Ele responde a perguntas dos telespectadores ao vivo, feitas por telefone, quando um deles conta que havia encontrado um incrível aparelho em um chalé em ruínas nos Alpes. Revela que havia mostrado o objeto ao gerente do hotel, que lhe narrou uma história espantosa: a de uma belíssima socialite cujas pulsões eróticas eram controladas por aquele transmissor.

A informação é considerada pela apresentadora, um tanto desconcertada, como uma brincadeira de algum engraçadinho que nada tem a ver com o tema do programa. Mas ela sabe que o rapaz fala a verdade porque ela não é outra senão a própria Cláudia Cristiani, a tal mulher do chalé citada pelo telespectador.

Quando ela deixa o estúdio, o mesmo homem da ligação – sósia do ator americano James Dean (1931-1955) – aparece e a leva até o banheiro, onde passa a chantageá-la com o transmissor, que ainda funciona. Ele obriga Cláudia a tirar a roupa. Ela reage e tenta tomar o aparelho, mas não consegue.

O propósito do estranho é apenas satisfazer uma fantasia pessoal: iniciá-la no *fist fucking* – pratica bizarra de sexo que consiste em introduzir o punho no ânus de outra pessoa ou no próprio por prazer. Na verdade, o sujeito se chama Faust e trabalha para o marido de Cláudia, que o contratara para testar a esposa e saber se ainda está sob os efeitos do aparelho. Excitada, a jornalista volta para casa de bicicleta, seminua, apenas com uma camisa e provoca a maior confusão no trânsito.

A edição portuguesa do álbum, curiosamente, teve um adendo de seis páginas em relação à brasileira, na qual Cláudia é penetrada com o punho por trás, em uma cena que geralmente chocaria, mas que teve um outro efeito no traço de Manara, porque ela não o faz obrigada, mas por prazer.

Não é preciso ter sido a primeira história para entender a continuação. Cláudia é apresentada ao leitor como sobrinha de um poderoso senador, que fica sabendo do escândalo no banheiro da emissora e resolve puni-la com sessão de chicotadas durante uma recepção em sua casa. Só não imagina que ela, sob os feitos do estimulador remoto, fosse gostar tanto do castigo.

A história prossegue com uma série de crises de tara de Cláudia que, descontrolada e ao vivo do estúdio, para todo o país e faz defesa entusiasmada dos prazeres da vagina. Noutra situação, faz sexo oral em um náufrago, enquanto sua equipe sofre um acidente em alto-mar. A sequência da apresentadora em ação é gravada em vídeo por um de seus colegas. Mas, tudo soa repetitivo em relação à primeira história e certa apelação gratuita em algumas cenas.

As novas e escandalosas experiências sexuais de Cláudia em *Clic 2*, sem dúvida, foram um equívoco na carreira de Manara. Sem a sutileza e a novidade de antes, ele errou a mão o tempo todo quando criou situações bizarras e gratuitas apenas para explorar o sexo com o propósito de impressionar o leitor. E, pelo menos dessa vez, deu reais motivos para rotularem seu trabalho de pornográfico.

É uma história que poderia ser descrita como "barra-pesada" e de mau gosto. Ao forçar a barra, conseguiu mais chocar, com cenas que, ao mesmo tempo, descaracterizaram e tiraram a personalidade da personagem principal por completo. O desenhista cometeu deslizes do começo ao fim, naquele que resultou em um trabalho bem abaixo da qualidade do conjunto de sua obra.

Não menos lamentável seria o terceiro volume, lançado três anos depois, em 1994. Dessa vez, a história é ambientada em algum lugar da Floresta Amazônica brasileira, próximo ao garimpo de Serra Pelada. Tudo tem início quando Advernon Vicente Sobrinho manda que seu capataz Culorva convença, de qualquer forma, sua sobrinha Anna Rita a lhe dizer onde está a pepita de ouro que ela havia encontrado. Para pressioná-la, Culorva decide enfiar ervas "indianas" – por que não amazônicas? – no ânus da moça.

Ao tentar fugir, Anna Rita avista um carro na estrada, cuja passageira é, pasmem, Cláudia Cristiani, a escandalosa protagonista de *O Clic*. A personagem está na selva com o propósito de fazer uma reportagem que será exibida pela rede de TV NCC. Em uma pequena ilha da floresta, ela se depara com um templo em forma de caracol, onde funciona a seita liderada pelo guru Tauma. Este promete às mulheres poder especial para se conectar com o Cosmo.

Para isso, as interessadas precisam se livrar de máculas e dos complexos e se deixar guiar por sua natureza. Segundo ele, a energia que as permitem dialogar com as estrelas vem de suas vaginas. O mago explica que os momentos que antecedem ao orgasmo desencadeiam uma quantidade impressionante e descontrolada de energia nas mulheres. Normalmente, essa força natural se dispersa durante o gozo, mas ele garante que tem meios para evitar.

O segredo, acrescenta, está em prolongar por mais tempo possível o estado pré-orgástico, e assim viver em estado de excitação máxima permanente. Depois de ser atacada pelos servos do guia espiritual, a recatada jornalista considera tudo obscenidade repugnante e promete denunciar Tauma como farsante. Ela, então, tenta fugir com a câmera para os EUA, onde vive.

Não imagina, porém, que Faust está atrás dela e que ele havia oferecido a Tauma o aparelho que controla os impulsos sexuais da jornalista. O suposto mago a sequestra em São Francisco e consegue levá-la para Serra Pelada, onde espera que Cláudia consiga excitar 50 mil garimpeiros e, desse modo, desencadear energia suficiente para ele se comunicar com seres extraterrestres. E, assim, Cláudia prossegue em sua sina de causar tumultos por onde passa, por meio do sexo.

Embora tenha tido uma boa ideia e o humor imaginativo predomine, Manara foi infeliz mais uma vez ao tentar retomar seu trabalho erótico de maior sucesso até então. O terceiro volume de *O Clic* superou o antecessor pela sua qualidade inferior e deixou a impressão de que sua elaboração foi apressada e forçada. Predominou, novamente, certa gratuidade na exploração da libido de suas personagens.

INVISÍVEL

Se errou com as três continuações de *O Clic*, Manara se recuperou com a retomada da ideia da invisibilidade. O segundo volume de *O Perfume do Invisível* – que saiu com o título *Nua pela Cidade,* em Portugal –, de 1995, começa com uma morena de vestido curto que ameaça um professor que ela imobiliza com cordas – o sujeito tem o mesmo rosto do ator, diretor e comediante italiano Roberto Benigni, dos filmes *O Monstro* e *A Vida é Bela*, em explícita homenagem de Manara.

Disposta a fazer qualquer coisa para ficar rica, ela tenta obrigar o inventor a lhe entregar a pomada que torna as pessoas invisíveis. Seu propósito não é exatamente libidinoso, mas roubar um banco sem ser notada. O homem teima em negar que tenha a tal substância. Como meio de torturá-lo, tira sua roupa e tenta excitá-lo, masturbando-se na sua frente. A estratégia não dá certo e ela recorre a outro meio: sai do esconderijo aos gritos e diz a quem passa que ele acabou de tentar violentá-la.

Uma multidão, então, sai em busca do suposto agressor, mas não encontra ninguém. Simplesmente porque ele se tornou invisível. Ao fazer isso, o inventor cai na armadilha que a jovem lhe preparou: forçá-lo a admitir que existe mesmo a tal pomada do invisível. E ela o convence a reaparecer. Por fim, diante de tanta insistência, o homem a engana ao lhe entregar outro líquido. Ele garante que ela está invisível, depois de passar a substância. Crente que é verdade, sai nua pelas ruas, à procura de um banco.

Enquanto isso, o sonhado creme da invisibilidade acaba por virar caso policial. Ao cair em mãos erradas, seu usuário começa a mandar fax para uma revista, com desafios à polícia para que tente prendê-lo, enquanto comete vários crimes "invisíveis". Em suas mensagens, o sujeito garante que, por ser invisível, pode presenciar a realização de acordos de pessoas escusas, mas que prefere apreciar a intimidade de belas mulheres.

Seu prazer é escolher qualquer jovem na rua e acompanhá-la por todos os lugares – o que inclui idas ao banheiro, assistir cenas de masturbação, troca de roupa e vê-la ter relação sexual de todo tipo com seu parceiro. Manara consegue, assim, criar uma interessante história, completamente diferente da primeira, sobre um tema já explorado.

Histórias assim, marcadas pela beleza feminina, sensualidade, humor e abordagens inusitadas tornaram Manara conhecido em todo o planeta ao longo da década de 1990. Houve ainda outro diferencial em relação aos demais quadrinistas que trabalhavam com material adulto: ele fez tramas sem qualquer preocupação moral ou autocensura, nas quais deixou fluir uma audácia temática nas situações de libertinagem, sem jamais, porém, cair no pornográfico, mesmo no apelativo volume 2 de *O Clic*.

Embora ele tenha conseguido manter a qualidade do seu traço em todos os trabalhos, vieram outros tropeços, como o lamentável álbum *Encontro Fatal*, de 1997, com uma história de morbidez extrema, mas de pretensão erótica. Talvez esse seja o maior equívoco de sua obra e o trabalho mais infeliz. Na história, de crueldade exagerada, o erotismo perdeu espaço para trama de excessiva violência e morbidez, na qual o sexo foi usado como terrível ferramenta para tortura e humilhação – que nada tinha a ver com sadomasoquismo, tema que se tornou recorrente em sua obra.

Tudo gira em torno de quatro personagens: o casal Sílvio e Valéria, um deputado e o implacável segurança de certo criminoso. Valéria é ambiciosa, gosta de luxo e pagará um preço caro demais por isso. Para lhe dar conforto, Sílvio se mete com um perigoso agiota que decide se vingar, porque ele, sem condições de saldar a dívida, ameaçou denunciá-lo à polícia. O castigo estabelecido é que, durante quinze dias ininterruptos, sempre às 18 horas, seu segurança brutamontes estuprará Valéria.

No decorrer da história, ao se realizar a promessa, essa situação ganha sentido constrangedor para quem lê. Por mais que a mulher tente fugir, o estuprador sempre aparece para submetê-la ao terrível ritual. Dessa vez, a personagem feminina de Manara não dá sinais de que gosta da tortura física pelo prazer. Ao contrário, grita desesperadamente por ajuda diante do marido covarde e impotente, que concorda passivamente com o suplício da mulher. Contraditoriamente, Valéria não pode pedir socorro à polícia por causa da influência do agiota junto a certos policiais.

O desenhista criou, assim, uma situação tão absurda e desagradável que não teria qualquer sentido se ele colocasse sua personagem como alguém que poderia gostar de tal agressão. Se o fizesse, correria o risco de realizar uma insensata apologia ao estupro. Em nenhum momento, ficou claro seu propósito ou sentido ao fazer a história que se revelou tão sem nexo. Não há humor, emoção ou erotismo. Nem mesmo o final punitivo ajuda a redimir o resultado. Mesmo assim, foi vendido como obra erótica com a marca de Milo Manara.

GULLIVER

Outros trabalhos, entretanto, preservaram o fôlego dos anos de 1980 e merecem relevância pelos resultados acima da média obtidos: *Gullivera*, *Kama Sutra* e *A Metamorfose de Lucius*. Todos tinham em comum a inventividade de Manara em brincar com as ideias originais de obras literárias e de se dar a liberdade para reinventá-las, a seu gosto, sem qualquer compromisso de fidelidade com o original, a fim de estabelecer um caráter essencialmente

*Originalmente publicado como Gulliveriana, em 1996,
nesse álbum Manara fez uma adaptação livre da satírica obra
As aventuras de Gulliver, clássico de Jonathan Swift (1667-1745).*

erótico – apenas o segundo livro tem conteúdo essencialmente sensual pela natureza da obra que o inspirou.

O álbum *Gullivera*, originalmente publicado como Gulliveriana, em 1996, foi lançado no Brasil pela Pixel, em março de 2006. Manara fez uma adaptação livre da satírica obra *As aventuras de Gulliver*, clássico de Jonathan Swift (1667-1745). O volume conta a história da jovem que toma sol na praia deserta enquanto observa um navio que está ancorado na baía há cerca de uma semana. Ela, então, pega sua boia inflável em forma de colchão e se afasta da areia, de modo a tomar sol, nua sobre a água do mar, sem ser observada por curiosos.

Ao adormecer, a boia vira e, assustada, ela vê seu maiô sumir sob as águas. Quando mergulha para procurar a peça, percebe que está próxima da embarcação e resolve subir para esperar a ajuda do barqueiro vizinho que sempre passa de barco por ali em determinado horário. A moça nota que o navio está vazio, mas sua estrutura secular – que lembra os velhos filmes de pirata – deixa-a encantada.

O estranho é que os objetos que encontra no local são típicos de piratas dos séculos XVII e XVIII – chapéu, espada e uma bandeira inglesa, que ela transforma em um sensual vestido. Para passar o tempo, enquanto não aparece alguém para resgatá-la até a praia, começa a ler um velho exemplar do livro de Swift que encontra na cabine de comando. No romance, o personagem Gulliver narra a desventura que teve em um navio durante uma viagem para as Índias Orientais.

Quando estava próximo de determinada ilha, uma tempestade arrastou seu barco para noroeste da Terra de Van Demien e o jogou contra as pedras. Somente ele chegou vivo à praia. Logo descobriu que os moradores locais eram homens cujo tamanho não ia além dos vinte centímetros de altura. Enquanto a garota lia esse trecho do livro, um temporal desaba e leva a embarcação para dentro de um tufão. Sua única tripulante acaba como o personagem do livro: inconsciente e seminua na praia, amarrada por dezenas de homenzinhos que a observam com curiosidade.

Como está sem calcinha e de pernas abertas, não faltam bisbilhoteiros para olhar a enorme fenda que aparecia entre suas coxas – que é a sua vagina, claro. Ao acordar e vê-los à sua volta, ela passa a gritar para que seja retirada daquele pesadelo. Depois de

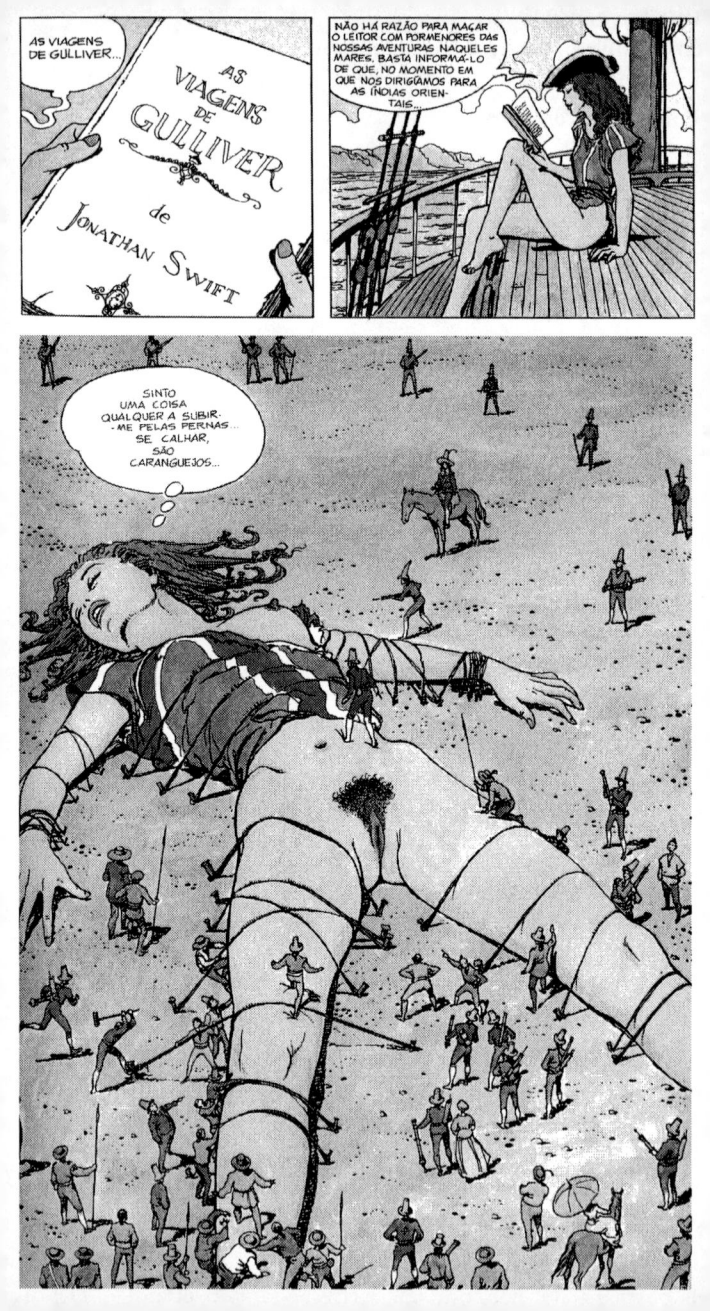

"AS VIAGENS DE GULLIVER..."

AS VIAGENS DE GULLIVER

de JONATHAN SWIFT

NÃO HÁ RAZÃO PARA MAÇAR O LEITOR COM PORMENORES DAS NOSSAS AVENTURAS NAQUELES MARES. BASTA INFORMÁ-LO DE QUE, NO MOMENTO EM QUE NOS DIRIGÍAMOS PARA AS ÍNDIAS ORIENTAIS...

SINTO UMA COISA QUALQUER A SUBIR-ME PELAS PERNAS... SE CALHAR, SÃO CARANGUEJOS...

alimentada pelos moradores da ilha, a garota dorme, entorpecida pelo sonífero, misturado no vinho que haviam lhe servido. Em seguida, uma centena de bois puxa o gigantesco carro que a leva desacordada para a cidade.

Ao chegar, duas crianças se aproveitam para brincar sobre seus macios pelos pubianos. Após diversos imprevistos, como salvar os moradores do ataque de piratas, a heroína volta para o barco e acaba em outra ilha não menos estranha: dessa vez, os moradores são gigantes e ela fica do tamanho de um rato. E não acaba aí. Mundos incríveis a aguardam nessa fantástica viagem. Um deles era a ilha povoada por lindas ninfomaníacas que transam entre si porque seus homens dormem um sono profundo e permanente.

O escritor inglês George Orwell (1903-1950) estava a um dia de completar 8 anos de idade quando leu pela primeira vez *Viagens de Gulliver*. Furtou o livro e o devorou-o em questão de horas. Disse ter gostado tanto que o releu pelo menos uma dúzia de vezes.

No longo ensaio que escreveu em 1946 para a revista *Polemic* – "Política versus literatura: uma análise de Viagens de Gulliver" –, quando acumulava profunda erudição literária, Orwell colocou o romance entre os seis livros que deveriam ser salvos quando os demais fossem destruídos – quando disse isso, não citou quais seriam os outros cinco. "Seu fascínio parece inesgotável", ressaltou.

Nem por isso deixou de fazer ressalvas ao autor. Para Orwell, Swift era um reacionário, mas que conseguiu se eximir no romance, ao tratar de temas complexos como republicanismo e autoritarismo – elementos que aparecem misturados na trama "de espantosa intensidade de visão".

De qualquer modo, a linguagem, clara e objetiva, e o enredo em torno do mundo idealizado fazem crer que *Viagens de Gulliver* seja um livro para deleite de crianças e adolescentes. Pelo menos assim é anunciado a cada nova edição. E, realmente, seu texto é infantojuvenil, mas não somente isso.

Sobrou imaginação e criatividade de Manara ao explorar a história de Swift com elementos eróticos, mas sem agredir o leitor, embora se tratasse, claro, de uma obra para ser lida por adultos.

A leitura política que Orwell fez do texto, nas entrelinhas, redimensionou e conferiu valor ainda maior à obra que se tornou um clássico. Levaria a crer também que Swift influenciou, de certo modo, a concepção de *1984* e *A revolução dos bichos*, dois tratados contra o autoritarismo de Orwell, que nasceram na mesma época em que o escritor se debruçou sobre Gulliver. O tema, aliás, é marcante em seu ensaio.

Na transposição erotizada que fez do livro para as histórias em quadrinhos, Manara aparentemente preservou pouco do texto original, como sua ambientação histórica na Europa do século XVIII na parte inicial.

Talvez o artista não tenha tido o propósito de ir mais a fundo no aspecto político e anticolonialista da obra pessimista de Swift, como observou Orwell, que entendeu a intenção do colega de criticar a Inglaterra a partir de uma repulsa física que o autor parecia nutrir pelo homem – tanto que se esforçou para desmascarar a grandeza humana e mostrar sua birra contra nobres, políticos, prediletos da corte etc.

Mas é possível identificar na narrativa descompromissada de Manara um caráter libertário e potencialmente subversivo que a aproximava do ideal de ironia que queria o escritor inglês. Sabe-se que Swift adorava ler livros de viagens, o que deve ter-lhe servido de inspiração para aventuras de propósito satírico em terras imaginárias.

Seus estudiosos identificaram a origem do livro no fato de ele ter feito parte do Clube dos Escrevinhadores, pequeno grupo de intelectuais que se formou em 1714 para fazer críticas por meio do humor contra o que chamou de toda forma de idiotice expressada por intelectuais.

O escritor fez isso através do personagem que criou e denominou de Martinus Scriblerus – o que vem reforçar a leitura crítica e pertinente feita por Orwell. Os membros dessa confraria tinham como objetivo principal ridicularizar as obras escritas por suas vítimas, escondidos sob um único pseudônimo.

Assim, decidiram também criar sátiras novas. No mínimo, divertiram-se muito com isso, pois o clube durou bastante tempo. Tanto que, 28 anos depois, em 1741, lançou as inventadas memórias – escritas coletivamente – de Scriblerus.

Se não bastasse o gigante difícil de ser detido pelos homenzinhos de Swift – que lembra King Kong –, em *Gullivera*, Manara apresentou algo não menos provocador como protagonista: uma jovem e linda garota, seminua. Além do choque cultural e de comportamento com a jovem de outra época, de hábitos e valores diferentes, havia o aspecto moral, mas que o autor preferiu tratar de outra forma, a seu modo.

A heroína, ao invés de ser reprimida, torna-se, a convite do rei, a atração do desfile militar que deu aos súditos do sexo masculino uma visão única: uma vagina gigante e descoberta. A imagem despudorada e absolutamente fascinante foi um manancial inesgotável de significados possíveis.

Uma vez que a coerência sempre foi a marca de seu trabalho, Manara transformava situações idealizadas, carregadas de um erotismo leve – mas sem pudores – em algo tolerante e bem-vindo, que transformava o meio e se impôs sobre todas as formas de tabus. Econômico nos diálogos, o artista concebeu quadros de intenso erotismo, contemplativos e de impacto que podiam ser consumidos como comédia erótica, em nível mais descompromissado, como entretenimento apenas.

Ou lidos como situações absurdas que atendem ao propósito de causar alguma reflexão buscada pelo caótico Swift no seu romance. Pelo menos é assim na primeira parte do álbum do desenhista italiano, a mais fiel ao texto original. Depois, deixa fluir a imaginação e transporta sua heroína desprovida de pudores pelos mais incríveis mundos, com suas variáveis de desejos e fantasias.

Com a ideia simples e supostamente despretensiosa de transpor o personagem de Swift para seu universo erótico e feminino, Manara soube aproveitar bem a essência da trama e construiu um álbum primoroso – apesar da maioria dos críticos considerá-lo uma obra menor. *Gullivera* é dos grandes momentos de sua carreira e um acontecimento que confirma o quanto o autor se manteve por tanto tempo como poço de inventividade para fazer histórias em quadrinhos sobre um mesmo tema: o sexo.

KAMA SUTRA

O sempre escandaloso livro secular oriental *Kama Sutra* ganhou edição em português da versão bem particular de Manara, no Brasil, com capa dura, em 1998, pela Editora L&PM. Alguns o consideraram um trabalho sem brilho e desprovido do esmero

A leitura moderna de Manara para o mais famoso livro erótico do mundo não foi menos criativa, quando comparada a Gullivera. O álbum saiu originalmente em 1997 e teve merecido sucesso.

artístico da releitura homônima em quadrinhos desenhada pelo quadrinista Georges Pichard, por exemplo, embora tenha seus bons momentos.

Observações assim à parte, pode-se afirmar sem rodeios que a leitura moderna de Manara para o mais famoso livro erótico do mundo não foi menos criativa, quando comparada a *Gullivera*. O álbum saiu originalmente em 1997 e teve merecido sucesso.

O ponto de partida da história é a movimentada rua de uma grande cidade italiana, onde um entregador com traços e vestes de indiano e a jovem loira chamada Parva colidem com suas motos acidentalmente no trânsito. O rapaz levanta apressado e esquece no chão o embrulho que transportava. Como o pacote não tem destinatário ou remetente, Parva o leva para casa.

Moça de origem simples e rotina comum, seu sonho é conhecer Shiva, considerado o maior saxofonista do mundo, pelo menos para ela, que diz amá-lo mais que a própria vida, embora o músico nem saiba de sua existência. Sem conseguir resistir à curiosidade de abrir o embrulho, ela se depara com o cinto verde que se mexe e se transforma em cobra falante, cujo tronco e a cabeça são semelhantes ao pênis.

O objeto falante pede para a nova dona que o masturbe e é prontamente atendido. O gozo que sai da cabeça da cobra faz surgir o espírito com o rosto de Shiva – como se fosse uma lâmpada mágica. Ele lhe explica que é um cinto vatsyayana, confeccionado pelo todo poderoso Prajapati, a partir de um pedaço da pele do próprio pênis.

Por isso, quando está em ereção, pode se comunicar com as pessoas. E diz a Parva que, para realizar o sonho de ter o saxofonista em seus braços, ela deve superar diversos desafios sexuais. Se conseguir, na lua cheia de agosto, poderá se encontrar de corpo e alma com o homem desejado.

Será uma noite mágica, promete o fantasma, durante a qual até mesmo as pedras ganhariam vida. Mas ele alerta para que tome cuidado, pois quem possuir o cinto corre perigo mortal. O motivo: paira sobre a pessoa a ira de Kali, a destruidora. Somente o tantra pode livrar o proprietário do perigo.

Nesse momento, ela recebe a visita da amiga Lulu e do primo – do qual não é dito o nome. A partir da orientação da cobra falante, os três começam a transar para evocar o tantra e, assim, salvar Parva. Fazem

MILO MANARA
A METAMORFOSE DE LUCIUS

Manara, de imediato, chamou atenção pelos cenários, que mostraram a influência do filme Satyricon (1969), de Fellini. O artista narrava também uma aventura da Antiguidade, repleta de mitos, lendas, fantasias e, claro, não podia faltar erotismo

isso porque o sexo é a porta natural mais acessível para transcender o mundo real. O tantrismo funcionaria para a transformação do sexo em amor. Quando o trio começa a se incendiar de tesão, o motoqueiro indiano aparece para pegar a cobra de volta.

Parva, porém, recusa-se a entregá-la e sai correndo, usando apenas camiseta curta e sem calcinha, ou seja, quase nua – só para variar – pelas ruas da cidade. A incansável perseguição manariana leva a jovem aos mais diversos lugares do mundo, até ela perder a batalha. E acaba aprisionada com Lulu na Índia. A amiga precisa superar quatro desafios eróticos para aplacará a ira da deusa.

Se alguém tinha alguma dúvida de que Manara merecia o posto de um dos mais criativos autores eróticos do século XX, deve ter mudado de ideia ao ler esse seu singular *Kama Sutra*. O livro clássico que fala da descoberta do sexo e do prazer – descrito pelas enciclopédias como "antigo texto indiano sobre o comportamento sexual humano, amplamente considerado o trabalho definitivo sobre amor na literatura sânscrita, escrito por Vatsyayana" – serviu para o artista dar ênfase à sua constante militância contra a censura e no combate ao moralismo como castradores das potencialidades erógenas do corpo e da arte.

Esse era, aliás, o propósito explícito do álbum. Em determinada passagem, por exemplo, um dos personagens observa: "Quantas pessoas são prisioneiras entre os muros de seu próprio preconceito, fruto de uma educação antissexual? Elas acham o sexo uma coisa nojenta, a ser praticada só para reprodução. Mas, se encontrarem o parceiro certo, descobrem que o sexo em si é uma fonte maravilhosa de prazer".

Essa inteligente e picante história serviu também para Manara fazer novas experimentações gráficas, como inserções e montagens dos desenhos sobre fotografia com o propósito de compor os cenários mais realistas, que exigiam mais detalhismos, como as cenas de rua.

MITOS

As mitologias latinas, tão próximas geograficamente de Manara e que já haviam aparecido em alguns de seus álbuns e desenhos avulsos – mulheres com chifres de cabra e rabos demoníacos e centauros (homens com metade do corpo de animal) –, foram o tema de *A*

Apresentada na primeira pessoa, com soberba simbologia de imagens e elementos de nostalgia sobre os amigos e ídolos que morreram, essa história foi colorida a pincel pelo próprio autor – experiência que voltaria a fazer depois em Revex as Estrelas, talvez sua obra-prima

Metamorfose de Lucius. Para construir essa fábula do absurdo, mas com elementos ficcionais comuns na cultura greco-romana do começo da era cristã, o artista se inspirou em *O Asno de Ouro*, escrito por Lúcio Apuleio (125-170), no século II d.C.

Orador, novelista, filósofo popular místico e considerado dos mais brilhantes literatos de sua época, Apuleio nasceu na cidade de Madaura, na Argélia, quando governava Roma o imperador Adriano (76-138 d.C.). Viveu no século dos Antoninos, período de expansão e quando o Império Romano afirmou unidade e coesão. Estudou filosofia e direito em Roma. Depois, viajou por terras distantes, conheceu povos e culturas diversas – Egito, Síria etc. Incansável, chegou a ser iniciante nos mistérios de seitas consideradas ortodoxas.

Apuleio estudou também conceitos de várias religiões asiáticas milenares. Cansado e sem recursos mínimos para sobreviver, ele retornou a Roma, onde se casou com Emilia Prudencia, viúva rica e mãe de um amigo seu. Seus sogros, desconfiados, acusaram-no de recorrer à bruxaria para seduzi-la.

Em sua defesa, escreveu o tratado que deu origem ao livro *De Magia*. Saiu-se bem em sua defesa e conseguiu a absolvição. Indignado, mudou-se para Cartago, onde viveu até morrer, no ano 184. Foi autor ainda de outras obras como *Florida*, com textos de oratória; e *De Deo Socratis*, de conteúdo filosófico. Traduziu para o latim *Aritmética*, de Nicômaco; e o *Tratado de Cálculo*.

Foi a partir do conhecimento filosófico e de suas iniciações em cultos de mistérios, adquiridos ao longo de suas viagens, que ele escreveu *O asno de Ouro*. A obra, que se tornaria a sua mais conhecida, teria nascido sob a influência da nova tendência para a retórica africana, denominada de "africista", que surgiu no tempo dos Antoninos.

Seus adeptos misturavam características da cultura africana e do Império Romano. Não por acaso, Apuleio se tornou um dos maiores representantes do gênero. Assim, procurou mostrar o homem de seu tempo, preocupado com a investigação acerca das experiências mágicas. De acordo com seus estudiosos, nesse livro, religião e filosofia foram substituídas pela mescla religioso-filosófica, com aspectos pitagóricos e platônicos, juntamente com superstições e ritos do Oriente.

Na história, ele se transforma em burro, depois de usar por engano uma porção mágica, após se hospedar na casa de uma

O segundo volume de Perfume do Invisível – que saiu com o título Nua pela Cidade, em Portugal –, de 1995, começa com uma morena de vestido curto que ameaça um professor que ela tinha imobilizado com cordas – o sujeito tem o mesmo rosto do ator, diretor e comediante italiano Roberto Benigni.

feiticeira na Grécia. A mudança, porém, é apenas física, pois continua a raciocinar como qualquer humano. Lucius vive, então, uma série de situações que o colocam nos mais diversos ambientes de degradação física ou moral da sociedade de seu tempo.

Como burro de carga, convive com bandidos, escravos e miseráveis. Serve a sacerdote, moleiro, jardineiro, confeiteiro e cozinheiro. Por fim, a deusa Ísis lhe ensina como retornar à forma humana, em troca da sua conversão em sacerdote. Em paralelo, são mostradas personagens secundárias, envolvidas em breves contos. A mais extensa narrativa conta a história de Cupido e Psique, de origem mitológica, mas que o autor optou por dar um caráter de conto de fadas.

Acredita-se que a sátira da obra de Apuleio esteja na mitologia pagã, uma vez que ele se mostra um autor profundamente interessado nos cultos de mistérios, no maravilhoso, no fantástico e no sobrenatural. O cristianismo também teria sido criticado indiretamente, porém, de modo proposital, quando descreve com ironia os personagens que cultuam apenas um deus. Para os estudiosos de sua obra, a narrativa foi construída a partir de helenismos, uma vez que mescla vários mundos: o Oriente, a Grécia (o helenismo) e a literatura latina.

Assim como no texto original, Manara preservou o propósito de sátira – que Apuleio dividiu em onze capítulos – e, assim, procurou criticar a sociedade em que vivia. Manara confirmou a atualidade da obra, ao explorar defeitos que ainda hoje são crônicos nos relacionamentos sociais. O título original do texto é *Libri Metamorphoseon*, escrito por volta de 160 d.C.

A renomeação de *Asinus Aureus* veio de Santo Agostinho (354-430), bastante tempo depois. Mais conhecida nos últimos séculos como apenas *A Metamorfose*, a novela teria sido inspirada na narrativa de Lúcio de Patras, escrita meio século antes do texto de Apuleio– apesar de este alegar que se tratava de relato autobiográfico.

O quadrinista, de imediato, chamou atenção pelos cenários, que mostraram a influência do filme *Satyricon* (1969), de Fellini. O artista narrava também uma aventura da Antiguidade repleta de mitos, lendas, fantasias e erotismo, que resultou no mais surpreendente trabalho na sua carreira. Apresentado na primeira pessoa, com soberba simbologia de imagens, foi colorido a pincel

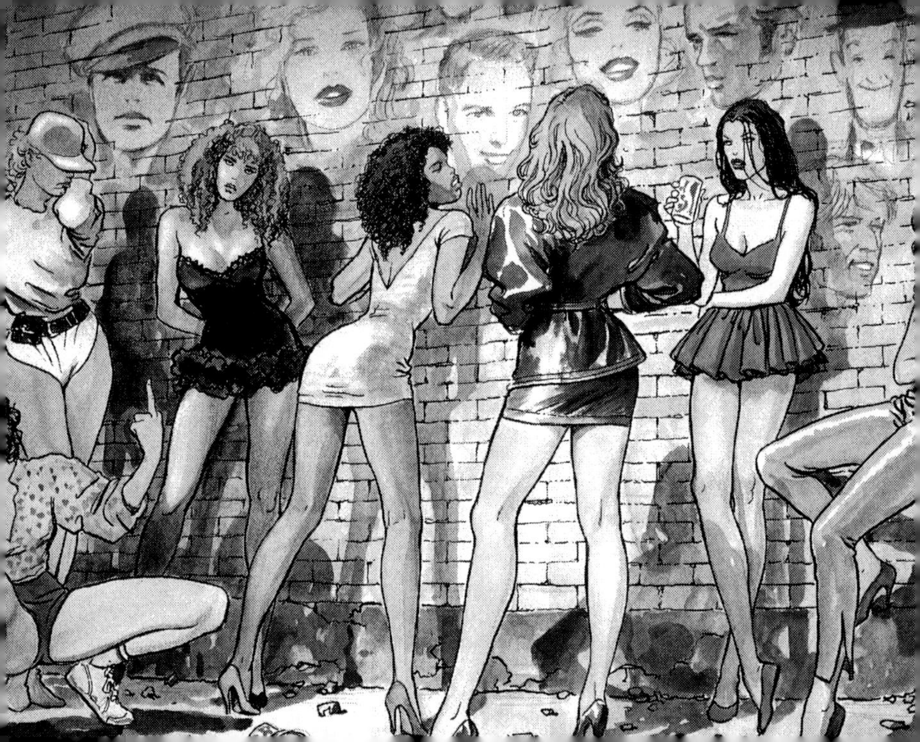

pelo próprio autor – experiência que voltaria a fazer depois em *Rever as Estrelas*, talvez sua obra-prima.

Manara concebeu uma composição visual de excelência porque não apenas deu cor aos quadros, como complementou os desenhos por meio da pintura, uma vez que a silhueta dos personagens, por causa da tinta, passou a impressão de tridimensionalidade.

O recurso da aquarela na arte-final também serviu para formar os cenários e transmitir a ideia de um ambiente bucólico ou de decadência que a trama exigia em determinados momentos. Ainda na parte do cenário, é notável seu esforço em desenhar a Roma Antiga com rigor histórico. Assim, a arquitetura se torna atração à parte nesse trabalho.

Embora seja uma adaptação literária, *A Metamorfose de Lucius* se enquadra como trabalho essencialmente erótico, fantasioso, subversivo e satírico, como Manara se acostumou a fazer. A trama, bem-humorada, serviu para o artista empreender meticulosa viagem pelos tempos áureos da história de seu país, da época da fartura, de banquetes e de orgias da classe dominante. O roteiro do autor para essa história se mostrou limpo, bem desenvolvido e sofisticado. No mínimo, uma diversão garantida. Manara, porém, é sempre mais que isso.

Como continuaria a mostrar, desde o momento em que Federico Fellini cruzou seu caminho.

CAPÍTULO 6

AVENTURAS FELLINIANAS

Manara e Fellini no final da década de 1980. A oportunidade dos dois trabalharem juntos surgiu em 1986, quando o desenhista leu o roteiro cinematográfico de Viagem a Tulum, que o diretor escrevera que acabara de sair em seis partes no jornal Corriere Della Sera

Ao longo de quatro décadas, a obra de Manara seria marcada por outros lançamentos de primeira linha sem foco no erótico e que consolidaram sua carreira para sempre. Primeiro, na década de 1990, pelos dois novos volumes com as peripécias de Giuseppe Bergman, em momentos distintos, marcados por longo intervalo de tempo – exatos dez anos. Em 1987, foi lançado *Sonhar talvez...* e, em 1997, saiu o monumental *Rever as Estrelas*, com título sugestivo e o mais próximo biograficamente do artista. Depois, ao lado do consagrado diretor de cinema Federico Fellini, ele ilustrou duas obras marcantes em sua carreira: *Viagem a Tulum* (1991) e *A Viagem de G. Mastorna* (1996).

Em *Sonhar talvez...* aparecia a combinação feliz do antigo e do novo Manara, embora a trama se destacasse, mais uma vez, pela aparente falta de clareza e de propósito. Bergman ressurgiu como símbolo da representação pessoal do artista em fase intermediária da sua vida, marcada pelo início da consagração, que ganhava o mundo.

Até então, o desenhista usufruía o espaço que conquistara como artista gráfico em grandes editoras italianas, francesas e espanholas. Era descrito como importante autor do novo erotismo europeu. Pelo caráter autobiográfico, novamente, deu a possibilidade para leitor e a crítica reavaliarem o personagem mais experimental, em um momento diferente de sua carreira, quando já se dedicava prioritariamente ao erotismo.

É preciso lembrar que as duas primeiras aventuras, haviam sido publicadas em três partes, entre 1978 e 1982, na fase pré-*O Clic*. O alter ego do artista parecia ter sido definitivamente abandonado, mas não foi o que aconteceu; de fato. Depois das viagens anteriores pela Amazônia e pela África, Bergman ressurgiu no Paquistão, na Índia e em países próximos, lugares onde viveu várias experiências relacionadas a misticismo, magia, história, aventura e fantasia.

A história prattiana dessa vez não nasceu da inspiração dos livros ou dos relatos de Corto Maltese, mas da experiência pessoal de Manara, que viajou para importantes cidades da região, em companhia do amigo Franco Mescola, com o propósito de registrar fragmentos de experiência para usar no novo episódio de Bergman.

O impacto do contato do artista com civilizações tão diferentes da sua, unidas pela mesma religião, o Islã, refletiu-se na história de forma impressionante. O resultado foi descrito, por ocasião de seu lançamento, pelo editor, "como um apanhado de referências fotográficas e alucinações geográficas", cujo propósito tinha gesto de nobreza: o velho militante Manara pretendia fazer da história um protesto contra a repressão à mulher médio-oriental no mundo completamente dominado pelos homens – com privilégios e regras opressivas impostos pelo islamismo.

Manara mostrou respeito e admiração pela cultura islâmica. Não, porém, pela religião, em si, por causa da opressão que impunha, principalmente ao sexo feminino. E fez uma abordagem sociológica profundamente sensível, pela qual se posicionou solidário contra a exclusão da mulher nos países de maioria islâmica. A experiência serviu para reafirmar seu senso de autor humanista e libertário. Ele escreveu na introdução:

Para onde quer que se olhe, vê-se apenas homens, sempre homens. Homens gordos e gordurosos, homens magros de olhar doce, garotos sorridentes e curiosos, homens curvados de expressão atônita, homens atentos e de olhar esperto, homens no mais absoluto ócio, homens com ar de quem não quer nada, homens passeando lentamente de mãos dadas, homens que maltratam animais, homens que insistem em posar diante da objetiva da máquina fotográfica, homens que vão andando sem tirar os olhos da gente, até darem de encontro com um muro, homens que pedem qualquer coisa, homens que não ligam para a gente e homens que não ligam para si mesmos.

Como as mulheres não faziam parte da vida social e cultural dos povos islâmicos, observou o desenhista, acontecera profunda transformação no comportamento dos homens. Percebia-se no ar, ressaltou ele, certa lassidão desleixada, falta de respeito generalizada, excesso de confiança, perda de compostura, de dignidade, de pudor e de escrúpulo.

Ele observou: "Num ambiente em que só há homens, a tendência é o abandono não só quanto aos gestos como também em relação à linguagem, pois, provavelmente, tudo o que se faz ou diz se torna estéril, inútil, morto". O italiano notou que, por toda parte, sem a presença feminina, havia a mesma falta de entusiasmo, a mesma apatia, a mesma tristeza que se respirava nas casernas ou nas prisões.

A experiência vivida pelo artista o levou à reflexão: "É de se perguntar como os homens podem aguentar, como conseguem suportar, como conseguem sorrir, como podem viver sem as mulheres durante dias, meses, decênios, para sempre, por toda a vida, apenas consigo mesmos. Dentre todas as loucuras de todas as religiões, esta me parece a mais desumana", observou.

Para ele, as religiões seriam a principal fonte de angústia, de racismo, de tristeza, de fúria, de desprezo e de abuso. "Toda a história da humanidade é semeada de genocídios horríveis provocados pelas religiões, desde os primórdios até nossos dias. Pessoalmente, considero as religiões mais devastadoras do que o 'simples ópio do povo', como alguns definem a religião".

As mulheres apareciam nesse universo como vítimas seculares de um sistema repressor. Em contrapartida, ainda identificado com o propósito de fazer quadrinhos de militância, Manara contrapôs esse mundo de castração, censura e moralismo com situações de puro erotismo que poderiam levar o leitor à ideia precipitada de preconceito cultural.

Seu propósito, no entanto, era levar o público a pensar por meio da subversão de valores, da provação sexual como contraste para experimentar outra possibilidade do real. Para isso, uma das personagens, a senhora Francesca Foscari, por exemplo, dá um espetáculo de sensualidade em defesa do livre arbítrio e de seus desejos sexuais, diante de plateia que não estava acostumada a tal demonstração.

Milo Manara

Sonhar talvez...

Martins Fontes

*Edição brasileira de Sonhar talvez..., publicada pela editora paulista
Martins Fontes. O álbum, de capa dupla, trazia o aventureiro
Giuseppe Bergman como protagonista do segundo e do terceiro episódios*

A personagem vai além e transgride os códigos de conduta: enquanto seu marido se recupera de enfermidade no hospital, ela se despede do amante veneziano e lhe dá uma calcinha de presente. Para Manara, mais que o respeito às tradições e à cultura de um povo, deveria haver a liberdade sem distinção entre homens e mulheres. Daí a sua disposição de interferir criticamente na realidade que o inspirou.

A história começa quando Francesca é convocada pela emissora de TV onde trabalha para viajar ao Oriente, onde deve descobrir o paradeiro da equipe de atores e técnicos que havia desaparecido durante as filmagens de um épico medieval. Durante as buscas, ela se aproxima do motorista do furgão contratado para levá-la. O homem é um velho conhecido dos leitores de Manara: Giuseppe Bergman.

O personagem é descrito como sujeito irresponsável, impetuoso e com aflorado apetite sexual, agora ainda mais perturbado pela presença da linda senhora. A continuidade lógica da busca policialesca de Francesca pela equipe de TV desaparecida, em diversas oportunidades, dá espaço para interlúdios com personagens medievais bastante familiares dos leitores veteranos de quadrinhos.

São, ou ao menos sugerem, a reverência que Manara faz à obra monumental do artista gráfico americano Hal Foster (1892-1982) e seu magistral herói medieval dos quadrinhos, *Príncipe Valente*, lançado como página dominical para jornais em 1937. Até que se percebe que essas figuras estranhas ao meio faziam parte de algum filme inacabado que estava sendo assistido por um dos protagonistas.

COMPREENSÃO

Na apresentação do álbum, Manara fez algumas observações sobre o resultado da história que ajudariam na melhor compreensão dos episódios anteriores de Bergman. Explicou, inicialmente, qual era seu propósito com o personagem. Ao reler a aventura, contou o desenhista, teve a impressão de que se tratava de narrativa sem continuidade lógica, cujas motivações eram muitas vezes confusas.

Era como se os personagens estivessem "à deriva", sem meta estabelecida ou definida, sem projetos precisos, sem objetivo ao menos claro, segundo suas próprias palavras. "Disso tudo resultou uma história, por assim dizer, sem roteiro e que muitas vezes se fragmenta em outras histórias, por sua vez apenas esboçadas, sem serem completamente desenvolvidas".

Para o artista, todo o conjunto da nova aventura lembrava um pouco o curso de rio que avançava de forma caprichosa, ao acaso, e, vez ou outra, alimentava algum córrego secundário, logo absorvido pela terra. "Várias vezes procurei remanejar a história na tentativa de lhe dar alguma trama, estrutura mais sólida: inútil".

Parecia mesmo feita, acrescentou ele, "de água, ou, no máximo, de areia. Escorregava por entre as mãos, incompreensível. Apesar disso, pareceu conter algo de vivo, de pulsante, que valeria a pena contar". Ao final do texto, o autor decidiu manter a história assim, em respeito ao leitor, sem alterações que tentassem embelezá-la ou torná-la de leitura mais sedutora.

Não devem ter sido outras as sensações de quem leu os episódios anteriores de Bergman, certamente. Por isso, pareceu até estranho ver Manara falar sobre esse que foi, sem dúvidas, o mais acessível episódio de todos do personagem. Apesar de alguns momentos delirantes ou "fellinianos" – uma de suas características, fora da área erótica, como será mostrado adiante –, todas as sequências da história estavam claramente conectadas e com sentido lógico.

Nota-se, entretanto, o que diferenciou a história das anteriores de Bergman, em especial, foi o elemento erótico como predominância temática acidental ou secundária. Claro que já estava presente nas outras aventuras, só que de forma mais leve, quase que limitado à nudez das personagens femininas.

O álbum era, pode-se dizer, uma aventura erótica sem descaracterizar, no entanto, o formato que Manara adotara para seu mais famoso e constante personagem. Parte disso tem a ver com o propósito de subverter a ordem cultural e religiosa das belas paisagens e dos povos nos quais ambientou sua narrativa.

A linda e sensual heroína estava ali para exercer sua liberdade sexual em toda a sua plenitude e usou armas de sedução para confrontar hábitos e costumes contrários à sua conduta – e da maioria das mulheres que habitava aquele mundo opressor. Dessa vez, Bergman serviu mais como coadjuvante para as tórridas travessuras sexuais com a bela e despudorada senhora da aristocracia veneziana.

Manara também amadureceu no modo como compôs a concepção gráfica e visual desse episódio, quando comparado aos que o antecederam. Ele reduziu o número de quadrinhos por página, afastou-se da influência visual de Hal Foster – homenagem que fez ao artista, sem dúvida – e supervalorizou a imagem em relação ao texto, com menos balões e diálogos na maior parte da história.

Seus desenhos, no auge do vigor perfeccionista, exalavam uma beleza contemplativa ímpar no universo das histórias em quadrinhos. O artista mostrou completo domínio do traço para explorar a angulação, algo raro nesse tipo de arte, ao dar ênfase à tridimensionalidade dos desenhos, na forma de narrar que costumava ser predominantemente bidimensional. Seus cenários eram deslumbrantes, com belas paisagens.

Dessa vez, a subjetividade da narrativa estava claramente relacionada à mente de seu famoso alter ego. Como na antológica sequência, bastante frenética, em que Bergman cai no despenhadeiro e se vê imerso em um passeio pela história humana, a partir dos desenhos das paredes da caverna que ganham vida diante dos seus olhos. Algo, sem dúvida, de encantamento.

Nos quadrinhos seguintes, ele conhece a evolução humana por meio da pintura e da arquitetura – ou seja, a partir da sensibilidade de grandes artistas que interpretaram a realidade de suas respectivas épocas, por meio do recurso da imagem. O autor recorreu a quadros e estátuas que terminavam no subjetivismo do século XX, representado por figuras distorcidas das escolas do expressionismo, do abstracionismo e do surrealismo.

Quando publicou *Sonhar talvez...*, Manara escreveu que a lógica das enigmáticas aventuras de Giuseppe Bergman – estendida a toda a sua obra autoral – era que nem sempre as histórias precisavam ter começo, meio ou fim. E que nem sempre uma história em quadrinhos teria necessariamente de transmitir lição de moral a seus leitores no final.

De todas as narrativas que fez, esse trabalho foi, para ele, o mais sofrido e mais complicado. "Não só pelo que lhe falta, pelo que é insinuado e não é dito, pelo que nela acontece e não se justifica, como também pelas imperfeições de sua narrativa, os subentendidos, as possibilidades não aproveitadas, as contradições não resolvidas, a casualidade do seu desenvolvimento".

A sincera confissão e a autocrítica do desenhista não pareceram cabíveis quanto ao valor que essas "imperfeições" – na verdade, mais experiências de exercícios de linguagem – traziam de significados. Talvez a melhor definição da genialidade de seu talento nesse trabalho tenha sido feita pelo companheiro de viagens Franco Mescola, na apresentação do álbum.

Mescola convidou o leitor a imaginar um plano infinito sobre o qual a realidade objetiva se manifestava. Em seguida, pediu para que pensasse que certo pano negro cobria esse plano. Só que o véu tinha alguns buracos. Assim, o tecido representaria para o homem comum a impossibilidade de captar a realidade inteira. Os buracos seriam o meio através do qual ele teria contato com o efetivo.

O buraco representaria os limites da percepção sensorial, a incapacidade de se colher mais do que uma das infinitas manifestações possíveis. Para alcançar aspectos diversos da realidade, seria preciso enxergar por vários buracos. Para isso, haveria a necessidade de se afastar da superfície. Ao fazê-lo, não seria possível ver, de forma distinta, o que revelavam os orifícios. Então, fazia-se necessário um mago para tornar tudo mais perceptível – e ele bem poderia ser Milo Manara. E foi.

URBANO

Em 1997, Manara sentiu a necessidade de trazer de volta seu velho personagem pela quinta e, por enquanto, última vez, no poético e sensível *Rever as Estrelas – As Aventuras Urbanas de Giuseppe Bergman*. A história partiu do estudo que o autor fez sobre a pintura erótica ao longo da história, no qual encontrou quadros com mulheres nuas, algumas até em cenas onde havia insinuação sexual – a maioria, no entanto, era meramente contemplativa.

Na história, Manara criou um curioso elo entre todas essas telas selecionadas: a presença de uma jovem em transe que é escravizada pelo livro aparentemente mágico; e acaba obrigada a viver a realidade de cada quadro que surge, toda vez que ela folheia suas páginas. Considerada louca, a moça explica que as situações em que se mete estão além da sua vontade porque, na verdade, são as pinturas que a escolhem para representá-las.

Bergman continua jovial nesse episódio. Mas seu visual mudou, parece mais moderno. Na primeira cena, Susana, a linda garota loira e de cabelos encaracolados, com sensual roupa colante e brilhosa, surge do nada e lhe pergunta se ele veio do país dos brinquedos. Diante da resposta negativa, quer saber se ele não gostaria de acompanhá-la até lá. Bergman dispensa o convite e explica que está ali à espera de uns amigos que não vê há tempos.

Eles tinham marcado encontro ao lado do velho poço da praça – o cenário que lembra, propositadamente, o filme *A Voz da Lua*, de Fellini. Os dois são interrompidos por gritos de um moribundo, que os chama desesperadamente. Contaminado pela Aids e em fase terminal, o homem pede ao anti-herói aventureiro que tome conta da amiga porque, embora culta e profunda conhecedora de história da arte, ela não consegue se proteger dos infortúnios da vida.

O que Bergman não faz ideia é o que realmente atormenta Susana. No momento em que ele conversa com o desconhecido, ela larga o livro que estava lendo e desaparece. Ele vê que a moça se informava sobre a tela *A Morte de Ofélia*, do pintor e ilustrador inglês John Everett Millais (1829-1896), considerada uma obra-prima pré-rafaelista. A pedido do doente, ele corre atrás da jovem e consegue impedir que ela se mate.

Ao encontrar o herói, Susana recita trechos que remetem o leitor ao título do episódio anterior de Bergman: "Morrer, dormir, talvez sonhar... não era isso que procuravas?" Depois de ouvir outras passagens da obra, ele lhe devolve o livro e tenta convencê-la a ir embora daquele lugar. Além da resistência, sua beleza estontante o atrai cada vez mais e o mantém próximo a ela.

Susana explica que precisa descobrir na leitura daquele romance a sua identidade. Tudo se transporta, então, para uma realidade fantástica. Primeiro, aparece a diligência puxada por burros que, ao se aproximar do casal, transforma-se em um moderno ônibus, cujo destino é o país dos brinquedos. Ao chegar lá, a dupla se vê diante da metrópole cujos prédios são feitos de chocolate, mas a seguir, os dois se perdem.

No meio da multidão apática, Bergman encontra a companheira no momento em que ela reproduz a cena de *O Piquenique no parque*, do pintor francês Édouard Manet (1832-1883). Ou seja, está nua no jardim, cercada por homens que

Capa da edição portuguesa de Rever as Estrelas, inédita no Brasil até 2016 e publicada pela Meribérica. Manara fez uma composição visual de excelência porque não apenas deu cor aos quadros, como complementou os desenhos por meio da pintura.

cortejam e reverenciam sua beleza. Ele, então, explica-lhes que a moça está louca e pensa que vive dentro das obras-primas dos grandes pintores.

Enquanto isso, em local próximo, fanáticos da seita que prega amor e dinheiro como princípios fundamentais, realizam um banquete que reproduz o quadro *O Buffet*, do pintor italiano Sandro Botticelli (1445-1510). Para seguir os passos de Susana, que continua a andar pelada pela cidade, Bergman acompanha as imagens do livro.

Dessa forma, salva-a da sequência original do conjunto de contos *Nastagio Degli Onesti,* narrado no livro *Decamerão*, obra-prima de Giovanni Boccaccio (1313-1350), ilustrado por Botticelli, na qual um jovem volta do além para se vingar da amada cujo desprezo o levara ao suicídio.

Ainda nua, Susana adentra o banquete em busca de socorro e causa a maior confusão. Ela e Bergman acabam presos, acusados de praticar atos de imoralidade pública. A cela onde são trancafiados, no entanto, não impede que a garota continue a viajar pelas pinturas estampadas na obra que carrega. Libertada antes de Bergman, ela deixa como pista para seu protetor algumas páginas arrancadas do livro.

Rever as estrelas se revelou o trabalho mais pungente de toda a obra de Milo Manara. Para o autor deste livro, é a sua obra-prima. E o álbum mais emocionante também. Sem pieguice, o texto que fala da vida, da morte, da saudade dos amigos que se foram e do vazio que eles deixam, trata também do abandono da velhice e da falta de solidariedade entre as pessoas. Desse modo, o artista recorreu à pintura – sua maior paixão – como hábil instrumento para fazer conjecturas sobre a existência.

Mesmo na posição de consagrado autor de quadrinhos, Manara mostrou nesse trabalho que continuava irrequieto e com necessidade de dar voz a seu querido personagem – e, consequentemente, a si mesmo –, como ferramenta para expressar gratidão, amizade e saudade. Bem diferente, aliás, dos trabalhos anteriores, quando procurou mantê-lo mais como observador atento dos fatos, com sede de conhecimento e de ação – aventura –, de esclarecer dúvidas e de compreender o mundo.

Nessa história, Manara ressaltou sua preocupação principalmente com a passagem do tempo e com a brevidade da vida – no seu caso, com a aproximação da chamada terceira idade. Ao se referir à nudez de Susana no parque, diante de uma plateia atenta e impotente, formada por idosos, o autor, por meio de Bergman, comenta com a moça: "Talvez queira oferecer aos olhos destes velhos o espetáculo triunfante do seu corpo jovem... como último raio de luz a iluminar a sua melancólica resignação".

O corpo nu da jovem representava a explosão de otimismo, a "prova irrefutável de que a vida é indomável, uma primavera que ressurge inverno após inverno". No quadro seguinte, acrescentou: "Os velhos são postos de lado. São inúteis, incomodam toda a gente. Ninguém se preocupa com a saudade dilacerante que sentem da sua juventude perdida, nem com a sua exclusão do fluxo fervilhante da vida. Condenados a permanecer juntos, veem nos olhos do outro o reflexo da sua própria e infinita tristeza".

Difícil não se emocionar com a força poética e a delicadeza dessa passagem e dos textos/diálogos de Manara. Em um contexto de certa desolação, eis que aparece a bela mulher, completamente sem roupa, com suas formas sedutoras, a simbolizar o desejo, o prazer, o sentido da existência, a esperança de tudo aquilo que o tempo levou e não permite mais aos velhos alcançar de modo natural. "E, de repente, com o seu sangue jovem e carne firme, surge Susana. O coração dos velhos exulta, os seus olhos umedecem de emoção, de êxtase, nesse maravilhoso instante de graça".

Manara pareceu acreditar que, por isso, a linda musa inspiradora que ele chamou de Susana talvez tenha servido de modelo para tantos grandes pintores como o francês Jean-Baptiste Santerre (1651-1717). E que diversos artistas em idade madura quiseram se representar ao lado de suas musas. Nesse sentido, Paolo Veronese (1528-1588), seu pintor preferido, foi extremamente obcecado pelo tema. No álbum, são reproduzidas nada menos que dez telas desse pintor com praticamente a mesma mulher despida, em situações diferentes diante de homens idosos.

A saudade deixada na arte por aqueles que se foram para nunca mais voltar também incomodava Manara nesses momentos de reflexão. Numa de suas experiências, Susana vai parar na Cinecittà, a mais famosa cidade cinematográfica italiana, onde Fellini fez diversos filmes. O primeiro cenário lembra as panorâmicas que o diretor usou em *Entrevista*, sua penúltima realização.

Uma personagem em forma de morcego, com chifres de demônio e pênis artificial entre as pernas explica para a desconhecida visitante que estão filmando no local *O Inferno de Dante* e lamenta a falta de Fellini – que havia morrido três anos antes da publicação dessa história. "Com o realizador anterior, o filme teria sido extraordinário", observa a personagem, com tristeza.

As melancólicas lembranças dos que se foram para sempre não terminaram aí. No melhor momento da história, a personagem-vampira ganha asas de verdade e passa a sobrevoar a cidade com Susana nos braços para lhe mostrar onde fica o verdadeiro inferno: seria a rotina diária dos homens que, após séculos de civilização, continuam a viver na barbárie, em grandes conglomerados como se, a cada geração, eles guardassem dentro de si um animal monstruoso, pronto para ressurgir e devorar a todos quando menos se espera.

As duas chegam à conclusão de que a única liberdade possível para Susana é a morte. E ela decide partir para *A Ilha dos Morto*s, tela pintada pelo suíço Arnold Böcklin (1827-1901). Ao chegar: é recebida pelo comediante e ator americano Groucho Marx (1890-1977). Ao seu redor, estão Picasso, Rafael, Hugo Pratt e outras figuras admiradas por Manara. Enquanto isso, Bergman reaparece e tenta acordá-la. Nesse ínterim, Pratt e Fellini decidem que precisam dar à personagem um final menos triste.

O sempre crítico e exigente Pratt certamente apreciaria o desfecho de *Rever as Estrelas*. Praticamente morta pela arte que a consumiu, Susana agoniza nos braços de Bergman, quando surge um grafiteiro que começa a usar seu spray no fundo branco. Ele diz para a garota: "Talvez eu possa pintar nessa parede algo de positivo que lhe devolva a vontade de viver". Seu interlocutor concorda com a ideia: "Se a pintura a mata, por que não há de fazê-la viver? Uma vez que ela sempre confunde realidade com o imaginário, talvez a imaginação possa salvá-la..."

Em seguida, Bergman apela para o grafiteiro: "Sim, sim... Pinte fantasia, aventura, sonho... Pinte um mundo maravilhoso onde ela possa viver..." E no muro vão surgindo vários personagens de quadrinhos de todos os gêneros, mas a história não termina aí. O belo desfecho que vem a seguir mostra o quanto Manara passava por um momento de sensibilidade quando criou essa tocante e inesquecível aventura.

FELLINIANAS

No espaço de tempo entre os dois álbuns que fez com Hugo Pratt, Manara atendeu ao pedido da Anistia Internacional e participou do pouco lembrado projeto de transpor a Declaração Universal dos Direitos Humanos para os quadrinhos, projeto desenvolvido com vários quadrinistas em 1987. De modo oportuno, coube a ele – provavelmente por escolha pessoal ou escolhido pelo seu perfil – criar uma história em quadrinhos a partir do artigo 19, que trata da liberdade de opinião e de expressão.

A partir de referências históricas, ele tratou do tema na sugestiva história "Morte Tua, Vida Minha". A trama versava sobre o drama do pintor Paolo Veronese, que, no dia 17 de julho de 1573, foi formalmente acusado de heresia pela Inquisição da Igreja Católica e depois condenado. O julgamento do artista italiano foi realizado no convento de Zanipolo, local onde ocorreram os fatos que levaram a seu julgamento pelo tribunal do Santo Ofício.

Com textos e desenhos seus, Manara aproveitou o episódio para destacar o princípio que ele mesmo procurou defender em toda a sua carreira: o da supremacia da liberdade de expressão e de informação, que deve ser sempre colocado acima de todas as leis de restrições, como pregava a Declaração Universal dos Direitos Humanos, estabelecida em 1948.

Assim, de modo brilhante, ele construiu uma crítica ao obscurantismo – estabelecido pela Igreja – diante da arte. Também condenou o uso da censura e da tortura pela religião para fins inconfessáveis. No Brasil, essa hsitória foi publicada em capítulos no Caderno 2, do jornal *O Estado de S. Paulo*, com o título "Mors tua vita mea". Posteriormente, saiu na revista Aventura e Ficção nº 16, de março de 1989, publicada pela Editora Abril.

Quem conhece a parte mais representativa da obra de Manara, desde o período anterior à fase erótica, nos anos de 1960 e 1970, e já viu os filmes de Federico Fellini deve ter percebido o quanto o cineasta serviu de referência para o desenhista. A primeira vez que ele deixou clara essa admiração em seus quadrinhos foi em 1984, ao produzir a história "Sem Título", publicada na antologia *Curta Metragem*, com quatro páginas, na qual celebrou o clima onírico das produções do diretor italiano.

Nessa história, sua arte passeava pelos cenários e personagens fellinianos, de forma lírica, quase poética. No mesmo ano, Manara publicou na revista *Glamour International* a ilustração que chamou de "uma imagem para o final de *Casanova*, de Fellini". Na cena, o personagem aparecia no jardim colhendo flores que eram, na verdade, os pelos pubianos de uma mulher. Na mesma edição, a revista trouxe um perfil do artista.

Muito já se escreveu que Fellini começou sua vida artística como cartunista de jornal, na segunda metade da década de 1930 até que, aos poucos, o cinema o levou para outro caminho da criação. E para sempre. O cartunista que virou roteirista e que se transformou em diretor de cinema dos melhores do mundo desenhava bem e sabia fazer rir. Em diversas oportunidades, declarou que essa experiência fora fundamental para conceber sua filmografia.

Por toda a vida, Fellini foi apaixonado por quadrinhos. Para ele, os gibis deveriam ser vistos como "meio radicalmente diferente de agradar os olhos, um modo único de expressão". Assim, prosseguiu ele, o mundo das revistas ilustradas poderia, "em sua generosidade, emprestar roteiros, personagens e histórias para o cinema, mas não seu inexprimível poder secreto de sugestão que reside na permanência e na imobilidade de uma borboleta num alfinete".

Enfim, Fellini nunca perdeu o gosto pela narrativa gráfica. Tanto que não deixou de notar o estrondoso sucesso alcançado por Manara com seus álbuns eróticos *O Clic* e *O Perfume do Invisível*. A aproximação dos dois aconteceu durante a finalização do que seria seu último filme, o onírico *A Voz da Lua*, em 1989, quando Fellini lhe pediu para que fizesse o cartaz. Manara o atendeu prontamente.

O contato não terminou aí. Abriu caminho para a produção de *Viagem a Tulum*, cujo roteiro era de ninguém menos que Fellini e resultaria em um inusitado e celebrado projeto de *graphic novel* consagrado pela crítica em todo o mundo. A história é um passeio pela fantasia, de modo fragmentado, como somente o grande cineasta italiano poderia imaginar.

Manara sempre gostou de cinema e nunca escondeu que queria experimentar a sensação de participar do processo de criação de diretores como Fellini que, para ele, era um criador iluminado. A oportunidade surgiu em 1986, quando leu o roteiro cinematográfico de *Viagem a Tulum*, que o diretor escrevera e que acabara de sair em seis partes no jornal *Corriere Della Sera*, um dos mais tradicionais e importantes da Itália, de grande circulação.

Viagem a Tulum

DE UM ROTEIRO FEITO POR
FEDERICO FELLINI
PARA UM FILME A SER REALIZADO
ADAPTADO PARA OS QUADRINHOS POR
MILO MANARA

SÉRIE COMPLETA

"Ao conhecer o trabalho de Manara, Fellini logo sentiu certa proximidade da sua genialidade", como disse em uma entrevista: "O lápis, as tintas e os meios-tons do amigo Manara são o equivalente à encenação, aos figurinos, aos rostos dos atores, às decorações e às luzes com que eu conto histórias em meus filmes"

O quadrinista foi convidado pelo próprio diretor para fazer as ilustrações em preto e branco que acompanhavam cada uma das partes. Ao conhecer o trabalho de Manara, Fellini logo sentiu certa proximidade da sua "genialidade", como disse em uma entrevista: "O lápis, as tintas e os meios-tons do amigo Manara são o equivalente à encenação, aos figurinos, aos rostos dos atores, às decorações e às luzes com que eu conto histórias em meus filmes".

Após a publicação dos desenhos de *Viagem a Tulum*, Manara procurou o cineasta e lhe perguntou se ele se importaria de ver sua narrativa adaptada para história em quadrinhos. "Ele tinha especificamente me pedido para fazer as ilustrações para a publicação no jornal. Ao fazê-lo, tive a noção de que era possível expandir a história e torná-la uma *graphic novel*", disse o desenhista.

Fellini o atendeu surpreso e feliz. "Fiquei admirado e perplexo com o pedido e também um pouco lisonjeado, embora fosse difícil para mim entender quais eram os motivos de um desenhista com imaginação tão alegremente nutrida de erotismo e com estilo gráfico tão envolvente, querer retratar situações, personagens e cenários daquele tipo de aventura, na minha opinião, distante da cadência e do ritmo da história em quadrinhos", recordou o diretor, no prefácio de *Viagem a Tulum*.

Quando publicou o roteiro em capítulos, Fellini queria mostrar, nas peculiaridades do estilo cinematográfico, as aventuras que realmente vivera na viagem realizada muito anos antes ao México e que ele não acreditava mais ser possível transformá-las em filme – fez anotações nesse sentido. Na ocasião em que o passeio aconteceu, em meados da década de 1960, ele foi se encontrar com o escritor Carlos Castañeda (1925?-1998), cujos livros haviam não só despertado seu interesse como o teriam perturbado bastante.

O diretor imaginava tê-lo como companheiro e guia no processo de iniciação espiritual. A viagem seria aproveitada na preparação da tese de doutorado de Castañeda sobre as propriedades das plantas psicotrópicas. Aos poucos, nasceu o interesse de Fellini em fazer um roteiro para cinema. "Mas, as coisas, para mim, como justamente eu contava nessa história, aconteceram de maneira diferente e desisti de fazer o filme", explicou.

O cineasta disse ainda que ficou tentado a filmar a experiência durante breve período, assim que voltou a Roma. Nesse momento, pegava-se imaginando as cenas que poderia extrair das recordações, das descrições que fez dos lugares, das pessoas que conheceu e poderiam virar personagens, e dos trechos dos diálogos registrados em caderninhos.

Fellini descreveu a aventura pelo México como algo fascinante e sugestivo, justamente por ser indecifrável – que não se assemelhava a nenhuma outra vivida por ele. Para afastar qualquer tentação ou arrependimento, como ele mesmo disse, três décadas depois, aceitou o convite do diário italiano para publicar a experiência mexicana em capítulos, como se fosse um folhetim. E estruturou o texto dessa forma. "Parecia o modo mais seguro de congelá-la de modo que apagasse de maneira definitiva da minha fantasia as intenções e os propósitos de traduzi-la em filme", acrescentou.

Os franceses chamaram a parceria entre Fellini e Manara em *Viagem a Tulum* de "o encontro do mestre da imagem em movimento com o mestre da imagem fixa". Na verdade, no começo da produção da história, o cineasta chegou a resistir à ideia de ver seu roteiro em quadrinhos. "Mas, Milo insistia, com seu sorriso, os olhos radiosamente celestes e a franjinha de cabelos de querubim. Faltava-lhe apenas a trombeta dourada. No fim, depois de tentar de tudo para fazê-lo tomar juízo, eu lhe disse sim", lembrou Fellini.

Segundo o diretor, não era tanto a curiosidade de ver o que Manara pretendia fazer que o levou a concordar com o projeto. "O seu talento garantia a beleza dos desenhos e, depois, eu já tivera prova disso com as ilustrações feitas por ele para o *Corriere della Sera*. Mas o meu consentimento deveu-se, talvez, à reflexão de que a tradução gráfica dessa história removeria para sempre os últimos pensamentos sobre a eventualidade de realizar o filme", repetiu ele.

Como exorcismo, "sem saber o motivo", ele quis que, sob o título, fosse acrescentado: "Enredo de Federico Fellini para um filme a ser realizado". Junto com o roteirista Vincenzo Mollica, semana após semana, Fellini fez o roteiro em quadrinhos para Manara, "das andanças do intrépido e imprudente grupinho de exploradores, substituindo os personagens da história original por outros inventados para a nova versão", como ele mesmo resumiu.

Enquanto isso, o artista desenhava em ritmo febril, mas não o suficiente para cumprir pontualmente a entrega. Com a palavra, o diretor: "Descobri, assim, com sentimento de admiração, que, por trás de uma história em quadrinhos, há uma formidável organização, eficientíssima e tecnicamente preparada".

Observou também que, "como sabemos, nós do cinema pertencemos a uma casta; e os desenhistas, roteiristas, coloristas e letristas de quadrinhos, capazes de preencher o balão com os diálogos escritos em límpida letra de forma, fazem parte da casta de artistas e artesãos que fascina e faz feliz milhões de leitores de todas as idades. Exatamente como nós do cinema estamos convencidos de fazer o mesmo".

Em sua comparação, Fellini chegou a afirmar que comediantes como Charlie Chaplin (1889-1977), Buster Keaton (1895-1966), Harry Langdon (1884-1944) e Larry Semon (1889-1928) deviam bastante a personagens de quadrinhos como *Gato Félix, Capitão Cocoricó* e *Happy Hooligan*.

E revelou seu conhecimento sobre o assunto: "E Spielberg, Lucas e eu não só nos consideramos todos devedores (dos comics), como rendemos frequente e prazerosamente festivas homenagens, em tantos de nossos filmes, a *Little Nemo* (Cazuzinha), de Winsor McCay (1869-1934), e aos mundos alucinados e siderais de Moebius e dos seus incandescentes e geniais colegas da *Métal Hurlant*".

O diretor acrescentou ainda: "Desculpem se me cito continuadamente, mas eu mesmo reconstituí em *Amacord*, remontando a sobriedade dos enquadramentos dos lendários desenhistas americanos de quadrinhos dos anos de 1930". Fellini lembrou também de outra reverência sua aos gibis. Aconteceu com *A Cidade das Mulheres*, de 1980, no qual o protagonista Snàporaz e seu dublê Katzone foram um "consciente tributo de afeto e gratidão" a personagens de quadrinhos como *Panciolini, Cagnara, Arcibaldo e Petronilla,* bastante populares na Itália.

Todas essas observações tiveram o propósito de destacar que, durante a produção de *Viagem a Tulum*, depois de resistir à ideia, Fellini se sentiu em casa, como se estivesse nos estúdios de Cinecittà, com os mesmos problemas de preparação de roteiro, acidentes de percurso, necessidades de acomodação, repentinas mudanças de rota na história e nos personagens – com exclusão de alguns e inclusão de outros. Enfim, foi compensado ao final com "prazer e a alegria da maravilhosa viagem na aventura, na fábula, na invenção. Pena que acabou".

MUDANÇAS

Nas conversas, durante a produção do álbum, Fellini sugeriu que o começo da história fosse diferente do original: aventura deveria partir dos estúdios da Cinecittà. Também convenceu a trocar o personagem do diretor – ele próprio, após ver os esboços iniciais, pela figura de seu grande amigo, o ator Marcello Mastroianni. "Vi as primeiras pranchas, nas quais ele me desenhava muito bonito. Embora ser retratado daquele jeito fosse lisonjeiro, não conseguia parar de imaginar as gargalhadas dos meus colegas ao me verem robusto e cheios de cabelos".

Então, argumentou com o parceiro: "Vá por mim, Mastroianni foi definido como o meu alter ego, representou-me em vários filmes. Com ele, certamente não terá os mesmos problemas que teria ao me desenhar em 400 quadrinhos, sempre com o lápis incerto, vacilante pela eventualidade de poder me ofender".

Antes de encerrar sua apresentação do álbum, o diretor revelou que tinha em casa um baú ainda cheio de histórias para serem filmadas. Ou transformadas em histórias em quadrinhos, ressaltou. E garantiu que eram bem mais interessantes que *Viagem a Tulum*, em intencional provocação ou modéstia exagerada. Pena que sua vida tenha se encerrado antes que ao menos uma delas fosse quadrinhizada por Manara.

Quase toda a história do álbum acontece em um México alegórico e esplendoroso, onde os personagens fazem uma incursão mágica nas terras da fantasia e dos sonhos que sempre brotaram de suas lendas e mitos. Ou seja, parecia mais um "filme em acontecimento", o qual Manara dotou de substância e de graça luminosas.

O "ator" principal da narrativa – o protagonista – é o diretor, que parte rumo à misteriosa e extraordinária aventura no pavoroso mundo dos feiticeiros mexicanos. Como no romance *O Outono em Pequim*, de Boris Vian (1920-1959), nada dá a impressão de ser explicável ou compreensível. Do mesmo modo que no livro do escritor francês, o embarque no bonde pode levar seus passageiros a um destino inesperado, onde personagens fantásticos fantasiados aguardam ~~seus~~ os ocupantes.

Embora alguns críticos tenham escrito o contrário, *Viagem a Tulum* resultou em algo bem menos hermético para quem viu os mais importantes filmes do diretor na última fase, a partir de

1970. Percebe-se, com alguma facilidade, que a galeria de tipos que desfila nas primeiras páginas do livro são apenas citações de seus personagens cinematográficos – ou homenagens a eles.

Na página 4, por exemplo, aparece a loura gigante que não era outra senão a atriz Anita Ekberg, como estrela do curta metragem *As Tentações do Doutor Antônio*, que fez parte do filme "coletivo" *Boccaccio 70* (1962). A atriz havia participado antes da obra-prima *A Doce Vida* (1960), também de Fellini. No quadro seguinte, vê-se uma cena do alegórico *Satyricon* (1969).

No final da aventura, o leitor encontra o belo desfecho que, se não explica o farsesco e o alegórico da história, mostra ao menos o quanto Fellini era prodigioso em exercitar a imaginação a partir da manipulação de elementos da fantasia. Conclui-se que seu roteiro, transformado em história em quadrinhos, não passou de um prólogo, da tentativa de iniciar um filme, mas que, por si só, já seria uma grande aventura para ser filmada. Podia ser vista como divertida brincadeira da qual Manara não foi mero ilustrador, mas parte valiosa do processo de criação que ajudou a alcançar sua qualidade.

Somente em 1989, a versão em quadrinhos foi publicada na Itália. Os críticos entenderam e adoraram o que descreveram como uma colagem cheia de "símbolos junguianos e alusões aos livros de Castañeda, que Fellini conheceu em 1985, a fim de contar uma delirante história sobre a evolução da consciência humana".

Em entrevista, Manara falou do processo de produção da *graphic novel*: "Com Fellini trabalhei de forma bem direta, nós nos encontrávamos com frequência e ele me deu vários detalhes sobre cada uma das páginas (ele realmente gostava de desenhar), com cenários, diálogos etc. Portanto, ele era o diretor e eu apenas seu único *cameraman*. Fellini amavelmente infundiu seu espírito, expressou-o das imagens aos diálogos, e dos diálogos à ação."

Como observou Victor Lisboa, no artigo "Milo Manara – Mulheres e Nanquim", em 2011, a jornalista italiana Laura Maggiore escreveu um estudo de 216 páginas intitulado *Fellini e Manara*, em que essa parceria foi dissecada cuidadosamente, com análises e dados mais detalhados da produção.

No mesmo ano, foi produzido um curta-metragem, *Sonhando com Tulum*, dirigido por Chelsea McMullan, em que era mostrado o trabalho de Fellini e Manara sob o ponto de vista desse último. Ainda

Dois momentos fellinianos de Manara: na adaptação de Viagem a Tulum *e na boa ideia de colocar a protagonista como uma leitora que vivencia intensas experiências tiradas do livro que carrega e lê.*

em 2011, o diretor italiano Marco Bartoccioni, em parceria com a antiga assistente de direção de Fellini, Tiahoga Ruge, produziu o longa *Viagem a Tulum*, em homenagem à parceria entre o mestre e Manara, com imagens do desenhista.

RELAÇÃO

Para Manara, chamar Fellini de visionário, como sempre se fez, soava-lhe ligeiramente ineficaz, até mesmo depreciativo. O termo lhe dava a impressão de alguém vagamente alucinado, "vítima de miragens criadas por uma fantasia excessiva, que enxerga coisas onde elas não existem e não sabe distinguir entre vigília e sonho".

O desenhista preferiu associar outro termo ao diretor que tanto admirava: transfiguração. "Ele não nos faz ver monstros no lugar de moinhos de vento; através dele, o moinho se transfigura e se revela aos nossos olhos com toda plenitude, assumindo sua verdadeira essência de grande moinho de vento". Sem dúvida.

Segundo o artista, entre todos os maiores cineastas do cinema, Fellini foi o único a usar a câmera como realmente se deveria fazer. Ou seja, na posição de terceiro olho, do olho da imaginação. Havia, na sua opinião, muitos filmes belíssimos de outros diretores, que contavam histórias extraordinárias, apaixonantes, trágicas ou cômicas. Mas, para o autor de *Amarcord*, o cinema tinha outro significado. "Ele apenas liga o terceiro olho e assiste à transformação do universo, fazendo-nos participar dele".

Manara contou que sempre o observou assim, como espécie de Prometeu, capaz de roubar o fogo dos deuses para levá-lo aos homens. Na prática, Fellini pareceu mesmo ter sido o artista que dotou a humanidade desse terceiro olho. Nesse aspecto, observou o desenhista, trama, enredo e vicissitude tiveram importância relativa em boa parte de seus filmes.

Na opinião de Manara, o relevante para o cineasta era, sem dúvida, "este maravilhoso revelar de todas as coisas, a comovente descoberta de essências secretas, a inefável transfiguração universal que une todos, homens, animais, plantas e objetos, em gloriosa exibição de si, em um animismo puro de recíproca adoração e pânico".

Na posição de desenhista, o próprio Manara deveria ser o terceiro olho ao construir *Viagem a Tulum*. Mas fez questão de dizer que nem tentou alcançar essa pretensão. De resto, tinha de abandonar a hipótese de "macaquear" os modos "fellinianos", transpondo-os para o desenho. "Mas se me dera conta da dificuldade insuperável, Fellini já a havia resolvido".

Desde os primeiros desenhos que mostrou ao cineasta, o ilustrador começou a assistir, com a respiração presa, o que chamou de deliciosa alquimia, enquanto o diretor avaliava as cenas. "Fellini estava extravasando docemente seu espírito, das imagens aos diálogos e dos diálogos às ações. Pouco a pouco, minhas dificuldades se desvaneciam como a névoa".

A distribuição das cenas, então, deixou de ser um simples pretexto e se tornou, ela mesma, corpo e imagem em transfiguração. Manara recordava que, durante a produção da história, o diretor interferiu apenas nas decisões sobre o visual dos personagens. O resultado disso Mollica preferiu opinar com uma sugestão ao leitor no texto de apresentação da história.

Ele afirma: "Leia-a uma primeira vez como se fosse uma história em quadrinhos comum. Então, volte e preste atenção em cada painel, tal qual um enorme afresco. Existe a arte do desenho, a arte da invenção, mas também há a arte de olhar, que deveríamos cultivar mais para nos unirmos à essência da imaginação". E essa possibilidade era oferecida por *Viagem a Tulum*.

Como em todos os seus filmes, Fellini pediu a Manara para que não colocasse a palavra "Fim" no último quadrinho. Ele explicou porque preferia assim: "Eu rejeitei essa palavra desde o início de minha carreira. Talvez porque quando eu era garoto e ia ao cinema, sempre experimentava uma sensação de 'a festa acabou, você tem de ir agora, volte para a sua lição de casa'. Além disso, 'Fim' me parece uma agressão aos personagens, pois eles continuam vivos por trás das costas do autor". Talvez, no fundo, ele quisesse que sua parceria com Manara não parasse por ali.

ILUSTRAÇÕES

O nome de Fellini voltou a brilhar ao lado do de Manara na

história *A Viagem de Giuseppe Mastorna*, publicada a partir de junho de 1992, em capítulos, na revista *Il Grifo* – a estreia ocorreu na edição número 15. Posteriormente, o material foi reunido em livro. Não se tratava de uma versão para história em quadrinhos, mas do texto original ilustrado do roteiro cinematográfico que, no decorrer de 25 anos, o diretor sonhou transformar em filme.

A produção jamais seria realizada, mas ganhou forma como um poético álbum desenhado com grande carinho por Manara. Além do roteiro, a revista incluiu ilustrações e textos adicionais do autor e do desenhista. Sua publicação foi motivada por ser o mais famoso dos projetos do cineasta que ficaram na gaveta, à espera de oportunidade para ganhar movimento na tela.

Sua existência já era comentada e aguardada com ansiedade por seus fãs desde o verão de 1965, quando Fellini escreveu o texto na sua nova casa – uma mansão, na verdade – na Via Volosca, em Fregene. Depois disso, fez referências algumas vezes à ideia e o assunto chegou a ser abordado em algumas biografias suas.

O enredo contava a história da estranha viagem de um palhaço a um lugar chamado País das Maravilhas. Podia parecer esquisito, mas a ideia original era adaptar algo que até então o diretor não tinha experimentado: uma trama de ficção científica, a partir do livro *What Mad Universe*, de Fredric William Brown (1906-1972), lançado em 1949.

O romance original se passa no futuro próximo, em 1954, quando se faz a primeira tentativa de mandar um homem à Lua. A missão fracassa, o foguete cai na região próxima de onde havia decolado e mata onze pessoas. Da tragédia surge um mistério: a décima segunda vítima, Keith Winton, não tem seu corpo encontrado pela polícia e pelos bombeiros. Ele era escritor de ficção científica e estaria mais próximo ao local da explosão. Na verdade, dentro da aeronave.

Ninguém sabe, mas, no momento do desastre, Winton é catapultado para outra dimensão do espaço e do tempo que reflete a realidade de todos os dias como se fosse o delírio de um louco. Assim, enormes macacos vermelhos vindos do espaço andam pelas ruas e os moradores de Nova York, vítimas de um blecaute, passam a sofrer agressões e crimes. O escritor fica sabendo que a Terra, sob o comando de um ditador, está em guerra com monstros da estrela Arthur.

Assim que o produtor Dino de Laurentiis (1919-2010) comprou os direitos da obra para o cinema, Fellini o convenceu a deixá-lo fazer, com a promessa de que ele próprio filmaria a história. Mas logo mudou de opinião quanto a preservar o texto original e seguiu por outro caminho, bem mais ao seu estilo. A partir do pressuposto da "ficção-ciência", o diretor criou um argumento que descreveu como de "consciência fantástica para refletir sobre a espetacularidade das paisagens da vida e da morte".

Fellini estabeleceu na sua história uma ambientação mais realista, com poucas reconstituições de estúdio, de modo a tornar a adaptação do livro viável. Pensou em dar ao personagem principal, Giuseppe Mastorna, a profissão de músico. Seria violoncelista. Mas optou, no final, por colocá-lo como um palhaço – que, junto com o circo, tornaram-se temas recorrentes na obra de Fellini.

Ao invés de mandá-lo para outra dimensão, transportou-o para um universo similar ao seu para que pudesse fazer um exercício de reflexão sobre o que vem depois da morte. A história ilustrada por Manara ficou assim: quando o avião voa no meio da tempestade de neve, o piloto começa a ter dificuldades para manter a aeronave na rota. Enquanto isso, a turbulência faz nascer o pânico entre os passageiros.

De repente, tudo se acalma e o avião aterrissa, sem nenhum ruído, na grande praça de uma cidade desconhecida, dominada pela silhueta sombria de uma catedral gótica – nada poderia ser mais Fellini, nada poderia ser mais Manara. Os viajantes são obrigados a descer no meio do vento e da nevasca e a entrar em um ônibus, que percorre as ruas da cidade pouco iluminada, provavelmente alemã. Logo, eles descobrem que não é possível ligar para o hotel porque todas as linhas estão sem sinal.

O curioso Mastorna vai até uma boate onde está sendo apresentada uma peça de teatro de revista com quadros absurdos e angustiantes. Ao voltar para o quarto, ele olha pela janela e vê que está sendo realizada uma grande festa, enquanto que, na mesma rua, igrejas de todos os credos aparecem postadas uma ao lado da outra e todas abrem suas portas para a multidão.

Ele sai, com a intenção de ir às igrejas, no entanto, por mais que tente, Mastorna não consegue entrar em nenhuma delas. Para piorar, na volta, não encontra o hotel onde está hospedado porque se perdera no caminho. Aparece, então, alguém que o leva de carro à estação ferroviária. Ao chegar, porém, ele conclui que é impossível embarcar no trem certo porque as indicações que encontra nos vagões e placas são indecifráveis para ele.

Seu trem finalmente aparece e parte logo em seguida. Finalmente, Mastorna consegue embarcar, com a esperança de finalmente chegar em casa e, certamente, rever sua família. Da janela, vê um amigo que havia falecido muitos anos antes e começa a desconfiar de que ele também esteja morto.

Passa a imaginar o próprio corpo dilacerado entre as ferragens retorcidas do avião em que viajava e desmaia. Alguns passageiros o carregam até o posto policial da estação. Ali, os homens da lei pedem para ver seus documentos. Mastorna apalpa os bolsos e descobre que não os traz consigo. Os homens, gentilmente, pedem para que ele encontre uma forma de provar quem realmente é.

Ou que ao menos mostre algum instante de sua vida em que foi realmente ele mesmo. O homem, porém, não consegue atendê-los. A solução é entrar em contato por telefone com sua esposa. Ao pegar o aparelho, porém, vê que há rabiscos no lugar dos números. Nota também que o correio está fechado.

Sua única saída é recorrer ao médium que um napolitano lhe apresentou, após uma viagem de metrô – o trem corta um bairro decadente, cheio de boemia, espécie de Pigalle, bairro boêmio de Paris, lar do Moulin Rouge e reduto dos amantes da vida noturna. No caminho, passam pelo papa, que está cercado de cardeais. Fellini observou em suas anotações: "A morte se assemelha muitíssimo a certos momentos vazios em que repentinamente mergulhamos ao longo de nossas vidas".

O personagem, enfim, para seu desespero e tristeza, descobre que não precisa mais morrer porque isso já acontecera por causa do acidente aéreo e que tudo se desenrolara para ele de forma indolor – ou seja, mesmo de forma acidental, ele não sofreu ao se deparar com a morte – diferentemente do que ele havia imaginado por toda a vida. O que fazer, então? Prepara-se para viver bem a sua própria morte.

E a aventura prosseguiu nesse novo mundo desconhecido, com diversas situações, simbologias e significados fellinianos. Ao final, conclui-se que se trata de uma grande história, que jamais seria realizada em sua completude por Fellini que, aliás, morreu no ano seguinte à sua publicação.

FELLINI

El viaje de G. Mastorna
La película soñada de Fellini

MANARA

O nome de Fellini voltou a brilhar ao lado do de Manara na história
A viagem de Giuseppe Mastorna, publicada a partir de junho de 1992,
em capítulos, na revista Il Grifo – a estreia ocorreu na edição número 15.
Posteriormente, o material foi reunido em livro, nunca lançado no Brasil.

LEMBRANÇAS

A conversa de Manara sobre cinema com o *The Comics Journal*, em 1997, acabou direcionada ao nome de Federico Fellini. Era algo inevitável. O diretor, para ele, representou seu encontro com a história, a história da arte, mas também a história da humanidade. "Fellini, como artista, foi uma influência sobre a história da humanidade. Eu nunca fui capaz de ter uma amizade com ele como ele tinha proposto para mim: eu o vi como um herói mitológico, embora fôssemos bastante próximos".

Como explicou o entrevistador da revista, assim como o pai do pintor Rafael, Manara tinha o respeito pelo mito. O desenhista contou que, certa vez, "ele realmente ficou com raiva porque ele disse que eu nunca o procurava, ele é que sempre tinha que me chamar. Eu respondi que, quando eu estava prestes a discar seu número de telefone, minhas mãos tremiam e ele disse que quando ouvia essas coisas, eu o deixava constrangido".

Mas, era verdade, disse, enfático, Manara. "Seria difícil que eu ligasse para ele, assim como tive dificuldade em chamá-lo de 'Federico'. A mesma coisa aconteceu com Pratt. Não era sempre que eu iria chamá-lo de 'Hugo'. Preferi me referir a ele como 'Mestre'. Eu tenho que admitir que eu gosto muito da relação entre mestre e discípulo".

Os dois ídolos, recordou o desenhista, foram mestres de maneiras mais pessoais. "Não foi apenas com seus filmes que Fellini se mostrava um alquimista. Quando estava na minha casa, ele ficava sentado no meu estúdio, onde você está sentado agora, olhando através das grandes janelas. Ele disse: 'Olhe para aquela estranha constelação em sua pequena cidade'. Isso deve lhe mostrar como ele sempre interpreta as coisas do seu jeito e de forma surpreendente.

Ele queria mostrar um lado das coisas que o interlocutor não tinha visto antes. "Mesmo que olhasse para aquele ponto todos os dias, nunca fazendo considerações banais, mas tornando-os sublime. Lembro-me de certa noite, quando andávamos em frente da igreja de San Giovanni, em Roma, ele descreveu em poucas palavras como sua sombra parecia sob as luzes da igreja. De acordo com ele, parecia que era a sombra de monstro, de um enorme animal pré-histórico".

Talvez pela semelhança entre os dois como criadores, Fellini dissesse coisas que sabia que Manara apreciaria, observou o *The*

Comics Journal. "Sim, sou muito receptivo a essas coisas. Suas visões inéditas estão entre as coisas que eu mais sinto falta de Fellini. Há outros momentos que me lembro, como quando estávamos indo comer fora. Antes de ir ao restaurante, eu ia levá-lo para ver sua amante (Eu posso dizer isso agora, desde que suas memórias foram publicadas)".

Manara achava que tinham um relacionamento que se poderia descrever como o de irmãos, uma vez que a amante também estava doente. Gostava de esperar por ele lá embaixo, na rua, caminhar ao redor do bloco de concreto. Aguardava-o como amigo. Muitas vezes, o nível de nossas conversas parecia com as de quartéis do exército. Só brincadeira entre amigos".

Sobre os quadrinhos de Manara, Fellini gostava da clareza da exposição, da luz. "Na segunda história de Mastorna, decidimos usar a técnica *half tint* para que ele pudesse trabalhar iluminando o caminho que ele sempre fez em seus filmes. Segundo ele, o filme era tudo sobre a luz em todos os sentidos da palavra, tanto a luz impressa sobre o filme através do olho da câmera e a luz que o espectador vê projetada na tela na sala de cinema. Todo o trabalho de sua vida se revelou inteiramente através de luz.

A história por trás de "G. Mastorna", segundo Manara, foi bem estranha. "O filme estava em produção na década de 1960 e Fellini desistiu de filmá-lo porque alguém, cigano ou adivinho – ele gostava de ir frequentemente a tipos assim – tinha previsto que esse seria o último filme que ele faria em sua vida e ele acreditava que se o filmasse morreria em seguida". O desenhista acrescentou: "Devo admitir que a 'profecia' era verdade porque seu último trabalho foi o projeto '*G. Mastorna*, mesmo que não se desse em forma de filme".

"Federico passou os últimos três anos de sua vida em meio aos quadrinhos, com um parêntese de três comerciais [para televisão]". Manara observou que Fellini era muito meticuloso e queria ter controle absoluto sobre o que fazia. "Em tudo que fizemos juntos, ele sempre me mostrou exatamente o que queria. Eu era apenas o executor do material".

CAPÍTULO 7

MANIFESTO PELO EROTISMO

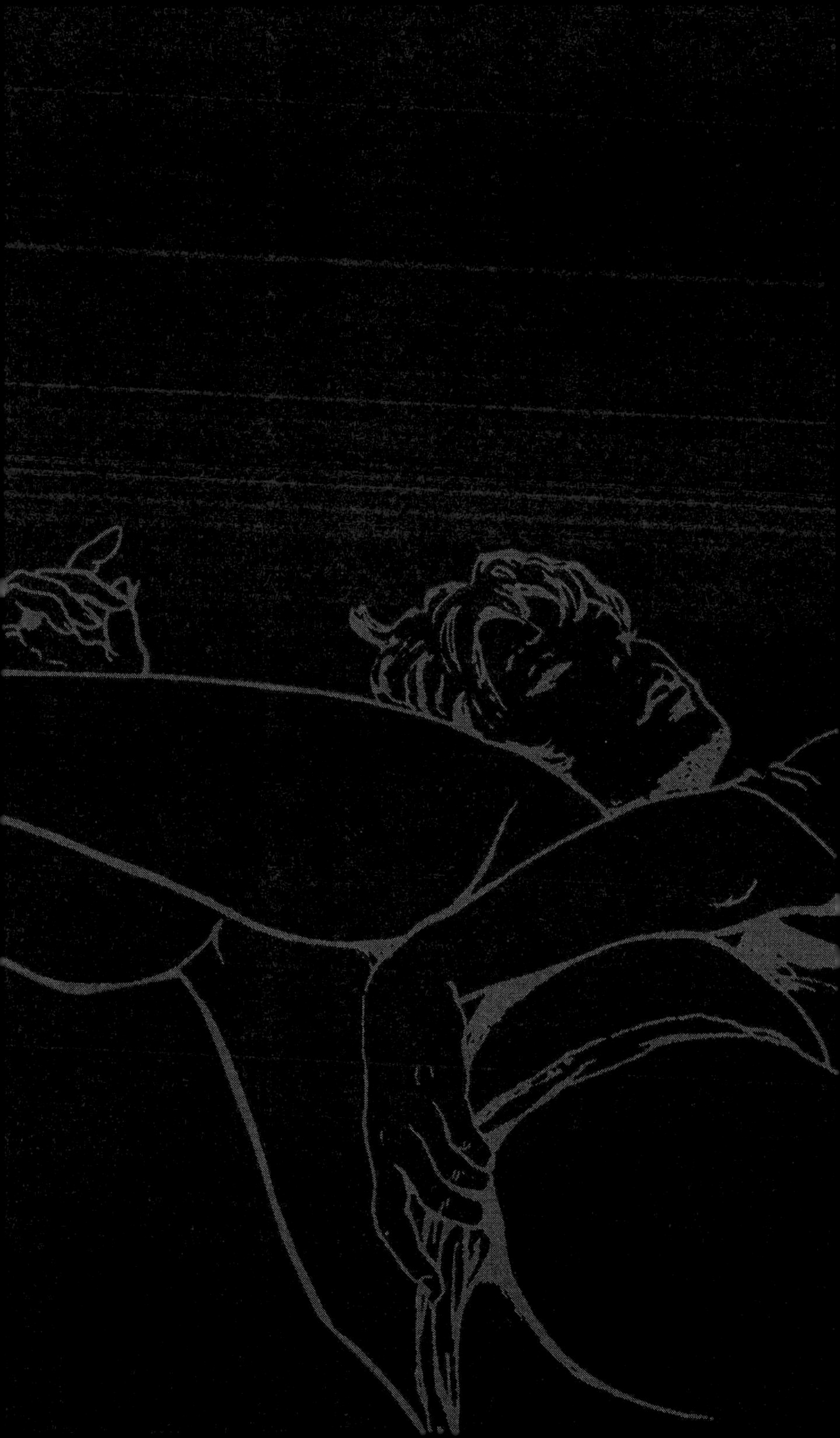

*Em agosto de 1997, a revista americana
The Comic Journal, considerada, na época,
a publicação noticiosa mais importante dos
quadrinhos americanos, trouxe a maior
entrevista que Manara deu em toda a sua
vida. Um rico material biográfico para os fãs.*

A popularidade de Manara e a constância de lançamentos de seus álbuns em quadrinhos – todos para leitores adultos, mesmo os não eróticos – nas décadas de 1980 e de 1990, aumentaram a curiosidade de leitores novos pelo seu trabalho e os ataques de seus detratores em todo o mundo. Não foram poucas as entrevistas que ele deu para falar de seus álbuns mais recentes ou rebater críticas com acusações de fazer pornografia ou de transformar as mulheres em meros objetos sexuais.

Nesse período, ele falou em diversas oportunidades com jornalistas brasileiros de publicações importantes como *Folha de S. Paulo, O Estado de S. Paulo* e *O Globo*. Mas o maior e mais minucioso bate-papo que o artista teve na vida foi com a conceituada revista norte-americana *The Comics Journal*, uma das mais respeitadas sobre o universo dos quadrinhos nos últimos 40 anos.

De circulação mensal, a publicação dedicou a ele a capa da edição de agosto de 1997. Manara, então, era conhecido nos Estados Unidos havia mais de década por seus quadrinhos eróticos, e seus principais trabalhos tinham sido publicados na revista *Heavy Metal* e em álbuns especiais. Lá, também, sua obra acabou dividida entre o entusiasmo dos fãs e as críticas de segmentos conservadores.

Título sugestivo da The Comic Journal não exagerava na chamada da capa: "Depois de horas (de conversa) com Manara". O desenho da capa só podia ser dele, claro.

A conversa se tornou um retrato importante para conhecer melhor sua biografia, ideias e pontos de vista sobre a opção de trabalhar com erotismo: "O Milo Manara que se revelou na entrevista a seguir é um artista reflexivo, o que pode soar como surpresa para os leitores norte-americanos que sabem do cartunista italiano exclusivamente pela sua série tremendamente bem-sucedida de *graphic novels* eróticas", escreveu o editor.

Para a revista, embora fosse verdade que a maioria das pessoas respeitasse o estilo refinado e artesanal dos desenhos de álbuns – como *O Clic* e *O Perfume do Invisível*, e, particularmente, ressalta a criação da pouco-mais-que-humana 'Mulher-Manara', muitos simplesmente descartam-no como narrador talentoso que faz histórias que vão desde o inconsequente ao francamente sexista.

"O que essas pessoas não estavam vendo", prosseguiu o *The Comics Journal*, "era o sentido " 'manarista' " de humor perverso, com suas frequentes incursões na sátira social, a natureza formalmente ambiciosa do seu trabalho, além de todos os aspectos que ele imprime ao meio dos quadrinhos, como o design da página, como estimulo à criação". Essas observações, sem dúvidas, colocaram Manara em outro patamar artístico.

Como qualquer outro quadrinista, afirmava a publicação, Manara usava sua arte para envolver as questões importantes da vida do modo como ele as via, mas nunca de forma fútil ou leviana. E destacou: "Além de suas realizações como cartunista, sua vida profissional tem mostrado experiências interessantes, que inclui colaborações com Hugo Pratt e Federico Fellini".

A conversa do artista italiano foi conduzida pelo jornalista Graziano Origa, que forneceu as fotografias e a maior parte das artes usadas na edição da entrevista. No começo da conversa, os dois partiram de algo mais filosófico: sua "atitude" perante a vida. "Eu diria que sou mais voyeur que participante (da vida). Poucas vezes, fui convidado para trabalhar em empresa, mas nunca aceitei. Você sabe, não sou adequado para política profissional".

Ao ser questionado se via a si mesmo como artista popular ou burgês, Manara respondeu que se encaixava nos dois tipos. "Ambos, no sentido de que acredito que a cultura não é apenas questão de quanta educação você tem ou recebe. Pelo contrário, se você pode permanecer popular, sem imitar outras classes sociais, pode deixar a sua própria marca distinta. Nesse sentido, acho que as pessoas são mais interessantes quando são culturalmente aristocráticas".

Enquanto falava, o entrevistador observou que sua casa era cercada de verde e o quintal abrigava dezenas de gansos, galinhas, gatos e cães, além de outros animais menos comuns. Manara concordou que precisava daquilo tudo para o seu equilíbrio com a natureza. "Os animais selvagens e os animais do lar, que eu tenho, são muito independentes, incluindo sete ou oito pavões, cujas asas não são cortadas e que são totalmente livres. Eu também tenho patos selvagens que, por sua própria escolha, optaram por viver aqui comigo, na minha casa".

O artista, disse o repórter, passava a impressão de que sua vida era completamente feita de trabalho. Manara admitiu que, provavelmente, era verdade. "Eu acho que tem a ver com a minha atitude de renúncia. Você sabe como essas coisas funcionam: ou você escolhe certa qualidade de vida ou determinada qualidade de trabalho".

Ele acreditava, na ocasião, que era raro que as duas opções pudessem andar juntas. Quando há uma morte precoce – os grandes gênios que morreram jovens levaram uma vida que era muito semelhante ao seu trabalho como, por exemplo, Amadeus Mozart –, normalmente, os artistas que vivem vidas longas (e espero estar entre eles), têm de escolher entre a sua qualidade de vida e a qualidade do seu trabalho. Desde que eu era jovem, escolhi a qualidade do meu trabalho".

Perguntado sobre drogas, Manara procurou não fazer nenhum tipo de julgamento moral sobre o tema. Lembrou que todo mundo faz suas próprias escolhas. Se as drogas não trouxessem violência junto com elas, Manara gostaria que fossem legalizadas inteiramente. "O álcool é igualmente prejudicial, mas é tolerado. Na verdade, é amplamente estimulado o seu consumo".

A ocupação favorita de Manara, além de quadrinhos, quando não estava desenhando, era direcionada a outra habilidade que ele tinha com as mãos. "Tenho certo talento para a carpintaria, mas nunca iria fazê-lo como passatempo. Eu só coloco as mãos na massa se tiver realmente que fazê-lo. Recentemente, fiz as contas e concluí que é melhor chamar um carpinteiro, que vai me custar bem menos do que se eu me metesse a fazer o mesmo trabalho. Mas, a minha grande paixão é a vela: tenho um barco velho, muito grande, um navio mercante de certa idade, com 60 pés de comprimento".

O nome da embarcação era Marola. "Nos últimos meses, depois de uma tempestade, as amarrações se romperam e ela ficou presa na praia. Então, tive de repará-la. Mas, agora, está tudo bem". Sua maior distração era ficar no barco, à deriva, sobre a água. "Longe da costa, bem como perto. É uma maravilha ver a paisagem mudando continuamente diante dos meus olhos. Depois, há o silêncio da vela, algo hipnótico, para me fazer desejar nunca mais tocar em terra novamente". No verão, ele permanecia longos períodos na embarcação, até mesmo para dormir. "Nunca sairia de lá se eu fosse solteiro e não tivesse de desenhar".

PREFERÊNCIA

A conversa serviu para ele revelar intimidades como o que mais o atraía em uma mulher: a aparência, a formação cultural/intelectual ou a personalidade. "Personalidade e cultura andam juntos nas mulheres que me fascinam". Mas ele preferia aquelas com personalidade semelhantes à sua porque era menos difícil de lidar. "Eu não amo conflitos nos relacionamentos, isso me deixa muito desconfortável e me obriga a fazer sacrifícios".

Embora tomasse a frente e flertasse a mulher, quando se sentisse atraído, Manara achava interessante, por vezes, quando ela toma a iniciativa. E ressaltou que esses contatos serviam de referência para as suas criações. "Eu não esqueço as mulheres que conheço. Quando eu as atraio, a forma como elas olharam e o modo como reagiram, tudo isso volta para mim quando estou criando".

Uma pergunta inevitável e que todo fã certamente faria: se por causa da sua linha de trabalho, o dia do artista era marcado por pensamentos eróticos. Depois de rir bastante, ele respondeu que sim. "Quando imagino uma situação erótica, procuro fazer isso o mais eroticamente intenso possível, e, portanto, procuro passar isso para a cena. Geralmente, digo que desenhei garotas maravilhosas. Na verdade, há muitos artistas que desenham mulheres mais bonitas do que eu. Acredito que meu talento não está em fazer pequenos retratos de mulheres, mas em imaginar situações eróticas com elas".

Ao ser perguntado se seus quadrinhos poderiam ter ajudado um rapaz jovem qualquer a quebrar o gelo com o sexo ou tudo o que

eurotica presents

SIZZLE

#10 $4.95 CAN$7.50 ALL NEW COMIX ADULTS ONLY

MILO MANARA
MICHAEL MANNING
KIKI KJAER
TIM FISCHER
JACK MUNROE
BARRY BLAIR
COLIN CHAN
DINO

*Nos últimos 25 anos, diversas revistas especializadas em histórias em
quadrinhos deram destaque à longa e expressiva produção de Manara.
Várias delas trouxeram entrevistas com o autor italiano.*

ele fazia tinha o propósito de agradar a si mesmo, no final, Manara respondeu: "Curiosamente, lendo algumas das centenas de cartas que recebo, meus desenhos têm sido mais útil para mulheres do que para os homens".

Um exemplo recente, explicou, envolveu Consuelo de Avvila, atriz francesa que lhe enviou uma fotografia de si mesma para que fizesse um retrato para dar a seu namorado. "Esse tipo de coisa tem acontecido com bastante frequência na minha carreira. Tenho recebido fotos de leitoras que me pedem para transformá-las em pin-ups ou colocá-las em minhas histórias, para que possam exibir a seus namorados. Verifiquei e descobri que são verdadeiramente meninas que escrevem e não os meninos que estão fingindo".

A revista não parecia interessada, no primeiro momento, nas técnicas do artista e, sim, em traçar um perfil mais sexual, na linha da *Playboy*. Ao ser questionado se o sexo já o fez se sentir culpado, ele disse que sim, em alguns casos. Em especial, por causa da censura que sofria em vários lugares, inclusive no seu país. Como, por exemplo, quando crianças estão envolvidas. No ano anterior, na Sicília, tinha ocorrido uma exposição de seus trabalhos e, em certo momento, o prefeito resolveu expulsar os estudantes antes que conseguissem ver suas obras.

O artista desabafou, pois se tratava de um problema recorrente: "Este tipo de reação me deixa desconfortável. Recentemente, aqui em Verona, eu fiz uma grande exposição no Palácio de Arte Moderna, o Palazzo Forti. Foi recomendado aos organizadores que colocassem imagens bastante castas, para evitar reclamações. As queixas, no entanto, nunca vêm dos estudantes, só das instituições".

Manara revelou que decidiu se dedicar completamente à arte erótica no momento em que passou a refletir sobre algo que lhe parecia bastante seguro: "Eu posso desenhar". No entanto, o fato de ser capaz de fazer isso não significava que estava autorizado a pregar ou a convencer alguém a pensar da maneira que ele fazia seus quadrinhos.

Ele observou: "Então, eu me perguntava o que realmente gostava de fazer, do que realmente queria fazer. A escolha recaiu sobre erotismo. Quando criei *O Clic*, aquilo para mim foi uma grande diversão. A história era extremamente simples, mas divertida, e minha diversão se transformou em sucesso editorial inesperado".

Ele se lembraria sempre da citação de Leonardo da Vinci (1452-1519) que aprendera nos tempos de estudos de história da arte,

A carreira de Manara foi marcada também por tropeços, como o lamentável álbum Encontro Fatal, de 1997, com uma história de morbidez extrema, com ênfase no estupro, mas de pretensão erótica.

apropriada para justificar seu interesse pelo erótico. Da Vinci disse que "se um pintor quer ver o mundo de cima, ele é o Senhor. Se ele quer ver as profundezas do mar, a sua imaginação lhe dá esse poder".

O quadrinista acreditava que havia no artista, de modo geral, a sensação de onipotência, por causa do poder de criação de que dispunha. "Na época de Leonardo, as únicas fontes iconográficas eram as artes figurativas. Não havia nenhuma fotografia, o único ser capaz de representar o mundo como visto de cima era o pintor. Eu traduzi a sensação de poder em meus quadrinhos começando com um clique!"

Existia Eros e, também, o amor em suas histórias? Manara acabou por fazer referência ao críticado álbum *Encontro Fatal*, depois de dizer que tendia a dar à palavra "Eros" o significado grego puro, que abrange ambos os termos – erotismo e amor. "Eu acho que há amor, mesmo em um estuprador, mesmo se eu não defender o ato".

E tratou de explicar a afirmação. "As mulheres têm as suas razões para dizer que o estupro é um ato de ódio, mas eu vejo uma paixão ardente que deve ser reprimida e devidamente controlada (por quem a possui). É absolutamente inadimissível estuprar uma mulher. Mas, mesmo nesse momento, o que parece o mais distante possível do amor, eu acho que o amor está presente".

Um dos pontos sobre o qual ele foi convidado a comentar se referia à dúvida se seus quadrinhos eram apreciados pela sua inocência e franqueza ou pelo erotismo desenfreado que, segundo seus críticos, ele explorava. O desenhista contou que o que via com mais frequência em comentários sobre seu trabalho, especialmente na França, era que, mesmo quando ele contasse histórias que eram "pesadas", sempre conseguia fazê-lo de modo "soft", justamente, pela ausência de violência na sua linha de quadrinhos.

Por essa razão, ele mesmo achava sua obra mais provocativa do que escandalosa. "Mas não acho que haja muita diferença entre essas duas definições". Ou seja, Manara seria um "provocador erótico", embora, naquele momento, fosse difícil para ele excitar apenas com a fantasia, porque a realidade se tornara mais bruta (do que a fantasia ou a ficção de modo geral).

Mesmo assim, costumava procurar lugares inusitados para colocar seus personagens em ação – ou seja, fazendo amor – como um cinema, um estúdio de TV ou um supermercado. "Eu costumo procurar lugares públicos, grandes espaços abertos, portanto, os

Em Encontro Fatal, de crueldade exagerada, o erotismo perdeu espaço
para trama de excessiva violência, na qual o sexo foi usado como
terrível ferramenta para tortura e humilhação de um casal.

sets de filmagem, supermercados, ônibus, teatros". A provocação do repórter do *The Comics Journal* acabou por lhe dar a ideia que seria aproveitada quatro anos depois em *O Clic 4*: a cena de sexo em um estádio de futebol.

ROTINA

Entre as curiosidades dessa entrevista destaca-se a descrição da rotina do artista. "Na parte da manhã, é uma luta para eu começar a trabalhar". Seu dia se iniciava "muito lentamente". E explicou o que fazia após deixar a cama: "Eu olho por cima de todos os animais em torno de mim, talvez eu os alimente ou vou dar um passeio, perder tempo. Então, aproximo-me lentamente do trabalho, na medida em que é difícil obter de volta o estado de espírito que eu estava no dia anterior quando fazia determinada página".

Essa etapa também demorava um pouco. "Eu continuo a colocá-lo para fora antes de me sentar à mesa para recomeçar. Olho ao redor, finjo que nada está acontecendo. Tenho medo de continuar a trabalhar. Mais tarde, quando eu começar, uma vez que estou de volta para o estado de espírito, passo a me mover rapidamente".

Significava, como acrescentou, que só pegava no batente mais à noite, "quando eles (a família) ligam para mim, para o jantar, que é quando estou fluindo sem parar e sinto muito por ser interrompido. Por isso, na maioria das vezes, chego à mesa de jantar atrasado". Manara sofria para interromper o fluxo de produção nesses momentos. "Realmente, não quero parar. Isso me deixa triste porque estou completamente submerso no desenho".

Depois de comer, a luta começava de novo, assim como acontecia no ritual inicial, até embalar. "Se eu tiver encomenda urgente, vou trabalhar até as três ou quatro da manhã. Mas isso acontece menos hoje em dia". Nesses momentos, o artista preferia ficar só. "Se houver pessoas ao redor, devo dizer que, afinal, isso não é grande problema. Ainda assim, é melhor estar sozinho, também, porque, às vezes, eu me pego agindo fora da ordem, falando em voz alta: faço isso para corrigir a expressão dos rostos. Se você gritar o que um personagem está dizendo, a expressão facial sai melhor, mais intensa".

Em seu processo de produção, Manara explicou que, entre

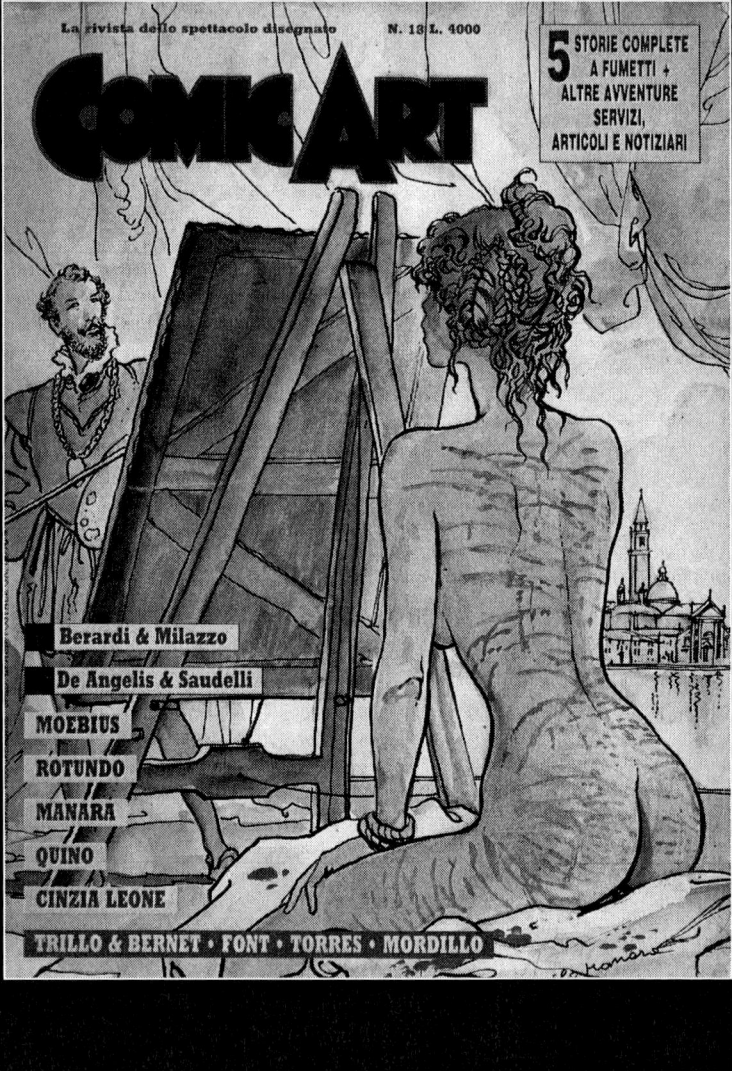

Bem diferente do restante do mundo, o bloco de países do oeste europeu sempre deu a Manara o reconhecimento como um mestre dos quadrinhos de arte de temática adulta, como se vê nessa capa da Comic Art.

trabalhar "cego" (direto, sem rascunho) e preparar *layouts* detalhados, preferia o meio termo. "Não faço *layouts* precisos. Quase, inevitavelmente, sou forçado a abandonar o que rascunhei por causa dos prazos apertados. De modo geral, meus *storyboards* não são desenhados, mas escritos. Divido em painéis de tudo o que tem que acontecer na história".

O autocontrole seria sempre importante para ele. "Se me entrego completamente ao meu instinto, o que acontece é que eu poderia começar a expandir certos episódios que achar divertidos de desenhar e comprometer outros que considero menos divertidos. É melhor ter a visão da história em sua totalidade, para verificar se o ritmo é equilibrado. É para isso que servem os *storyboards*".

Nesse processo, não raro, o desenhista trabalhava em diferentes páginas simultaneamente. "Começo algumas e, em seguida, concluo outras". Hugo Pratt sempre zombava de Manara por isso. Ele dizia: "Eu não sei como você pode trabalhar dessa maneira. Você chega à última noite que tem de prazo com tudo ainda inacabado". E era exatamente assim que acontecia. "Hugo usava para desenhar o seu diagrama e um painel com os quadros e páginas da história, na ordem correta".

Manara, por outro lado, funcionava como diretor de cinema. "Posso até mesmo começar pelo final. Normalmente, pego um personagem e o manipulo ao longo da história para que possa vê-lo extravasar todo o seu repertório. Mais tarde, adiciono o segundo personagem, o terceiro, e assim por diante, peça por peça, até que tudo fique junto. A última coisa que faço são os cenários de fundo. Raramente não vou primeiro no cenário, princiapalmente se for uma panorâmica".

Por esse método, pode acontecer, no entanto, de Manara ter uma ideia que ele não havia previsto na concepção original. Caso seja algo de que ele realmente goste, não hesita em modificar o plano inicial e já aconteceu de desistir de tudo o que estava fazendo temporariamente para inseri-lo. Por isso, sempre preferiu fazer suas próprias histórias, para ter mais autonomia para mexer.

Mesmo com tanto envolvimento e intensidade, Manara não costumava dispensar encomendas para produzir ilustração para jornal, por exemplo, em prazo geralmente curto, às vezes, para o mesmo dia. "(Esse tipo de pedido) Não me incomoda, eu realmente gosto disso. Eu faço como atividade de férias, uma espécie de intervalo (em algo maior que estou fazendo). Às vezes, as ilustrações que são encomendadas por jornais diários e semanários são uma pausa muito agradável na rotina".

Toda historia é sempre um desafio e Manara se preocupa bastante com o processo, como destacou para *The Comics Journal*. Do início ao fim, tudo lhe parecia o momento-chave em seus quadrinhos. Ou seja, cada etapa do processo. "De acordo com os ensinamentos de Pratt, o fim de uma história é um dos fatores mais importantes (para se chegar ao melhor resultado)".

Na verdade, acrescentou, ainda, que de acordo com Hugo, o momento crucial de uma história em quadrinhos era o fim. "O início deve ser o que leva o leitor. O que espero é que a maioria dos leitores venha se concentrar na história. Então, tento seduzi-los imediatamente. Devo capturá-los imediatamente. Eu absolutamente não devo aborrecê-los, então eu não devo fazer preâmbulos. Não posso entrar na história lentamente". Isso significava para ele que o início deveria ser estrategicamente fundamental para se criar um grande final. "Um final que é nascido do começo", enfatizou.

POLÍTICA

O artista fez questão de destacar para *The Comics Journal* que sempre foi interessado em questões sociais e que gostaria de explorar mais esse aspecto nos quadrinhos. Isso apareceria em críticas cada vez mais eloquentes que fez e faria à Igreja – cujo momento mais forte seria a série *Bórgia*, feita em parceria com o cineasta e escritor chileno Alejandro Jodorowski, sobre um momento terrível na história do Vaticano, publicada sete anos depois –, a desaprovação à censura que explorou em diversas histórias e entrevistas, e uma certa abordagem política, mas não de envolvimento direto, sem ser panfletário.

Mesmo assim, boa parte das pessoas insistia em dizer que ele tinha acabado de fazer apenas histórias com mulheres bonitas e sensuais. "Você sabe por quê? Porque não começo (direto) com uma mensagem (discurso). Eu começo com a história de uma única pessoa". Manara estava mais interessado em pessoas do que no ambiente em que elas se moviam.

E explicou: "O elemento social pode ser encontrado por leitores atentos, em qualquer caso, mas foco toda a minha concentração no indivíduo. Se tivesse que dizer alguma coisa sobre imigração, faria a história de um imigrante ou de alguém que aceita ou rejeita um imigrante – sem abordar diretamente a questão geral".

Aos interessados em saber que material ele usava para desenhar e finalizar as histórias, o artista contou que, ao longo dos anos de 1990, vinha dando preferência a canetas de tinta permanente. "Cansei de mergulhar a ponta de caneta no tinteiro. A caneta, no entanto, tem uma desvantagem, sua tinta é à base de água. Quando a linha fica molhada, a tinta vaza no papel. Espero que, pelo menos, por ser de longa duração, não vá desbotar ou sumir: certos desenhos que datam do século XV foram feitos com tintas não permanentes e estão em boas condições até hoje".

O desenhista havia abandonado para sempre o uso do bico de pena. Ele tomara essa decisão, principalmente, porque a tinta sempre escorria para fora da linha quando ele não queria. "Assim, também, quando estava para terminar uma linha em particular, ocorria de a caneta ficar sem tinta. Já com a caneta com reservatório a linha pode continuar a fluir e eu sei que posso continuar a trajetória sem fazer pausa".

Manara notava que vários cartunistas que conhecia e com quem conversava, especialmente os mais jovens, usavam ferramentas práticas, tais como dicas e marcadores de feltro. "Eu estava acostumado ao bico de pena e, portanto, tive de procurar por canetas que funcionassem como instrumento ideal para mim", acrescentou.

Na arte-final, aquele momento estava sendo interessante para certa volta aos tempos de estudante, quando pretendia ser pintor. "Recentemente, comprei uma nova caixa de tintas a óleo, com a intenção de começar novamente. Também comprei um desses cavaletes portáteis. Gostaria de ir para as Montanhas Dolomitas e voltar à pintura da vida".

Ele parecia viver um bom momento. "Estou me organizando para começar a pintar novamente. Um belo dia, vou colocar casaco, boina e luvas, e vamos ver se posso fazer isso. Caso contrário, vou enganar um pouco. Primeiro, tirarei algumas fotos e depois vou trabalhar a partir do vivo – dentro de casa".

A observação serviu para Manara falar de suas preferências na arte figurativa. Dentre os artistas que mais admirava estava Giorgio de Chirico (1888-1978), especialmente na sua juventude, nos tempos de estudante. "Mas o meu verdadeiro grande ídolo, o meu ponto de referência, permanece Rafael Sanzio".

Gostava dele inclusive como figura histórica. "Ele nasceu em Urbino. Eu fui lá durante dois dias, apenas para visitar sua casa. Foi um momento emocionante. Esta casa foi a de seu pai, o pintor Giovanni Santi (1435-1494), que, imediatamente, compreendeu quem o filho era. A mãe tinha morrido jovem. Giovanni enviou o filho para a escola em Perugia, porém, mesmo antes disso, tinha intuído o talento de seu filho".

Nesse momento da entrevista à *The Comics Journal*, Manara fez um exercício de criatividade: "Imagine, então, essa casa, que é de dois andares. Imagine essa criança correndo em torno dessa casa e o pai que olha ela crescer e reconhece a sua natureza extraordinária. É comovente ir a essa casa, em Urbino, para ver as grandes obras-primas de Rafael, embora sejam apenas cópias".

E acrescentou: "O que torna interessante é que essas cópias foram feitas por seu próprio pai, portanto, podemos imaginar que tipo de homem Giovanni era, que viveu mais tempo do que o seu filho e com o seu imenso amor, paixão, fez cópias de grandes obras dele e as exibiu em sua casa. Uma coisa extraordinária. Com profunda humildade, ele veio a ser o filho de seu próprio filho".

Por isso, entre os artistas que o influenciaram, o maior de todos foi Rafael. "Estou constantemente olhando para Rafael. Tenho todos os seus desenhos e os livros que documentam a suas pinturas, esculturas e obras arquitetônicas. Mas o que sinto mais próximo de cumplicidade é Paolo Veronese, que acho muito divertido. Ele é tão brincalhão em seu erotismo que foi levado a julgamento pela Inquisição por suas transgressões brilhantes, enquadrando figuras do nível do solo, imensas, figuras mal iluminadas".

Manara também gostava dos pintores do período simbólico, dos pré-rafaelitas e da arte do início do século XX, de modo geral. "E não posso esquecer os artistas do período romântico. Todos os períodos são extraordinários, mas se tivesse que escolher um artista com quem eu teria gostado de estudar, não teria nenhuma dúvida em dizer: Paolo Veronese".

O desenhista se referia ao período do início dos anos de 1600, quando Veronese se destacou como importante pintor maneirista da

Renascença. "No Vêneto, não tinha começado bem, do mesmo modo como tivemos em Roma ou Florença, que mais tarde se desenvolveram na pintura expressionista a grande tragédia de Tintoretto, com a luz de Caravaggio servindo como epílogo, muito violenta e dramática".

CINEMA

Por incrível que possa parecer, o produtor e criador americano Walt Disney (1901-1966), voltado para obras infantis, foi um ponto de referência fundamental para Manara, embora não tivesse tido acesso a muitos dos seus quadrinhos, porque sua mãe era uma professora à moda antiga e mantinha os filhos perto dos livros e bem longe dos gibis e da televisão. "Gostava de assistir a desenhos animados e ia vê-los no cinema".

Mesmo assim, o pouco contato que teve com a obra de Disney o marcou bastante. "Lembro-me de *Branca de Neve*, *Cinderela*, tudo isso iria me deixar sem fôlego ao ver todos aqueles desenhos animados em cores fantasmagóricas. Meus pais me davam livros que eram feitos a partir dos desenhos animados. Mesmo na escola, quando me pediam para fazer cenografias para peças de teatro, eu gostava de copiar dos desenhos de Disney. Ele era um grande mestre no plano figurativo e também uma inspiração brilhante para o desenho aplicado ao mundo dos filmes".

Mesmo com a paixão por filmes, infelizmente, nos últimos anos, Manara não vai às salas de cinema com a frequência que gostaria. E brincou ao explicar que estacionar o carro se tornou o grande problema e o maior desestímulo a sair de casa. "Nunca encontro um local porque os filmes que eu gostaria de ver são os mesmos que todo mundo quer ver. Então, tento aproveitar a grande variedade de filmes oferecida pela televisão, incluindo TV por assinatura".

Esse era um de seus passatempos preferidos. "Vejo um monte, uma enorme quantidade", enfatizou. O diretor de que mais gostava naquele momento era o "surrealista" Peter Greenaway, de *Afogando em números*, que descreveu como um inovador. "Uma coisa que me intriga é que ele é um pintor e gosta de usar a cor e o enquadramento que eu amo em seus filmes. Um de seus grandes trabalhos é *A Barriga do Arquiteto* (1987), mesmo sendo bem melancólico".

Os dois filmes que mais o impressionaram, no entanto, foram

Mesmo o pouco contato que teve com sua obra, Disney marcou bastante Manara. "Lembro-me de Branca de Neve, Cinderela, tudo isso iria me deixar sem fôlego ao ver todos aqueles desenhos animados em cores fantasmagóricas", disse ele.

Laranja Mecânica e *Barry Lyndon*, ambos de Stanley Kubrick (1928-1999). "Eu considero *Barry Lyndon* importante, particularmente a partir do ponto de vista do cinema – e, pela mesma razão, *Os Duelistas*, de Ridley Scott". E fez uma curiosa comparação: "Nos filmes feitos na Cinecittà, em Roma, você pode ver que é tudo ficção, enquanto nos filmes que eu mencionei, os diretores conseguiram realmente fazer você viajar de volta no tempo".

O artista também tinha outras preferências. "Eu também adoro *Apocalypse Now, 2001: Uma Odisseia no Espaço, Blade Runner* e *Harpa da Birmânia*". Marlon Brando e Jack Nicholson se tornaram seus atores preferidos e, entre as mulheres, três musas da década de 1990: Uma Thurman, Melanie Griffith, Sharon Stone e, principalmente, Michelle Pfeiffer.

Em 1997, Manara estava trabalhando em uma animação com o diretor polonês Roman Polanski, de *O Bebê de Rosemary* e *O Pianista,* para a produtora Lumière, de Paris. Seis anos depois, ele não parecia entusiasmado com a finalização do projeto. "As coisas estão indo bem mais lentas do que eu imaginava, mas eles ainda estão prosseguindo. O projeto inicial para este filme de animação foi ficando progressivamente mais ambicioso e complexo, mesmo para o produtor e, portanto, também em termos de orçamento".

Ele deu mais detalhes do que estava acontecendo: "O verdadeiro obstáculo que eles estão enfrentando e que nos impediu de decolar é que há dois parceiros americanos: um é responsável pela distribuição para TV, mas não de filmes, enquanto o outro só lida com salas de cinema. Portanto, há uma escolha a ser feita no nível de erotismo que a história deve ter. Estou esperando o produtor francês assinar o acordo, de um modo ou de outro, que fique mais claro o tipo de desenhos que terei de fazer. Por enquanto, estou me movendo dentro de uma gaiola".

Ao fazer um balanço de vinte anos de carreira como quadrinista autoral, Manara observou que suas fantasias e seus sonhos se mantiveram mais ou menos os mesmos nesse período, apesar da fama internacional que havia alcançado. "Ao longo dos anos, perdemos um pouco, mas isso depende mais da idade do que do bem-estar. Minha energia criativa, penso eu, estava no auge quando eu vivia em meus 30 e 40 anos de idade. Agora, sou um cinquentão e apenas espero que as coisas sigam nessa direção".

A idade trouxe outras mudanças importantes para Manara. Nos últimos anos, ele manteve certa distância da política, da militância intensa dos tempos da faculdade. "Sinto que mantive o espírito da minha juventude. Eu certamente não estou do lado do grande negócio de mídia, porque eu posso ver os desastres culturais que ela está provocando neste país, com seus canais de televisão".

A internet engatinhava em 1997. Havia não mais que três anos que começara a sua massificação e se vislumbrava um novo mundo, de transformações radicais, com o futuro dominado por megabytes, autoestradas da informação, realidade virtual e poucas alternativas "para olhar para a frente", como questionou a revista na ocasião.

Manara não estava tão animado quanto àqueles novos tempos. "Sempre senti que os quadrinhos têm possibilidade de sobrevivência por causa da pobreza inerente ao meio. Eu não concordo com aqueles que se esforçam para fazer histórias em quadrinhos que estão sempre mais elaboradas, ou desenhos digitalizados, como o novo filme de animação *Toy Story*. *Comic books* devem ser de papel, mas, como alternativas, devem ser tipo *pulps*, impressos pouco ao acaso, com velocidade de execução e facilidade de leitura como seus pontos de força".

Com a história em quadrinhos ou o livro tinha-se a vantagem adicional de não precisar de fonte de energia para ser capaz de fazer uma fantástica viagem por meio da leitura. "Além disso, o livro pode ser deixado em uma sala de espera, tornando possível para alguém compartilhar a experiência. Obviamente, computadores têm o grande apelo do imediatismo. Eu não os conheço bem e estou um pouco intimidado".

O desenhista disse, então, que precisava confessar um pequeno segredo: quinze dias antes daquela entrevista, estivera em Roma, convidado por Aurelio de Laurentiis, que estava prestes a entrar no negócio de CD-ROM e lhe pediu para criar uma história sobre a qual Manara preferiu não falar para não "agourar" o amigo. "Eu sei que meu trabalho tem sido divulgado na internet. Soube por alguém que viu alguns de meus desenhos na Noruega ou na Finlândia".

REDE

O temor quase natural de Manara com a internet, em 1997,

seria rapidamente deixado de lado para dar lugar ao fascínio e a fazer dessa ferramenta digital a matéria-prima para seus trabalhos. De lá tirou inspiração para criar um trio de lésbicas que abusava de um desacordado criminoso sexual que fora apanhado, literalmente, com as calças na mão. Foi uma redenção para Manara, o divertido álbum "W.W.W.", lançado em 1998, no momento em que a internet explodia em todo o mundo.

O título, claro, veio das três letras em código que permitem acesso ao sistema, mas que nesse caso ganharam dois outros significados. Primeiro, os três "w" queriam dizer "Wild Women in Web" – ou seja, mulheres selvagens na internet. Depois, representava também as iniciais dos nomes das três personagens principais da história: Wendy, Wanda e Wilma.

Nessa trama ambientada na chamada era digital, o artista procurou aproveitar o fetiche em que se transformou a internet, principalmente sexual, com a popularização de seu uso e das múltiplas possibilidades de explorar o sexo – pornografia, encontros amorosos, salas de bate-papo e namoro e contratação de serviços sexuais.

Havia ainda outros serviços só possíveis graças à tecnologia como, por exemplo, acoplar câmeras de vídeo para transmissão ao vivo da rotina de "modelos" com propósitos libidinosos. Isto é, para atender ao fetiche dos internautas, mediante pagamento por cartão de crédito, jovens e belas mulheres (nesse caso) permitiam que sua intimidade – artificialmente erotizada –, fosse acompanhada on-line (ao vivo) pelo computador.

Esse é o tema dessa aventura mais próxima do real que do virtual. Na história, Wendy e Wilma são duas amigas que adoram trocar carícias e aceitam expor sua casa a *voyeurs* de todo o mundo pelo computador. Para atender aos loucos que têm tara pela combinação entre sexo e comida, Wendy recebe a orientação do dono do serviço para comer porcamente, com as mãos.

Para a maioria dos internautas que assina o canal, porém, falta mais sexo entre elas. O público reclama – quer também mais exibicionismo de peças íntimas, masturbação e transa das duas. Por isso, as jovens recebem um ultimato do dono do site: ou satisfazem os internautas para aumentar a audiência ou ele tira a homepage do ar e demite ambas. Wilma resiste, nega-se a fazer sexo diante das câmeras e discute o assunto com Wendy.

*Conexão com a modernidade: o divertido álbum W.W.W.,
lançado em 1998, no momento em que a internet explodia
em todo o mundo, trazia no título, claro, as três letras em código
que permitem acesso ao sistema universal de computadores.*

Nesse momento, chega a irmã de Wendy, Wanda, que está desesperada e em busca de ajuda. Ela foge do namorado, o ator de teatro Vlad, que a obriga a se submeter a rituais de sadismo, andar sem calcinha e a expor suas partes íntimas em público apenas para que ele possa observar a reação dos homens. Cansada das humilhações, resolvera fugir.

A pedido de Wendy, Wilma concorda que Wanda fique no apartamento delas por alguns dias. Mas pede à amiga para que não conte à irmã sobre o trabalho delas para o site e da câmera que está ligada. Wanda, no entanto, ouve a conversa e não resiste: passa a fazer um show de strip-tease diante do computador – para delírio do dono do serviço, que acompanha tudo do seu escritório.

Logo, as outras duas entram na brincadeira e começam a transar. O que Wanda não imaginava é que, nesse instante, Vlad está conectado à homepage de sua irmã e, graças à torre da igreja que aparece na janela do apartamento, ele descobre seu esconderijo. E assim, sem precisar de muitos artifícios, Manara construiu essa sátira erótica realista, bem ao estilo de *O Clic* e *O Perfume do Invisível* – divertida e excitante –, apesar de não ser um dos seus trabalhos mais comentados e apreciados.

CLIC NA TV

Manara, sem dúvida, deu novo impulso ao mercado de quadrinhos adultos na década de 1980 em todo o mundo, inclusive em países como o Brasil. Logo em seguida a seu ingresso na linha erótica, ele ganhou um novo aliado no gênero, com o lançamento da voluptuosa heroína futurista Druuna e seus seios descomunais, de Paolo Eleuteri Serpieri, que se transformou em outro fenômeno editorial até o começo do século XXI.

Ao mesmo tempo, impulsionou a publicação de álbuns de Guido Crepax, que continuava a produzir histórias de Valentina, além de outras personagens eróticas femininas – Bianca e Anita – e adaptações de clássicos da literatura erótica para os quadrinhos. O criador de *O Clic*, porém, não chamou a atenção somente dos editores de livros. Atraiu o interesse de outros setores da indústria do entretenimento.

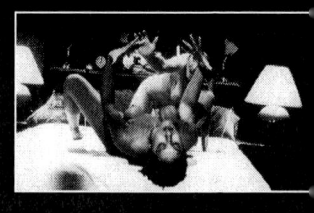

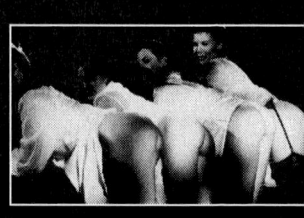

Manara em carne, osso e curvas.
O sucesso da série em quadrinhos O Clic
estimulou o produtor Alain Siritzky a
criar outra produção para TV paga, a
partir da obra mais famosa do artista.
Parte dos episódios foi gravada em
terceira dimensão, o que exigiu uma
estrutura especial de locação e filmagem

Já em 1985, o diretor Jean-Louis Richard dirigiu a primeira versão cinematográfica de *O Clic*, considerada desmerecedora da qualidade dos quadrinhos do artista italiano. Quatro anos depois, o mesmo álbum virou série de TV, para ser exibida em canais a cabo por assinatura para adultos nos Estados Unidos. Coube a Rolfe Kanefsky, de *There's Nothing Out There* (1991), dirigir a produção de Alain Siritzky. Considerado o mais bem-sucedido diretor de sátiras de filmes de terror, Kanefsky recebeu elogios da crítica pelos episódios que realizou inspirados na obra de Manara.

O título original de *O Clic*, em inglês, ficou *The Turn on* e os filmes foram realizados na cidade de Nova Orleans. Quem viu, garantiu que o diretor seguiu fielmente o estilo das histórias do artista italiano. No primeiro momento, o produtor Siritzky planejou a realização de filmes de 90 minutos que poderiam ser divididos em três partes de meia hora cada – assim, permitiriam às emissoras exibi-los integralmente ou em partes, editados como episódios.

O diretor também promoveu outras mudanças na estrutura da trama, de modo a adequá-la à linguagem do vídeo. Ele reconstruiu o controle remoto de Manara, que deixou de ser apenas uma espécie de "afrodisíaco", de estimulador sexual mecânico. A máquina não só excitava como podia transformar uma pessoa em outra. Foram colocados com esse propósito, alguns interruptores na parte de trás de cada personagem.

Assim, quando acionados, faziam homem virar mulher e vice-versa. "Desse modo, temos corpos mudando o tempo todo como elemento de ficção científica e, nos meus episódios, o controle também encolhe ou aumenta cada parte do corpo. Com isso, temos várias situações engraçadas acontecendo, como bustos crescendo e outras partes", explicou Siritzky, antes do lançamento.

Como resultado, o conjunto de episódios se destacou pelo humor, meio pornochanchada, além de atender ao propósito de excitar o público. "As séries são mais comédias", disse o diretor. "Usamos as cenas de sexo e nudez como a parte engraçada e isto deu continuidade à história. Fazíamos piadas com coisas como músculos instantâneos, como a do cara que vai fazer musculação e de repente sente que seus músculos começaram a crescer por todo seu corpo e, naturalmente, todos na academia querem utilizar aquele aparelho".

A ideia original de Manara também permitiu aos roteiristas

criar outras histórias além das que ele desenhou. No episódio "A Erótica Maldição do Cairo", por exemplo, o dr. Fez e um grupo de arqueólogos levam o controle remoto para uma tumba egípcia, onde o invento impulsivamente dá vida a uma múmia do sexo feminino. O cadáver, claro, tira suas bandagens para revelar uma bem preservada e voluptuosa megera que, imediatamente, apalpa sexualmente um dos cientistas.

No total, foram realizados sete filmes derivados de *O Clic*. As produções reuniram algumas das mais belas estrelas da indústria do sexo de Hollywood. Para o diretor, o melhor momento da série foi o episódio "Thunder Balls", filmado em Praga, Cannes, Monte Carlo, Suíça e Los Angeles. Na história, a atormentada Tangerina (interpretada pela atriz De'Ann Power), dona de um cassino, recruta prostitutas de toda a Europa para um esquema que montou para obter esperma de todos os líderes mundiais. Sua meta é dominar o planeta através da clonagem.

Parte dos episódios foi gravada em terceira dimensão, o que exigiu uma estrutura especial de locação e filmagem – como um quarto grande, pois a câmera deveria passar em volta dos atores em círculos. Para facilitar as locações, foi construída uma cama giratória que permitiu manter a câmera parada, enquanto os atores se moviam para gravar. Com isso, o público pôde ver os cabelos dos personagens perto de seus olhos, assim como abdômens definidos, os seios e outras partes dos corpos do elenco.

COMÉDIA

O sucesso da série *O Clic* estimulou o produtor Alain Siritzky a criar outra produção para TV paga a partir dos quadrinhos de Manara. Dessa vez, ele escolheu *O Perfume do Invisível*, que também teve direção de Kanefsky e contou outra vez com a participação da atriz De'Ann Power no papel principal. "Eu sempre gostei da série erótica de Manara que envolvia o homem invisível, achava aquilo tudo uma ótima ideia", recordou o produtor.

Siritzky fez, inicialmente, um acordo para que o próprio desenhista produzisse e dirigisse um filme baseado em sua criação. Ficou acertado que o longa-metragem seria rodado na Itália, na região onde a aventura fora ambientada. Um elenco local chegou a ser contratado em Roma e no norte do país, mas Manara desistiu do projeto depois de alguns contratempos e por insegurança.

O artista concluiu que não estava preparado para um desafio daquele, com tamanha responsabilidade e comprometimento de dinheiro. E se não desse conta? Afinal, contou que queria seguir o estilo do homem que o inspirava, seu amigo Fellini, que chegou a ajudá-lo com algumas dicas, mas percebeu que não conseguiria fazê-lo para o público consumidor ao qual o filme se destinava.

De acordo com o produtor, na verdade, as contribuições de Fellini levaram ao aumento exagerado dos gastos, que foram programados para ser modestos, uma vez que a produção seria exibida apenas em sistema fechado de TV. "Eles não estavam indo exatamente na direção do filme que gostaríamos de fazer, então eu fiz um acordo com Manara, falei que ele poderia encontrar um outro produtor e ele seria o diretor", disse.

Todos desistiram e, anos mais tarde, Siritzky readquiriu os direitos de adaptação do álbum. Manara concordou com a realização de sete histórias completas, criadas por roteiristas de cinema e TV. Finalmente, em 1997, os episódios foram concluídos e cada um ficou com noventa minutos de duração – alguns, mais uma vez, tiveram imagens em terceira dimensão.

Mais que na série anterior, além de nudez e cenas de sexo, as travessuras do homem invisível para a televisão acabaram em diversas situações de comédia e garantiram boa diversão para os assinantes de TV. Bem mais fiéis aos quadrinhos que na produção de *O Clic*, os filmes mostraram as aventuras de um professor de física que, acidentalmente, descobre uma poção que fazia com ele ficasse invisível.

O sujeito, então, aproveita a invenção para perseguir Beatriz, bailarina famosa e insuportavelmente arrogante. A doce secretária de Beatriz, Mel (Honey), sabe da espionagem do infeliz *voyeur*. Como nos quadrinhos, toda vez que ela tenta mostrar à chefe que ele existe, não consegue e provoca confusões e desastres.

Além de Kanefsky, outros diretores e produtores foram convidados a participar do projeto. O diretor admitiu depois que chegou a temer que *O Clic* se tornasse uma produção difícil de ser realizada. Mas que *O Perfume do Invisível*, pensou inicialmente, estava perto do impossível. No fim, deu tudo certo. "Usamos muitas

Femme Fatales

March

$5.99
CAN $8.50
UK £4.15

FAMKE JANSSEN "DEEP RISING"

N'BUSHE WRIGHT ON BLADE

MOLLY RINGWALD "OFFICE KILLER"

THE FEMMES OF "NICK FURY"

Lora-Lyn Peterson trysts with the invisible man in Alain Siritzky's 3-D series adaptation of Manara's BUTTERSCOTCH.

The Erotic World of MILO MANARA

Volume 6 Number 9

DINA MEYER ON "STARSHIP TROOPERS"

Perfume do Invisível, que também teve direção de Kanefsky e contou outra vez com a participação da atriz De'Ann Power no papel da personagem principal.

roupas que flutuavam, camas desarrumadas e, para cenas de sexo, uma técnica com jatos de ar sobre as mulheres, para simular o toque de uma mão sobre seus seios ou outra parte do corpo", recordou ele.

Para participar dos filmes, a atriz Gabriella Hall contou com a ajuda de um mímico profissional, contratado para ensinar a jovem atriz a fazer gestos específicos de como se praticava sexo, de "maneira selvagem", com um homem invisível. "Foi ótimo, porque tive de treinar com o mímico de verdade, aprendi a lidar com o ator principal que não estava lá! Usei muita mímica fingindo que tocava seu peito ou seu corpo. Eu tinha que fingir que ele estava lá. E me saí bem, acreditei que estava falando com alguém mesmo", disse ela.

Também foram produzidos vários efeitos especiais com os travesseiros, cujos resultados ficaram impressionantes. Como se alguém realmente estivesse deitado sobre eles. E isso foi possível do modo mais simples possível, também pelo uso de ar comprimido. "Tinha um monte de coisas para fazer com que o travesseiro ficasse como se tivesse uma pessoa lá. Uma máquina de soprar ar fazia pressão sobre o meu corpo e braços para mostrar que tinha uma pessoa comigo. O resultado ficou muito bom", observou a estrela.

O que contavam as histórias, uma vez que a maioria não fazia parte daquelas desenhadas por Manara? Em "O Poder da Flor", o segundo episódio, por exemplo, a personagem feminina é transportada para locais exóticos por meio de um tapete voador e seu seio direito serve de lar para o gênio da lâmpada sem casa. Trata-se de um sujeito maluco que lhe concede desejos. A aventura termina com os dois fazendo amor enquanto sobrevoam várias cidades do mundo em um tapete.

Em "Butterscotch em Berlim", o inventor é levado para a Alemanha nazista por meio de uma máquina do tempo. A história começa com o herói sendo jogado para fora do avião, mas, felizmente, um monte de feno em um celeiro amortece a queda e ele é resgatado por três jovens irmãs francesas. O que acontece, em seguida, é previsível: humor, nudez e bastante sexo com essas beldades.

No episódio "Butterscotch Sunday", a atriz Daneen Boone faz o papel da meiga Samantha Elder, estudante de religião que acaba iniciada no sexo pelo demoníaco homem invisível – que decide bisbilhotar o que se passa em uma escola católica feminina. "Este é o episódio mais obscuro", afirmou Kanefsky. "Se nenhum outro filme da série ofendeu ninguém, este certamente fará isso", acrescentou. Referia-se, claro, à abordagem religiosa da trama.

A história de "Missão Invisível" mostra o cientista à procura de emprego em um instituto para cegos. Emma é professora de braile cega que usa o sexo como ferramenta de aprendizagem com seus alunos. Essa foi uma das mais inventivas sacadas da série, por causa da falta de visão da personagem – mas tratada de modo decente.

No capítulo final, "How Sweet It Is", todas as mulheres da série que tiveram encontro com o homem invisível comparecem presas a um interrogatório que será feito pela General Marcia Tonk (Delphine Pacific), com o propósito de localizar o cientista libertino. Acontecem vários flashbacks, enquanto elas descrevem seus casos com o homem procurado.

O resultado de *O Perfume do Invisível – Invisible Man*, em inglês – foi considerado pela crítica como realista e convincente, além de engraçada e divertida, mesmo relativamente diferente da obra original. E confirmava, novamente, que Manara não era apenas um grande roteirista como também talentoso criador de boas histórias, que inspirava a criação de outras. E seus próximos trabalhos ratificariam tais qualidades.

CAPÍTULO 8

INCANSÁVEL MESTRE DO EROTISMO

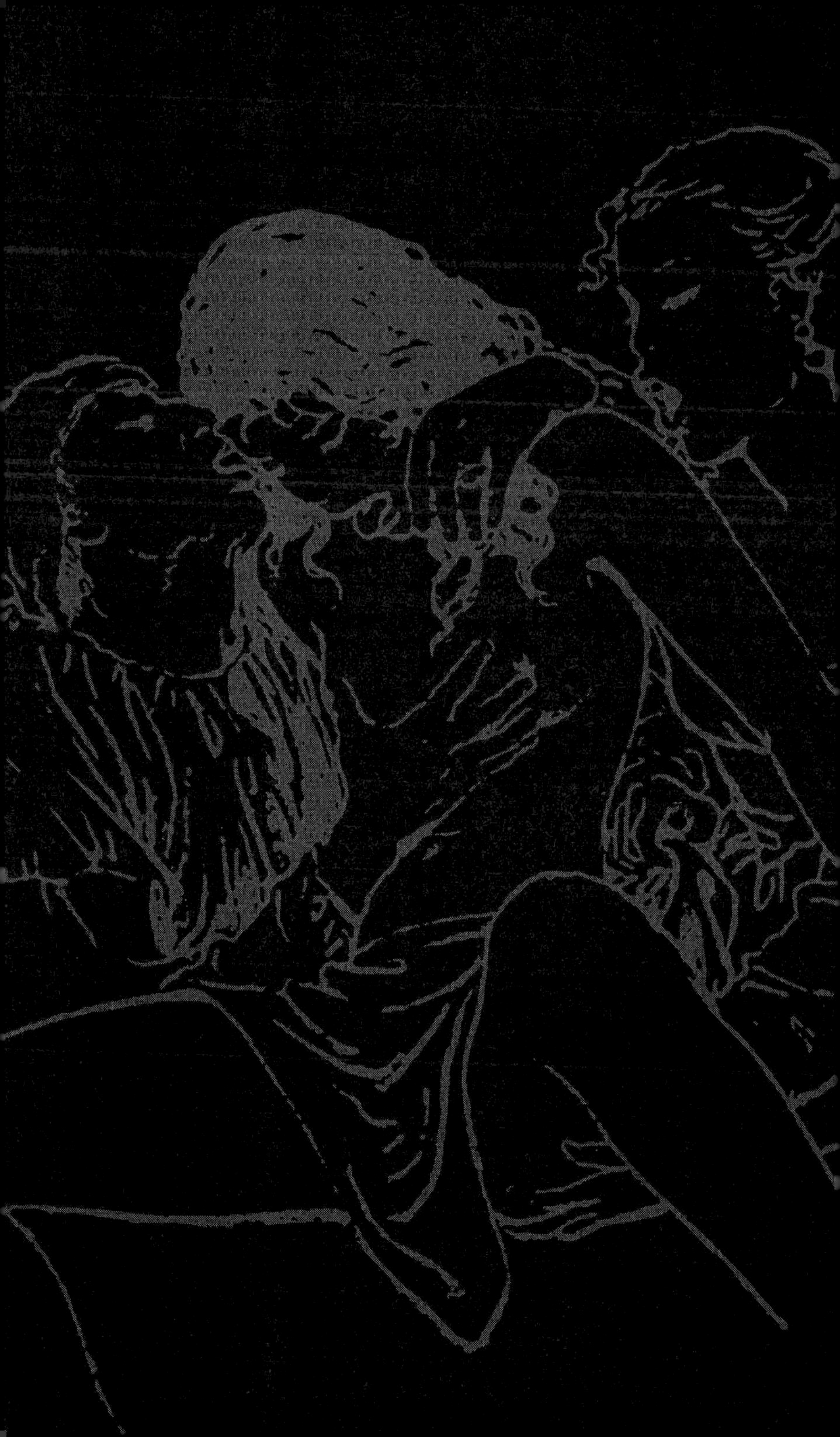

MILO MANARA

BOLERO

O álbum Bolero não era exatamente uma história em quadrinhos.
Mas trazia desenhos sequenciados e interligados, de pura contemplação, sem textos

No período em que tentou adentrar no cinema como roteirista e diretor, Milo Manara não deu trégua à sua produção de *graphic novel* – termo que não era usado para definir seus álbuns com histórias completas. A irreverência para levar o erotismo às últimas consequências nos quesitos imaginação, fantasia e humor não mudou nem um pouco nos últimos anos da década de 1990. Menos ainda na seguinte, a primeira do século XXI. Entre 1998 e 2004, ele realizou quatro trabalhos importantes em sua carreira.

Nessa época, lançou na Itália outro surpreendente trabalho, o volume *Bolero*, que não era exatamente uma história em quadrinhos, mas trazia desenhos sequenciados e interligados. Em edição de luxo, com capa dura e em formato horizontal, o desenhista satirizou em todas as páginas a famosa cena dos livros escolares de ciências e história que mostra a evolução do homem desde os primeiros primatas, como se as espécies em diferentes períodos históricos estivessem em fila indiana.

Assim, ao longo de 24 quadros sem textos, Manara conta a história do homem sob a ótica do vestuário, do sexo e da violência – com ênfase no esforço humano para destruir a si próprio pelas armas, com uma capacidade de comunicação e de síntese feroz e emocionante. Como se fosse um calendário, ele termina a alegoria com a esperança de que 2000 fosse um bom ano para a humanidade.

A graphic novel Revolução trouxe divertida e excitante sátira, com bastante acidez, sobre a "nova aristocracia televisiva", ambientada na França.

Pelo menos para Manara não deixou de sê-lo, afinal, lançou nesse ano o volume *Revolução*, divertida e excitante sátira sobre a "nova aristocracia televisiva", ambientada na França, país que mais reverenciava sua obra e onde o artista sempre publicou seus trabalhos em primeira mão havia quase duas décadas.

A trama gira em torno do grupo de fanáticos que sustenta a tese de que a sociedade atual reproduz a da velha França dos tempos da Revolução de julho de 1789. Só que de forma dissimulada ou disfarçada. Nesse processo, a televisão teria criado uma casta de "gente elegante" que vivia em um mundo à parte, no novo Olimpo onde nada de importante acontecia.

Essa foi, sem dúvida, mais uma experiência carregada de sensualidade e crítica social. *Revolução* saiu na França em novembro de 2000 e se tornou um daqueles casos em que seu valor se diluiu por causa da intensa produtividade do autor, embora seus álbuns fossem sempre aguardados com ansiedade pelo público. O artista retomou o tema pelo qual havia se interessado na década de 1980: o mundo fútil da televisão e das celebridades, que esconde o lado perverso, da dominação econômica e da exploração/alienação cultural.

Em plena forma como artista, ele explorou ao máximo sua marca registrada da jovem sensual em trajes sumários e livre para viver o sexo sem culpa. Ao mesmo tempo, criou uma trama para criticar a ditadura da TV e da audiência a partir da história de Robespierre, apresentador de *live-show* que, ancorado nos ideais de igualdade, liberdade e fraternidade da Revolução Francesa de 1789, julga sumariamente personalidades televisivas que são literalmente guilhotinadas.

Na introdução da história, Robespierre pede para que seu público pense um pouco e veja os fatos à sua frente. "Nossa sociedade está a um passo de recriar a situação próxima àquela da França às vésperas da Revolução. Hoje, como então, existe uma classe de superprivilegiados para quem a vida é completamente diferente daquela das pessoas comuns". Segundo ele, no final do século XVIII, eram chamados de nobres "pessoas ricas e célebres, os VIPs, se vocês preferirem. Uma classe de semideuses, longe da massa rude e ignorante".

Ele lembrava que a renda mensal dessa minoria não é o dobro ou o triplo da média. Ou mesmo dez ou cem vezes mais. É, denunciava ele, mil vezes, cem mil, um milhão de vezes superior. Afirmava, ainda, que "é tudo simplesmente odioso! Eles são de tal maneira superiores, mas muitos não valem nada". Dentro da nobre novela da vida que ele exibe, foram encontradas personalidades da própria televisão, esportistas, alguns políticos, industriais e atores de cinema. Robespierre observou que, "de modo geral, todos aqueles que são vistos sem pausa na televisão".

E acrescentou, com perspicácia: "Sim, porque a causa de tudo isso é a televisão! Ela que criou esta novela do Olimpo! Ela, a que difunde a ignorância e a miséria que governa de toda sua eminência seus novos heróis da vaidade! Ela que nos deixa cada dia mais cretinos e mais bárbaros com esses programas de mais e mais idiotas e suas avalanches de publicidade sem senso! Mas se nossos ancestrais tiveram êxito ao destruir a nobreza parasita, nós teremos êxito do mesmo modo com as mesmas moedas!"

Tudo é apresentado como qualquer grande espetáculo televisivo tem de ser: palco luminoso e linda garotas de biquínis e pernas de fora que apresentam números dançantes. A atração, no entanto, logo é desviava para o grotesco, com assassinatos ao vivo. A história traz também, como personagem importante, Kay, uma das dançarinas, que se envolveu em um sequestro, quando mostrava seus dotes físicos ao diretor da emissora.

Não se pode negar, mais uma vez, a influência de Guido Crepax, que também fizera experiências radicais sobre o poder da televisão nas pessoas, nos episódios de Bianca. Manara também antecipou a era dos *reality shows*, com essa pequena obra-prima de distopia, cuja história se desenvolve em uma época bem próxima, quase simultaneamente à vida real. A seu modo, criou um álbum de pura irreverência e subversão.

LUXO

O volume seguinte foi o livro de luxo e com capa dura e sobrecapa *Memory*, em formato bilíngue – francês e inglês. Rascunhos, esboços, estudos, desenhos e fotografias do artista foram intercalados com pequenos textos que traziam impressões, curiosidades e lembranças de sua atividade como quadrinista.

As imagens selecionadas apareceram organizadas por temas: história, erotismo, viagem, publicidade, música, lembranças e referências iconográficas. Se, para alguns, a edição não passava de mais um volume caça-níqueis, uma vez que Manara vendia bastante, para os fãs, a edição funciona como uma oportunidade para conhecer mais sobre sua vida e sua produção.

No primeiro capítulo, por exemplo, fotografias revelavam o ateliê do ilustrador, com toda a ambientação onde criava seus álbuns, inclusive material de pintura, livros, prêmios etc. Ao falar de sua relação com quadrinhos históricos, ele relembrou a produção que desenvolveu para a editora Larousse, de Paris, como a história em quadrinhos da França – também trabalhou na história italiana para a Mondadori, alguns anos depois, como já foi visto. Ele contou que a editora lhe forneceu um vasto material de pesquisa, não só de textos como de imagens, para que pudesse ser o mais preciso possível.

Entre os seus estudos reproduzidos, aparecem retratos de ditadores como Mao Tsé-Tung, Joseph Stalin, Adolf Hitler e Benito Mussolini; e de seus ídolos: Jesus Cristo, São Francisco de Assis e Lênin. Na parte dos desenhos eróticos, Manara dizia que tinha uma visão própria de erotismo.

Ao falar da diferença entre o que fazia e a pornografia, reconheceu que a linha que separava as duas formas de tratar o sexo era algo altamente subjetivo e nem sempre tinha a ver com qualidade. Se o resultado de determinada história de sexo fez o autor feliz e atendeu ao desejo de expressar determinadas fantasias, isso era erotismo.

Outro bloco de desenhos recuperava os trabalhos relacionados à viagem que ele fizera à Ásia para produzir o álbum da série de Giuseppe Bergman, *Sonhar talvez...* Todas as vezes em que passeava e fazia anotações, destacou ele, tinha o propósito de aproveitar algo depois para a história. Manara tirou fotografias e fez vários rascunhos do que pretendia desenhar.

Sobre sua revelação como autor erótico, Manara observou que a década de 1980 marcou a explosão do gênero e foi uma época de "grande criatividade" para os quadrinhos adultos. Reforçou que, naquele período, Fellini teve papel importante na concepção de sua obra. "Em seus filmes, descobri um mundo que nunca cessou de me inspirar", afirmou. A presença de Pratt na primeira história de Bergman, acrescentou o artista, não foi uma homenagem

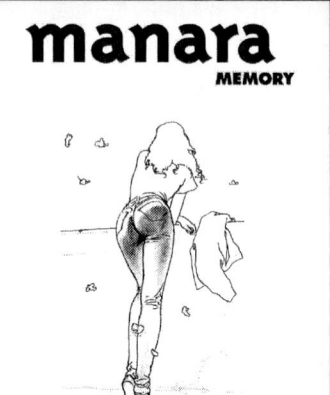

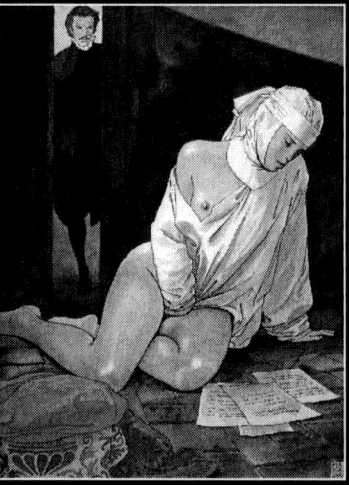

Com capa dura e sobrecapa, o álbum Memory se tornou um ponto de referência para quem quer conhecer com mais detalhes a obra de Manara. Em diversas passagens, ele falou sobre seu processo de criação. A edição saiu em formato bilíngue – francês e inglês.

profissional, mas espiritual. "Ele se tornou, para mim, uma espécie de companheiro ideal, o irmão mais velho".

Não foram poucos os trabalhos que Manara fez para a publicidade, como se vê nas ilustrações incluídas em *Memory*. Suas marcas foram os retratos típicos de cenas familiares – quando a agência que encomendara o anúncio pedia que fosse assim. E belos rostos femininos, como a série de dez quadros em forma de outdoor que criou para a marca Eminence, a partir da linguagem dos balões dos quadrinhos.

No capítulo sobre música, ele confessou que adorava ouvir discos enquanto trabalhava, mas não citou gêneros ou cantores que mais apreciava. Sim, Manara fez belas capas de discos ao longo da carreira – é possível identificar seu traço na seleção de álbuns de Riccardo Cocciante e Rudy's Blues Band, por exemplo, apresentados nessa edição.

Ao falar sobre seu trabalho e modo de produção nessa antologia, afirmou, ainda, que contava com o suporte de farta documentação visual que o permitia dar o máximo de veracidade aos cenários, vestuários e cenas. Contou que, para fazer *Verão Índio*, baseou-se exclusivamente em fotografias, uma vez que não visitou os Estados Unidos durante sua produção. Mais adiante, entre as cenas reproduzidas, há uma homenagem ao craque brasileiro Ronaldo, com a camisa 9 da Seleção Brasileira.

MAIS CLIC

Em 2002, o artista retornou ao começo de sua carreira erótica, com a publicação do quarto episódio de *O Clic*, que saiu inicialmente em capítulos na revista francesa *L'Écho des Savannes*, a partir de junho de 2001 e virou álbum cinco meses depois. Manara nunca disse se a decisão de fazer esse trabalho atendia ao apelo do mercado. De qualquer modo, a nova aventura de Cláudia soou como um esforço do autor para resgatar a essência e o humor da ideia original, desfigurada nos volumes 2 e 3.

Dessa vez, ele retomou a maioria dos personagens do primeiro volume. A trama, porém, não trouxe maiores novidades. A história começa com o marido de Cláudia Cristiani trancado na biblioteca

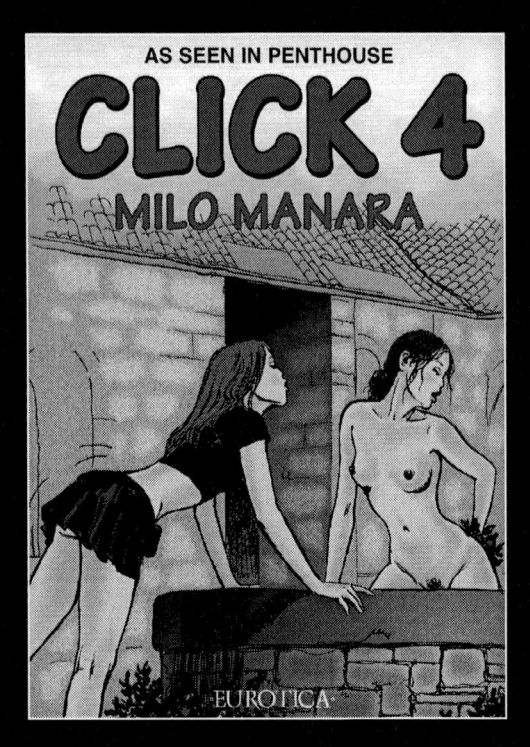

Em 2002, Manara retornou ao começo de sua carreira erótica, com a publicação do quarto episódio de O Clic, que saiu inicialmente, em capítulos, na revista francesa L'Écho des Savannes, a partir de junho de 2001.

com o presidente da Globaltotal, grande companhia química que se meteu em uma enrascada ao ser acusada de usar álcool metileno na produção de comida. Várias pessoas teriam ficado cegas ou tinham começado a perder a visão.

Sua missão é provar que a empresa nada tem a ver e evitar o pagamento de indenizações milionárias. Por causa da reputação do comendador – e seu advogado –, a Globaltotal acredita que ninguém irá contestar a presidência da Comissão de Justiça. Cristiani não pensa assim e lembra que a opinião pública certamente ficará contra eles, por mais que a companhia tivesse comprado a imprensa, pois uma das vítimas foi uma figura conhecida, o professor Boralevi, pai da bela loira Deva.

A jovem propõe ao irmão que, para salvar o pai, tentem destruir Cristiani por meio de sua mulher. Basta que lhe arranjem um amante, tirem algumas fotos e o chantageiem. O rapaz concorda e diz a ela para também seduzir o advogado, pois o resultado pode ser mais eficiente. Mas a moça lembra que o episódio com Bill Clinton e Monica Lewinsky provou que esse tipo de flagrante não destruía a reputação de homem nenhum, pelo contrário. Enquanto Deva conversa com o irmão no restaurante, o incansável doutor Fez escuta o papo e resolve ajudá-los.

Deva é puro erotismo, não se cansa de ficar nua na frente do irmão e até lhe pede para que raspe seus pelos pubianos. Noutro cenário, Cláudia questiona sobre a honestidade do marido, sem imaginar que Deva e o irmão esperam pela saída do advogado para entrar na casa e filmar o irmão, que tentará seduzir a proprietária. Mais rápida, ela vê o rapaz subir pela janela e o derruba. Ele acaba com os dois braços fraturados. Enquanto isso, Deva lê uma aventura em quadrinhos de Corto Maltese, o irmão machucado entra e levanta a possibilidade de ela mesma seduzir Cláudia, pois esta pode ser lésbica.

Depois de muita insistência do professor Fez, Deva concorda em encontrar-se com ele. Este promete lhe dar o controle remoto que excita Cláudia, em troca de 25% da indenização que seu pai deverá receber. Antes, porém, a demonstração de "descontrole" sexual de Cláudia durante um desfile de moda levou o marido a isolá-la em um convento. Deva a segue e, ao acionar o botão, faz dela uma ninfomaníaca desesperada.

A vilã entra em cena, seduz seu alvo com certa facilidade e introduz uma microcâmera no ânus de Cláudia. Depois, tenta colocá-la em situações de constrangimento em público, durante uma partida de futebol. A pobre mulher invade o campo completamente nua e faz sexo oral com o goleiro, diante de dezenas de milhares de torcedores, o que causa a maior confusão, uma vez que o jogo teve de ser interrompido.

Mesmo com as ressalvas, Manara criou uma aventura cheia de humor e sem qualquer pudor, mais interessante que as duas tramas anteriores. A relação de Deva com o irmão, por exemplo, revelou-se cheia de malícia e provocação, com o autor, mais uma vez, no limite da fronteira das provocações morais, ao insinuar situações de incesto.

Todas as convenções de conduta nesse sentido foram deixadas de lado, quando ela o ajudou a fazer xixi, porque o rapaz estava com os dois braços engessados. Seus movimentos deixam o irmão excitado, mas ele a lembra que não podem ir mais longe porque são filhos do mesmo pai e da mesma mãe. A moça responde com uma pergunta: se era assim, por que, então, ele ficava excitado com seu toque?

MODELO

Com a antologia de luxo *The Model*, também publicada originalmente em 2002, nova reunião de desenhos e esboços, Manara homenageou e celebrou a beleza feminina e o importante papel que jovens e belas garotas prestaram ao longo de séculos como modelos a pintores, escultores e ilustradores. Por isso, mais uma vez, a edição foi planejada dentro de uma estrutura temática.

A diferença em relação a outros trabalhos estava no fato de trazer quase exclusivamente material inédito. Na introdução, ele lembrou da primeira moça que passou por seu estúdio, chamada apenas de Suzy, quando ele estudava na Escola de Belas Artes. O que se viu em mais de setenta páginas foi um desfile visual sem precedentes mesmo levando-se em conta o conjunto de sua obra.

Ao invés de garotas desenhadas, vestidas com simplicidade e malícia, ele construiu com pincel uma galeria de mulheres fatais, prontas para seduzir com ligas, espartilhos, sutiãs, calcinhas, saias curtas, decotes generosos e posições de puro hipnotismo erótico. Para cada quadro, elegeu um tema e uma referência, desde a modelo que inspirara Pablo Picasso (1881-1973) e Salvador Dalí (1904-1989), àquelas que estiveram presentes na imaginação de seus ídolos Federico Fellini e Hugo Pratt.

Havia a garota vitoriana, pensada por Matisse ou a inspiradora de Nakajima Tetsujiro (1760-1849. O resultado foi uma breve história – ancorada em pesquisa – das mulheres que serviram de referência viva aos maiores artistas de todos os tempos.

Em 2002, saiu outra *graphic novel* de Manara: *Fuga da Piranesi*. Para alguns fãs e críticos, tratava-se de uma experiência espiritual sobre a dúvida quanto à existência do Céu e a certeza de que o Inferno estava sobre a Terra, entre os homens. Era uma rara experiência do artista no universo da ficção científica distópica, mais uma vez, e que revelava, na riqueza e nos detalhes da construção da trama, sua infinita capacidade inventiva.

Dentro da tradição do gênero de distopia pessimista de situar a sociedade em um sistema estatal repressor que tentar controlar a mente e o comportamento dos cidadãos, ele idealizou a prisão de Piranesi, lugar mítico em algum ponto de alguma galáxia qualquer que ninguém sabe se realmente existe, pois jamais se voltou de lá.

Era uma referência clara às gravuras "Prisões imaginárias de Piranesi", do artista Giovanni Battista Piranesi (1720-1778), arquiteto, arqueólogo, teórico, decorador de interiores, pintor e desenhista, cuja obra teve importância fundamental na formação do neoclassicismo. Piranesi ficou famoso pelas suas gravuras da cidade de Roma e pelas imaginativas e atmosféricas gravuras de prisões (Carceri).

Como escreveu Maria da Graça Garcia, As "Prisões" (Carceri d'invenzione ou Prisões Imaginárias) consistem numa série de 16 gravuras, em que figuram enormes subterrâneos, escadarias monumentais e máquinas de grandes dimensões. "São estruturas labirínticas de dimensões épicas, mas aparentemente vazias de propósito ou função".

As "Prisões" de Piranesi, acrescentou a historiadora, mostram visões originais e pessoais que se encontravam, em termos de expressão artística, muito à frente do seu tempo. "Constituíram uma importante influência no aparecimento posterior dos movimentos Romântico e Surrealista", observou.

A trama de Piranesi era uma referência clara às gravuras "Prisões imaginárias de Piranesi", do artista Giovanni Battista Piranesi (1720-1778), arquiteto, arqueólogo, teórico, decorador de interiores, pintor e desenhista, cuja obra teve importância fundamental na formação do neoclassicismo.

Na história de Manara, a única certeza, dizem os presos, é que esse lugar se parece com o inferno. É para lá que são levados todos os foras da lei do império. O que resta a fazer é lutar para se manter vivo. Fisicamente, o local funciona como cidade de construções rústicas que lembram o filme *O Planeta dos Macacos* (1968).

Seus guardas não são humanos, mas seres de outros planetas, com diferentes e bizarras formas físicas. Alguns, com cara de elefante, com nariz de tromba. Por isso, são apelidados de Narizes-grandes. Para impor autoridade, submetem os novatos aos mais brutais e sádicos rituais de espancamento e tortura.

Cada prisioneiro, antes do embarque para Piranesi, deve ser esterilizado no centro médico e forçado a usar coleira, controlada a distância por satélite, que dispara um raio paralisante ou pode matá-lo instantaneamente por meio de explosão que decepa a cabeça – isso acontece também quando se tenta rompê-la.

Para quem pratica crimes sexuais, a punição é ainda mais terrível: a castração – o que era feito sem qualquer tipo de anestesia. A lógica está em que inocentes não podem nascer naquela prisão. Cada prisioneiro é tatuado com uma ficha, que informa o tipo de crime praticado e a punição dada pelos médicos. Um deslize, uma simples piada qualquer podia custar caro que é o que acontece com o assassino que fora enviado para castração depois de insinuar que queria fazer sexo com a médica da prisão.

Graças à bioimpressão, todos os cidadãos de Alpha-13 passam a sofrer lenta mutação que pretende corrigir seus genes, de modo a torná-los seres pacifistas e felizes. Se é assim, por que, então, Piranesi vive superpovoado de criminosos julgados e condenados? Acontece assim porque em alguns a manipulação genética não funciona por causa de pequenos erros. Portanto, poucos em Piranesi são realmente culpados.

Toda essa crueldade parece intransponível, até que surge uma bela jovem – daquelas que só Manara sabe criar – que começa a desestabilizar a tirania dos guardas. Ela é chamada de A Selvagem e é a única humana cujo DNA permanece intacto, uma vez que conseguira escapar e tinha se livrado do processo de bioimpressão. Na prática, isso significa que ela não possui o colar e, portanto, não pode ser controlada ou morta por controle remoto.

Essa condição representa crime grave, de acordo com o regimento da prisão. Sua mãe é uma extraterrestre que fisicamente lembra um boneco de neve. Quando irritada, emite descargas de 1,5 mil volts. Assim, o tempo todo, protege a filha da ameaça dos guardas. À medida que a história avança, a trama se torna mais complexa.

A heroína, finalmente, consegue fugir e chega a um mundo ideal, onde a moda muda a todo instante. E haja imaginação: ao desembarcar, depara-se com cidadãos fantasiados que parecem enlouquecidos ou drogados. Vivem a se promover e quando uma garota aceitava abordagem, responde com canção que sai pelo ânus. O lugar é gerenciado de forma a manter a imponência, a ordem e a disciplina. À frente do poder está Bailiff, sujeito misterioso cujo rosto está sempre escondido por um capacete e remete à figura de Darth Vader, o vilão da série cinematográfica *Guerra nas Estrelas* (Star Wars), de George Lucas.

Abaixo dele fica o superinspetor Cips, encarregado de informá-lo sobre os prisioneiros. Cabe a Cips armar o plano para prender A Selvagem. E ele consegue, graças à ajuda de um espião, mas ela era esperta o suficiente para roubar o equipamento que controlava os robôs do quartel-general. É na protagonista que resta a esperança de surgir uma nova raça humana, livre da manipulação genética e com a mente sem amarras para pensar.

Em boa parte desse volume, o erotismo aparece do modo mais sutil, nas curvas perfeitas da heroína e das mulheres prisioneiras – aliás, essa característica do artista também está presente nesse trabalho: sua generosidade com as mulheres. Em suas histórias, não existem feias, todas são jovens, bonitas e de corpo perfeito, mesmo as vilãs.

Entre os momentos de ação, a corajosa e libertária A Selvagem ameaça castrar o espião que a denuncia se ele não fizer o que ela quer e em um dos planetas para onde ela é levada, uma estranha criatura suga a energia dos homens até a morte por meio de seu pênis. Ou seja, mesmo em tramas carregadas de aventuras, Manara imprime um toque de erotismo.

Embora tenham sido produzidas dezenas de filmes com o tema da distopia futurista – visão negativa sobre a humanidade em tempos vindouros –, até aquele momento, Piranesi trazia elementos originais e interessantes, com um roteiro engenhoso, capaz de surpreender e trazer entretenimento. Sem dúvida, um dos melhores trabalhos de Manara que, mais uma vez, conseguiu surpreender no prosseguimento de sua obra como autor de quadrinhos.

PAPADO

No novo século, Manara tinha mais a fazer, não só em inovação como em sua já conhecida veia de provocador. E dessa vez ele iria até onde jamais tinha ousado até então, ao confrontar abertamente a Igreja Católica e sua história, cuja sede mundial – O Vaticano – fica em seu país e, a seu modo, continua a asfixiar a arte ancorada em valores morais que contrariam seus dogmas, e, nesse sentido, é marcada por momentos constrangedores.

Assim, em 2004, Manara se juntou ao roteirista chileno Alejandro Jodorowsky, considerado um dos mais "cerebrais" autores de quadrinhos da Europa – autor de *O Incal*, em parceria com Moebius –, para produzir nada menos que quatro volumes da série *Bórgia*, num total de 222 páginas. Jodorowski também era escritor e cineasta cultuado dos anos de 1960, com filmes famosos pelo seu hermetismo.

Bórgia foi baseada em fatos reais e se passa no período da Renascença italiana – e tem como personagem principal Rodrigo Bórgia, pai de Lucrécia Bórgia, que se tornaria papa – consagrado com o nome de Alexandre VI – em 11 de agosto de 1492, mesmo ano de descobrimento da América.

O resultado é talvez a obra mais anticatólica e até herética do mundo dos quadrinhos em todos os tempos, na qual os dois autores revelaram, sem qualquer cerimônia, toda a podridão que marcou um dos períodos mais sombrios da história do Vaticano.

Seu foco é a controversa figura conhecida por sua libertinagem, corrupção e prática de crimes graves, como conspiração, mutilação e assassinatos. Bórgia usa de todos os expedientes condenáveis para tomar o poder da Igreja Católica para si e com ele permanecer até a morte. Seus filhos, Lucrécia, César, Giovanni e Jofre são personagens importantes na narrativa, por se envolverem em escândalos, orgias e negócios escusos.

Não foi por acaso, aliás, que César Bórgia virou personagem de Nicolau Maquiavel (1469-1527) no livro *O Príncipe*, uma das obras mais lidas de todos os tempos. Despudorada e sem escrúpulos, Lucrécia ficou conhecida como "o veneno dos Bórgia". Em meio a situações de sexo, Jodorowsky encontrou no traço de Manara o parceiro perfeito para dar um tempero de refinamento na construção dos ambientes históricos e na concepção de belas mulheres em cenas de erotismo.

O que se vê nas primeiras páginas do volume de estreia da saga é algo impensável para os leigos católicos: o mundo sórdido das

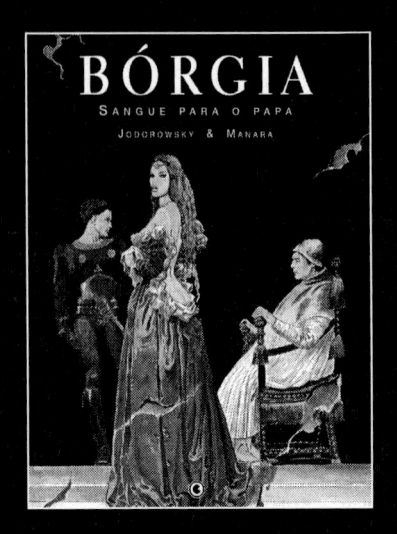

Em 2004, Manara se juntou ao cultuado roteirista chileno Alejandro Jodorowsky para produzir seu trabalho de maior fôlego, os quatro volumes da série Bórgia, que somaram 222 páginas.

entranhas do poder do Vaticano. Como diz o narrador, Roma deixara de ser a Cidade Santa para se tornar "um prostíbulo sem fé nem lei". A volta da fome e da peste é um prenúncio da cólera de Deus. Nesse universo de devassidão, perversão e desgoverno, o papa moribundo Inocêncio VIII recorre aos favores do famigerado cardeal Rodrigo Bórgia para tentar se livrar da morte iminente.

Entre outras medidas desesperadas e sem qualquer preceito científico, o papa passa a ser alimentado do leite de uma jovem mãe, cujo recém-nascido é jogado aos cães para não ter de dividir com ele o precioso líquido. Em seguida, dois adolescentes são enganados e têm seu sangue retirado até a última gota – e eles acabam morrendo – para revitalizar o corpo do Santo Padre. Nada disso surte maiores efeitos e tem início a disputa pelo trono no coração do poder da Igreja.

Enquanto Roma mergulha no terror da peste negra que dizima sua população, e da corrupção de quem vive na esfera do governo, a história se desvia para a vida familiar dos Bórgias – o pai e os filhos. Ao mesmo tempo em que conspira para virar papa, por segurança, Bórgia manda os filhos para longe – sítio, convento, colégios internos e faculdade –, por temer que sejam mortos pelos inimigos.

Todos os 23 cardeais estão na disputa do trono e Bórgia tem cinco votos, enquanto dois outros adversários dividem a maioria. Ele, então, parte para as negociatas mais terríveis, por meio de chantagens e ameaças, mas não será fácil. Giuliano Della Rovere, por exemplo, pode contar com uma base de apoio de 150 frades que tinham sido todos seus amantes – Bórgia manda cortar os pênis de todos eles e entrega a carga macabra dentro de um saco ao adversário.

Em alguns casos, Bórgia recorre a assassinatos, praticados com extrema crueldade, até que acaba eleito e se torna Alexandre VI. Toda a história até esse ponto é pontuada por diálogos ácidos e implacáveis que, em outros tempos, seriam considerados pura heresia e poderiam condenar seus autores à fogueira do Santo Ofício.

A narrativa prossegue no mesmo ritmo bizarro no volume dois. No poder, Bórgia inicia seu reinado de terror e promove mais assassinatos, marcados até por esquartejamentos. Essa foi a forma adotada por ele para tentar conter a onda de crimes que toma conta das ruas de Roma e do Vaticano. A história, então, volta-se, mais uma vez, para a intimidade da família, que exerce poder sobre boa parte da Europa Católica.

A trama se centra na que outrora fora a ninfeta Lucrécia, de beleza estonteante e aparentemente virginal, mas que cresceu e virou uma ninfomaníaca. Agora, ela é pajeada por ninguém menos que Maquiavel, o filósofo que moldou o pensamento ocidental. Ele lhe diz, com sabedoria: "O destino de Roma está entre as suas coxas".

Enquanto isso, a Igreja expande seu lucrativo negócio de vender perdão. Cristãos de todo o continente, com os bolsos cheios de moedas e joias, chegam para comprar a saúde de suas almas. "Mestre, eu me enganaria se considerasse a Igreja uma grande puta?", questiona Lucrécia. E Maquiavel responde: "Mas é assim, Lucrécia. Aqui, os padres, os altares, os ritos sagrados, as preces, o Céu e até Deus, tudo está à venda".

Além de se manter no poder a qualquer custo, Bórgia precisa gerenciar as desavenças entre seus filhos, todos parecidos com ele: inescrupulosos e desejosos de poder e chega a ponto de ameaçá-los de excomunhão. Ao mesmo tempo, prega que é preciso se manter juntos, com coesão e unidade familiar para que o ajudem a estender a presença da Igreja aos mais distantes confins da Terra.

O perigo, no entanto, continua a rondá-lo, por meio de uma série de conspirações, liderada pelo ardiloso Carlos VIII, da França. O monarca "aleijado" pretende que seja convocado novo conclave para destronar Bórgia, sob a acusação de heresia. A conspiração se estende a outros países poderosos da Europa e se torna uma ameaça real a seu poder.

Bórgia reúne os filhos, todos com menos de 20 anos, e avisa que eles terão casamentos arranjados, inclusive Giovanni, assumidamente homossexual, com reis e princesas. Antes, porém, o mais velho, César, ensina à irmã os prazeres do sexo para que ela acumule experiência e satisfaça seu futuro marido. Os dois transam diante de toda a família e juram amor carnal eterno um ao outro, sob a bênção do pai.

Lá fora, o caos se amplia entre os romanos, cada vez mais devorados pela peste negra, pela ameaça de invasão dos franceses, além de desordens, pilhagens, incêndios e assassinatos. Muitos acreditam que essa é a punição dos Céus e o anúncio dos fins dos tempos. Outros culpam o papa, que comprara votos para se tornar uma "criatura divina". Florença também se torna uma ameaça próxima ao poder de Bórgia.

A sequência do casamento de Lucrécia com o rei homossexual

é um dos grandes momentos da carreira de Manara como ilustrador, com cenas grandiosas de surubas que lembram filmes eróticos clássicos como *Calígula* (1979), de Tinto Brass, só que com diálogos bem construídos e demolidores sobre a hipocrisia na alta sociedade romana e na cúpula dos cardeais. César, o filho do papa, dispara: "É isso aí, putinhas queridas, tirem essa batina maldita! Eu cago para Deus, quero ser soldado, não cardeal!"

O papa brada que logo somente a Europa não lhe bastará, pois, ele pretende governar o mundo inteiro. Durante uma cerimônia, não se poupa de constranger o genro gay e o desafia a deflorar sua filha – que não é mais virgem, claro – na frente de todos, como manda a tradição. Pouco depois, vem a notícia de que a França vai invadir a Itália, apoiada pelos ingleses.

PROVOCAÇÃO

Jodorowski e Manara são ousados ao narrar a história do polêmico papa, com frases cínicas e puro refinamento e ironia. O tempo todo são dois provocadores e esse tom prossegue no livro 3, que começa com a ideia de que o Vaticano é mesmo diferente do que se vê ou se imagina do começo do século XXI ou, pelo menos, do que contam os livros de história.

Em 1494, por exemplo, para saudar a escolha do novo papa, Alexandre VI, por exemplo, organizou-se um baile à fantasia que os dois autores mostraram como uma descomunal orgia. "Um baile à fantasia em que é proibido falar ou tirar a máscara. A única linguagem autorizada é a das carícias", diz o narrador.

E foi nesse êxtase que um mascarado gordo e uma linda mascarada se saciaram de prazer sexual, até descobrirem que eram pai e filha – Bórgia e Lucrécia. Ao descobrir que acabara de fazer sexo com a filha predileta, o papa entra em aparente crise de consciência. Mas logo se percebe que não é por remorso ou por causa do incesto, mas por já tê-la prometida ao filho César.

Lucrécia sugere que o pai liberte sua prima Júlia e faça dela sua amante e serviçal do sexo, como forma de substituí-la na alcova – na verdade, queria que a moça, que é sua amante, ficasse livre para voltar a se relacionar com ela. Com todo poder possível em suas mãos, o papa atende à filha e se revela sádico e perverso sem limites ao invadir o convento para libertar a jovem.

Ao mesmo tempo, a peste negra avança sobre a Itália, descontrolada, sem que se saiba a forma de transmissão, cada vez mais perto do Vaticano e da família papal. Quem pode foge para áreas isoladas do campo. Nas ruas e palácios, todos pedem ao Santo Padre para salvá-los, como se este fosse dotado de poderes divinos. O mesmo acontece durante uma audiência, o que causa pânico em Bórgia e sua família.

Em sua tirania, ele diz: "Para manter a unidade da Igreja, um papa pode matar seus súditos, a fim de submetê-los à sua vontade. Se um de vocês me desobedecer, mandarei enforcar". E foge com os familiares para escapar da peste. O abrandamento da doença mortal, três meses depois, não reduz as preocupações do papa. Ao contrário, por causa da chegada do Exército de Carlos VIII, para usurpá-lo do poder, Bórgia, mais uma vez, arma uma estratégia para sabotar os planos do inimigo, que inclui um inusitado exército de prostitutas.

O episódio final da saga dos Bórgia começa de modo impactante. Lucrécia tenta envenenar o marido, que acaba salvo por acaso. Por isso, ele tenta matá-la, mas é contido por uma pajem, que tem habilidades de guerreira e guarda-costas. Ao vê-lo imobilizado, Lucrécia faz xixi em seu rosto. Longe dali, cego por seu ego descontrolado, Carlos VIII está prestes a atacar o Vaticano, mas morre devorado pelas lavas do Vulcão Vesúvio.

Instigado por Maquiavel, César decide conspirar para matar o pai e se tornar o mais jovem papa da história. O filósofo e mentor o orienta sobre como agir para conseguir poder e, em seguida, eliminar o patriarca dos Bórgias. César, porém, cai em desgraça, ao perder o posto de comandante geral do exército do Vaticano, por ordem do pai, para seu irmão Giovanni.

Furioso, ouve do Bórgia mais velho que ele não passa de um filho bastardo, nascido da relação de sua mãe com o serviçal da família. Giovanni não vive o suficiente para usufruir do poder que o pai lhe dera e é encontrado morto, após ser atirado no Rio Tibre e se afogar. O irmão, claro, tinha sido o responsável pelo assassinato e essa verdade não demora a surgir.

Em briga com o pai, César tenta fazê-lo engolir a mão que decepou do irmão. A história, nesse momento, toma ritmo acelerado e dá a impressão de uma certa pressa por parte de Manara e Jodorowski para terminá-la. Nesse contexto, as transgressões sexuais e familiares dão lugar às tramas escusas, golpes e assassinatos na disputa pelo comando da Igreja Católica. A guerra entre Bórgia e o filho se intensifica.

O incesto, apontado como algo que realmente aconteceu dentro da família Bórgia, foi tratado de modo enfático por Jodorowsky e Manara nos álbuns da série. Em uma das passagens, o papa faz sexo com sua filha, a ninfomaníaca Lucrécia.

Envelhecido e obeso, o papa cede e faz uma trégua no poder com César para que seu sobrenome se perpetue por mais de uma geração. Nesse instante, Alexandre VI sofre mais um baque: a morte de Lucrécia, durante o parto do seu bebê, que nasce com duas cabeças – ela ainda tem tempo para reconhecer as figuras do pai e do irmão nos rostos do filho. No momento em que ela desaparece para sempre, César parte para conquistar os reinos perdidos na Itália e pede ajuda a Leonardo da Vinci para que crie armas poderosas que permitam destruir fortalezas e exércitos.

Diante da resistência de Da Vinci, César oferece seu corpo para deleite sexual do pintor e inventor, que não resiste e cede. Com novas e poderosas armas, até mesmo invenções voadoras, o exército de mil homens do jovem Bórgia banha a Itália de sangue.

Até que o segurança pessoal de Bórgia, Michelleto, volta à casa da mãe em uma pacata vila e conta para ela como a temida família, com quem trabalhava, caíra em desgraça. Primeiro, César tem o rosto deformado pelas feridas da varíola e passa a se esconder com uma máscara. Isso não evita que ele continue sua carnificina, além de pilhagens e estupros em massa.

No Vaticano, o papa é assassinado por envenenamento, graças ao golpe perfeito do cardeal Della Rovere, que assume seu lugar, com o título de Júlio II, e passa a governar com ódio implacável contra seus desafetos, principalmente César, que é preso e tem seus bens confiscados. O único Bórgia que resta cai em desgraça, perde a confiança de seus soldados mercenários e os antigos governantes recuperam seus reinos na Itália.

Com a ajuda do ardiloso Maquiavel, ele foge escondido em um caixão de defunto, rumo à Espanha. Seu plano é se reestruturar para voltar a lutar pelo poder. Mas o rei de Navarra o trai e ele é transpassado por uma lança. Fica o mistério ou a dúvida se os autores se esqueceram de Jofre, o mais novo dos Bórgia, que simplesmente desapareceu no decorrer história.

No primeiro livro da saga dos Bórgia, desde as cenas iniciais, o leitor se depara com impressionante reconstituição de época, em que se destacam prédios e sobrados de arquitetura que remonta ao fim da Idade Média e começo da Moderna, período em que floresceu o Renascimento do conhecimento e das artes na velha Europa.

Não demora para que a paisagem dê espaço a lindas garotas

seminuas que insinuam serem prostitutas. Na praça, um dedo acusador aponta para elas e denunciava o desgoverno de Roma: "A prostituição floresce, os assassinatos cotidianos se contam às dúzias". A decadência daquela que outrora fora capital do Império é inquestionável.

O vilão maior, porém, é a Igreja: "Por dinheiro, o Clérigo Supremo concede indulgências para absorver os crimes mais ignóbeis. O próprio papa ousa vender o perdão divino". E um dos cidadãos prossegue com seus ataques: "Os cardeais aceitam garrafas de vinho e sustentam amantes! A falta de vergonha, a corrupção e a luxúria reinam!" Da janela, o cardeal Bórgia assiste à pregação e recomenda que se vigie o que chamou de fanático e lembra que dinastias poderosas foram derrubadas por tipos como aquele.

Havia a expectativa acima da média da crítica quanto à essa versão dos Bórgia, por causa da reputação dos dois autores. Sabe-se que misturariam fatos históricos com o imaginário erótico masculino e o resultado poderia ser um clássico dos quadrinhos adultos. Deveria ser estrondoso êxito e marco na carreira dos dois artistas.

O desfecho, no entanto, foi bastante criticado pela forma apressada e bastante fragmentada como narrou o destino de todos os membros dos Bórgia, o assassinato do papa e a tomada de poder. Mesmo assim, tornou-se um marco entre os quadrinhos mais importantes lançados no começo do século XX na Europa.

MOTOCICLISMO

Em junho de 2006, foi anunciado o lançamento da biografia em quadrinhos do italiano sete vezes campeão mundial de motociclismo Valentino Rossi, escrita e desenhada por Manara. Rossi é um dos ídolos do artista no esporte – e o próprio se empenhou ao máximo no projeto. Daí, Manara ter lhe dedicado uma obra de caráter onírico, bem aos moldes dos filmes de Federico Fellini, em que o piloto ganhou aura de Deus.

O volume, intitulado *Quarantasei* (46), levou "vários" meses para ser produzido, como o quadrinista mesmo observou. Assim, do mesmo modo que fez no autobiográfico *Rever as Estrelas*, Manara optou por não dar ênfase às façanhas do atleta nas pistas, mas

m 2006, foi lançada a biografia em quadrinhos do
taliano sete vezes campeão mundial de motociclismo
alentino Rossi, escrita e desenhada por Manara.

imaginar seu reencontro com alguns de seus ídolos.

Ao mesmo tempo, anunciou que pretendia dar vazão a seus sonhos e ambições e, segundo seu editor italiano, o piloto foi "apresentado em situações divertidas, apimentadas por um toque (manariano) de erotismo". O homenageado disse que ficou encantado com o projeto. Ver-se em ação ao lado de seu cão Guido fez com que se sentisse "transportado para uma dimensão estranha, incrível, onde podia encontrar ídolos como Jim Morrison, Steve McQueen ou Enzo Ferrari".

Rossi observou ainda: "A história em quadrinhos para mim é mágica. Fazer parte do imaginário de um dos maiores desenhistas do mundo me dá uma emoção única. Milo é não só um artista fantástico, mas, também, homem de humanidade e cultura extraordinárias. Por isso, tenho imensa sorte". Os 46 pequenos episódios da história foram pré-publicados na versão italiana da revista *Rolling Stone* ao longo de meses, antes de serem compilados em álbum.

Com quase 70 anos de idade quando terminou o projeto, Manara continuava incansável. E mais um trabalho de fôlego estava a caminho para confirmar isso.

# CAPÍTULO 9

TRANSCENDÊNCIA DO EROTISMO

A

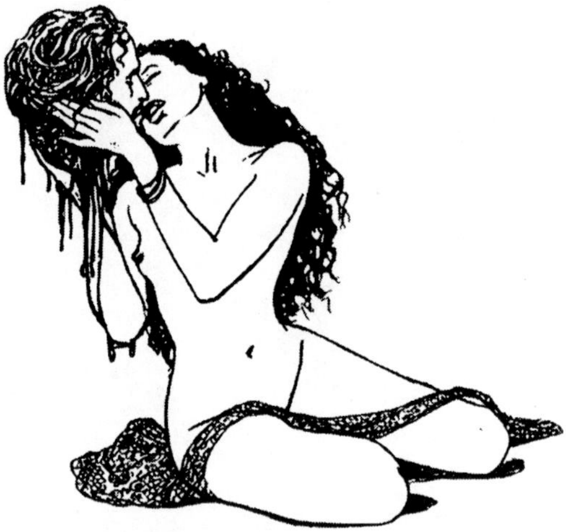

De tão notórias, as mulheres de Milo Manara transcenderam os quadrinhos e inspiraram colaborações inusitadas com nomes como o cineasta espanhol Pedro Almodóvar, que começou sua carreira como roteirista de quadrinhos, entre outras atividades. Dele, Manara ilustrou o romance *Fogo nas Entranhas* – que teve edição brasileira em 2000, pela Coleção Babel, da Editora Dantes, mas sem os desenhos do artista italiano.

O quadrinista também se dedicou a outros projetos em mídias diferentes – fez, por exemplo, as versões em CD-ROM dos álbuns *Gullivera, Kama Sutra* e *W.W.W.*. Envolveu-se, ainda, na criação de um produto exclusivo para essa mídia digital, denominado de *Boom*. Como esse formato de mídia foi extinto, seu conteúdo se tornou raro e inacessível.

Em 20 anos como criador de algumas das mais importantes obras eróticas dos quadrinhos, não foram poucas as denominações às quais o nome de Manara foi relacionado e nem sempre de modo lisonjeiro ou elogioso como, por exemplo: "mestre da libido", "o olho indiscreto sobre a imaginação humana quando o tema é sexo", "o bisbilhoteiro que revela os segredos de um diário íntimo", "a indiscrição de uma câmera escondida", "a falsa aparência das relações", "o voyeurismo pela invisibilidade", "o controle da mente para despertar o prazer", "o subversivo do sexo" e "o imoral contra a moral".

Em 2005, saiu Péntiti!, álbum ilustrado para comemorar os 250 anos de nascimento de Mozart, comemorados em 2006. Em 48 páginas, Manara desfilou seu talento com pequenas ilustrações em preto e branco, além de páginas inteiras com desenhos a cores.

Embora Manara continuasse polêmico na primeira década do século XXI, mesmo seus críticos mais carolas jamais deixaram de reconhecer sua incomum habilidade para criar álbuns de sexo de diversas formas e sob vários aspectos, por meio da linguagem dos quadrinhos. Suas obras eram devotadas ao prazer de ver, ouvir, falar, imaginar e fazer sexo porque, para ele, tudo isso sempre foi natural. Portanto, ele não era e nunca será exatamente uma unanimidade.

O crítico Pedro Cleto, do *Jornal de Notícias*, de Lisboa, por exemplo, escreveu que o mais popular nome dos quadrinhos eróticos mundiais cimentou seu sucesso com trabalhos que não têm "real correspondência em termos de qualidade". O exemplo mais flagrante, segundo ele, foi a série *O Clic*, com seus argumentos "quase nulos, que funcionam como mero pretexto para encenação de cenas de sexo (mais ou menos) explícito, que Manara despacha rapidamente sem grandes primores gráficos".

Cleto admitiu, porém, que o artista italiano era responsável por notáveis colaborações com Hugo Pratt e Federico Fellini e por ter criado Giuseppe Bergman, seu alter ego em histórias de sabor pirandelliano, como *Rever as Estrelas*, ou o mítico *HP e Giuseppe Bergman*, a mais bela homenagem à obra de Hugo Pratt feita em quadrinhos. Para ele, Manara seria "um autor dividido entre a vontade de demonstrar o seu talento e a ânsia do lucro fácil".

O jornalista português citou, nesses casos, o livro *As Mulheres de Manara*, que reunia imagens produzidas ao longo do tempo, "agrupadas de forma vagamente temática e acompanhadas por um texto que pretendia ser poético, mas que resultava apenas pretensioso. Sem isso, este bem impresso livro não passa de um amontoado de desenhos de mulheres, sem dúvida belas, mas a quem falta alma".

Colocações assim pareceram jamais ter incomodado, atrapalhado ou desanimado Manara. E ele continuou a se dividir entre os quadrinhos eróticos e trabalhos de outros gêneros, além de encomendas para revistas e jornais. Em 2005, saiu *Péntiti!*, sobre os 250 anos de nascimento do compositor clássico Mozart, comemorados em 2006.

Em 48 páginas, ele desfilou seu talento com pequenas ilustrações em preto e branco, além de páginas inteiras com desenhos a cores, todas carregadas de detalhes, além de pinturas feitas à mão. Tudo isso intercalava com o texto de Rudolph Angermüller, musicólogo e pesquisador da vida e da obra do conflituoso gênio da música clássica, nascido em Salzburgo, na Áustria.

A síntese de sua biografia é contada por meio da história de três das principais óperas de Mozart: *As Bodas de Fígaro, Don Giovanni* e *Così fan Tutte*. Na primeira, o leitor conhece o barbeiro "de mil façanhas", considerada profissão de status, representado personagem Fígaro. Ele recebe a missão de auxiliar na conquista de uma noiva para o Conde de Almaviva. Logo se percebe como o inteligente e astuto Fígaro é dono de um senso estético ímpar e uma aguçada capacidade de julgamento.

Manara e Angermüller exploram em *Don Giovanni* a versão de que Mozart teria se mostrado um homem revoltado contra Deus e a sociedade, dentro do arquétipo característico do cristão ocidental, em que o pecador contumaz é vítima da punição divina. *Così fan Tutte* é considerada uma ópera tão incompreendida quanto *Don Giovanni*, bastante criticada pelos alemães, que se referiam a ela como "uma miséria, uma visão desabonadora da conduta das mulheres".

Enquanto a série *Bórgia* era publicada em vários países, a arte de Manara continuou a ser reverenciada com republicações de luxo de seus álbuns e algumas antologias interessantes. Duas delas seriam lançadas no Brasil, em 2015: *Quimera* e *Câmera Indiscreta*. A primeira reuniu 14 histórias feitas pelo artista ao longo de 40 anos, em um volume de 120 páginas. A edição inclui a íntegra do livro *Bolero*, uma brincadeira sobre a famosa linha evolutiva do homem, desde os seus primeiros antepassados símios à atualidade, como já mencionado.

O material compilado de *Quimera* incluiu histórias de uma ou duas páginas e até vinhetas que ficaram famosas. Algumas dessas narrativas tinham sido publicadas antes no Brasil, pela editora L&PM, no volume *Curta Metragem* e na edição homônima da Meribérica, de Portugal. Seis histórias pareceriam criações mais ambiciosas de Manara.

A primeira, *Charlie ou o Diário Íntimo de Sandra F*, tinha saído em *Curta Metragem*. A segunda, *Marie Claire*, impressa em cores, é outra experiência de fantasia erótica em que uma linda jovem, vestida apenas de camisola de renda, desobedece ao pedido de um antiquário – que lhe mandara o móvel errado – e abre a cômoda, por curiosidade. Ela não tem ideia de que se trata de objeto mágico, quase como a lâmpada de Aladim.

Ao fazer isso, a protagonista liberta a mistura de gênio com fantasma libertino, que estava preso havia quatro séculos. Ele tenta beijá-la, mas a jovem responde com tapa no rosto e lhe pede para ir embora porque o marido está para chegar. A recusa de mulher honesta só aumenta sua curiosidade e desejo. De tanto insistir, o gênio se aproveita do descuido dela e a leva para passear até seu galeão, que flutua no espaço, com a lua cheia ao fundo. Ela foge e retorna à sua rotina de mulher casada, mas não esquecerá tão facilmente os galanteios do jovem.

Produzida e publicada na década de 1970, a história *Salomé* foi dos primeiros trabalhos eróticos essencialmente autorais de Manara. Seu traço, tão personalizado, está maduro e a formação do desenhista completa nesse trabalho. Com apenas cinco páginas, a trama foi baseada na peça *São João Batista*, de Oscar Wilde. A protagonista é a devassa Salomé, que tem obsessão em beijar a boca de um rapaz procurado pela polícia do Rei.

Nesse momento, entra em cena Herodes, governador que passa a pressioná-la para que dance para ele e promete que lhe dará tudo que quiser. A moça o atende e a sequência que vem é uma aula de movimento e graciosidade, como se a dança fosse reproduzida em sequência de quadros de desenho animado. Depois de satisfazê-lo, ela lhe pede a cabeça de Iokanaan, profeta renomado e que lhe negava amor. Seu único desejo é beijar sua boca, mesmo que esta esteja separada do resto do corpo.

Piercing traz de volta as protagonistas do álbum *W.W.W.*: as duas irmãs e a amiga Wilma, Wanda e Wendy. As duas primeiras estranham a mudança de comportamento de Wendy, que mandou colocar piercing nos mamilos dos seios. Ficam impressionadas com esse gesto de coragem, por causa da dor que deve ter sentido, certamente. E ouvem dela que o sofrimento "faz parte do jogo". Doeu, mas deu prazer, segundo a garota.

A afirmação deixa as duas preocupadas e passam a achar que Wendy está se punindo pela culpa de ganhar dinheiro com sexo pela internet. Ou transtornada, por causa dos insultos dos moralistas, que as acusam de só pensar em sexo. De qualquer modo, ela radicaliza e decide colocar piercing também no clitóris, mas precisa se excitar para que o trabalho possa ser feito. E, desse modo, entra em uma estrada sem volta em busca de dor e prazer.

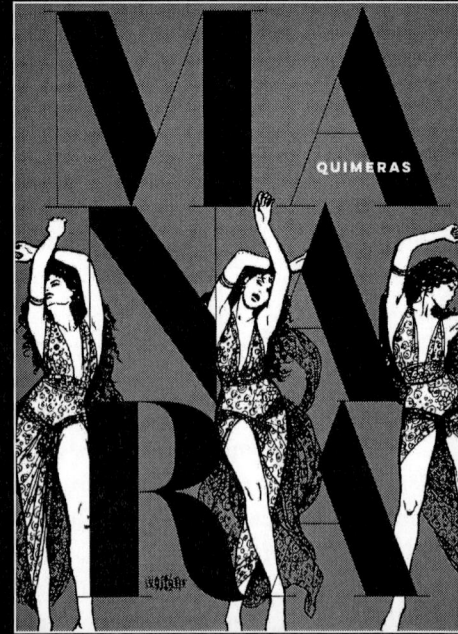

A editora paulistana Veneta, herdeira da linha editorial da Conrad, lançou, em 2015, três álbuns de Manara: Caravaggio, Câmera Indiscreta e Quimeras.

A história *A Vingança* é uma divertida celebração a Asterix e a seus criadores, René Goscinny e Albert Uderzo, numa demonstração de que Manara tem boas ideias e sabe amarrar suas histórias, mesmo as curtas, com humor ou de forma inusitada. A protagonista é uma linda jovem que está cansada de tanta guerra, principalmente porque, pela quarta vez, o conflito destroçou outro noivo seu – o quarto.

Ela, então, decide ir até a Galia tirar satisfação com aqueles que atrapalham sua felicidade. Isso significa enfrentar ninguém menos que Asterix e o gigante glutão Obelix. Sem conversa, a moça dá uma surra em todo mundo, inclusive na famosa dupla de heróis. "Faz 50 anos que vocês lidam com os romanos. Hoje, vocês conheceram as romanas", diz ela, antes de deixar o local, furiosa.

Em *Obrigado, Sr. Forest*, Manara faz uma inesquecível homenagem ao criador da heroína feminista *Barbarella*, Jean-Claude Forest, artista que desbravou o erotismo nos quadrinhos em todo o mundo, em 1962. O tributo veio, após sua lamentada morte, em 1998. Assim como fez Crepax, a pedido do próprio Forest, Manara desenhou a inesquecível viajante interplanetária, ícone da liberdade feminina na década de 1960.

A história começa com Barbarella aprisionada em um calabouço medieval, imobilizada pelas mãos e pelo pescoço. Ela pergunta porque estão fazendo aquilo e a resposta se torna parte do manifesto do artista em defesa da arte erótica e da liberdade de expressão: "Porque você foi a primeira, Barbarella! A imoralidade dos teus comportamentos, tua nudez. Você deu mau exemplo a todos aqueles que vieram depois. A depravação generalizada em que vivemos é tua culpa!", diz o membro da organização racista norte-americana Ku Klux Klan.

A fala da heroína é a síntese perfeita do pensamento de Manara sobre erotismo e sua resposta simples e direta àqueles que o massacram há décadas, a partir de preceitos morais e religiosos, por ser autor "pornográfico". O diálogo entre vítima e algoz prossegue e o autor acaba por construir seu discurso em defesa da livre manifestação de pensamento e da arte: "Nós somos como os sonhos... O que há de errado com o erotismo?"

Nada, porém, parece balançar as convicções do carrasco mascarado, que passa a torturá-la, com a introdução de pimenta em seus orifícios, enquanto a chama de "criatura imunda, que não hesitou em sujar os anjos do céu" – em referência direta à história original de Forest. Barbarella, claro, dá-se bem no final, ao ser salva pelo robô Aiktor, velho conhecido dos leitores em suas primeiras aventuras.

Nas 113 páginas do álbum *Câmera Indiscreta* são apresentadas nove histórias curtas, cinco delas também publicadas anteriormente no *Curta-Metragem*, da L&PM, em 1988. A trama que dá título é a mais longa narrativa desse volume, com 45 páginas, e está entre as não inéditas no Brasil. Assim como em *Quimera*, esses são trabalhos avulsos, feitos para revistas voltadas para o público adulto.

O destaque vai para a ótima *Publicidade* que se passa dentro de uma telenovela, assistida por um homem careca de meia-idade, entediado. Ele acompanha os diálogos do casal, que vive na França da época da Pré-Revolução de 1789, cujo nome é Casanova. Ele tenta, por meio de incansáveis galanteios, possuí-la em uma confortável cama. A interrupção para exibição do intervalo comercial das fraldas Prop, no entanto, atrapalha a continuidade da cena e irrita o ator e personagem. Ele protesta, diz que o comercialismo na TV é um desrespeito às artes.

Sem obter resultados, recorre ao uso da metalinguagem e invade a propaganda, feita por uma bela jovem que está seminua. A mocinha toma seu partido, enquanto o diretor e os técnicos invadem o estúdio para contê-los e o caos se estabelece. A magia, por fim, toma conta da história, quando os dois adentram cenas de grandes clássicos do cinema, como *La Doce Vita*, de Fellini, e as performances de Pavarotti, Chaplin etc. até que a tela da TV do espectador explode. Um exemplo claro do quanto a obra erótica de Manara foi, de fato, influenciada pelos filmes de Fellini.

VALORIZAÇÃO

Nas duas primeiras décadas do século XXI, Manara passou a receber atenção menos superficial da imprensa e até da chamada crítica especializada de quadrinhos. Como se os seus álbuns de sexo, que formam uma obra única pela extensão e pela qualidade, passassem a ser classificados em outro patamar, como legítima arte gráfica e não mera pornografia para entretenimento.

Em 2008, o jornalista e ilustrador italiano Vincenzo Mollica, citado por Victor Lisboa, observou que não havia palavras para explicar sua arte – quadrinhos, ilustrações e aquarelas: "Por mais que consigamos expressar em crônicas nossas impressões e nosso espanto, ficamos miseráveis aos pés do altar-mor no qual ele elogia a beleza no sentido em que (Paolo) Veronese a concebeu".

Cedo ou tarde, prosseguiu Mollica, alguém teria que falar da maternidade de tudo aquilo que Manara produziu nas últimas três décadas, de como ele conseguiu dar à luz a muitas filhas brilhantes em uma só vida, tanta graça concentrada em um único momento: o momento da visão milagrosa em que a carne se torna conto de fadas". Para o jornalista, o quadrinista "semeou suas filhas no mundo, cada uma delas com a capacidade de transformar tudo que está ao seu redor."

Nesse contexto, é preciso destacar que a coerência de Manara ao estilo que estabeleceu para si tem sido importante como forma de manter a sua individualidade e sua originalidade artísticas. E isso significa se manter provocador nato, subversivo da moral e dos bons costumes, sem jamais cair na discussão vazia ou simplória.

Essa mudança refletiu na sua aproximação como colaborador de duas importantes editoras norte-americanas, voltadas para o público infanto-juvenil: DC Comics e Marvel Comics. Em 2003, ele foi um dos convidados para desenhar o trecho da história que compôs a antologia *The Sandman: Noites sem Fim*, escrita por Neil Gaiman e que ganhou, no ano seguinte, o Bram Stoker Award de melhor narrativa ilustrada. Além disso, foi o primeiro livro em quadrinhos a entrar na lista de mais vendidos do *The New York Times*.

A *graphic novel* é composta de sete capítulos, cada um deles dedicado a um diferente personagem da série: Sonho, Morte, Destino, Destruição, Desejo, Desespero e Delírio. E cada capítulo foi ilustrado por um desenhista diferente: P. Craig Russell (Morte), Milo Manara (Desejo), Miguelanxo Prado (Sonho), Barron Storey e Dave McKean (Desespero), Bill Sienkiewicz (Delírio), Glenn Fabry (Destruição) e Frank Quitely (Destino). A história de Manara se chamava "O que experimentei do desejo".

Cinco anos depois, saiu *X-Men: Garotas em Fuga*, com desenhos de Manara e roteiro de Chris Claremont, uma lenda no mundo da Marvel como roteirista, principalmente dos jovens mutantes. A trama, claro, foi direcionada para o que o público esperava, a partir da fama do desenhista e era estrelada exclusivamente por garotas superpoderosas.

Na segunda década
do século XXI, além
de se manter como
um artista produtivo
e sem abrir mão
de sua liberdade
para divertir e
chocar, Manara
se aproximou do
universo dos super-
heróis americanos,
em trabalhos
soberbos, como
a participação
no livro coletivo
The Sandman,
da DC Comics

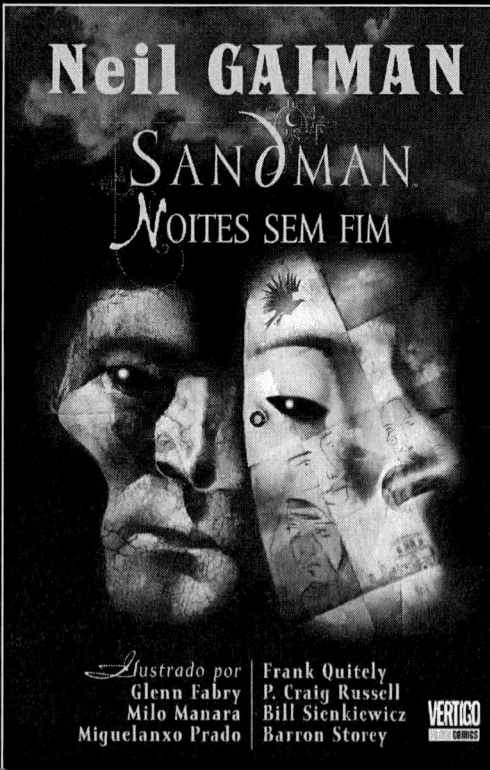

Fora da cronologia oficial da série, Vampira herda a casa de praia da família em uma ilha grega e resolve convidar somente as amigas para passar férias com ela – Tempestade, Psylocke, Vampira, Lince Negra, Garota Marvel III e Emma Frost. A casa é, na verdade, uma mansão cuja localização isolada fica no meio do Mar Mediterrâneo.

Os problemas, porém, não demoram a acontecer, após a Garota Marvel ser sequestrada pelo homem que supostamente a estava paquerando. Elas saem em busca da amiga e caem na armadilha armada para elas, perdem os poderes e têm de lutar pelas suas vidas como qualquer mortal. É uma história sem elementos mais complexos dos X-Men, bem construída e concluída.

O trabalho não recebeu maiores elogios porque a intenção, era, sem dúvida, fazer com que o principal atrativo da edição fosse mesmo a arte de Manara. Nesse sentido, ele não decepcionou pois se tornou um deleite ver essas garotas X no traço tão característico do artista, magrinhas, porém sensuais, sem serem agressivas ou vulgares.

PANDORA

Em fevereiro de 2011, Milo Manara fez dupla com o roteirista Vincenzo Cerami – co-roteirista do filme vencedor do Oscar, *A Vida é Bela* –, no álbum *Os Olhos de Pandora*, lançado pela editora Humanoids, em edição de luxo, com capa dura e 64 páginas em preto e branco. Nessa aventura policial, Pandora é linda como todas as personagens de Manara.

Do mesmo modo, é esperta, astuta e independente. Dona de uma raiva incontrolável e olhos penetrantemente maus, submete-se à terapia que a cura desse seu lado sombrio. Mas ela é sequestrada e acaba envolvida com conspiradores criminosos que, de algum modo, estão ligados a seu passado misterioso.

Levada para a Turquia, supostamente para encontrar seu pai biológico – notório criminoso que está escondido da Interpol –, Pandora é mantida em local seguro, onde fica sob os cuidados de uma velhinha com jeito de vovó. Ela escapa, mas, na fuga, quase é estuprada, o que se torna tema recorrente para ela em sua peregrinação por aquele desconhecido país.

Um pouco diferente de outros trabalhos ou personagens do

A escandalosa e censurada capa que Manara fez para o gibi da Mulher-Aranha deu o que falar, dividiu opiniões e até rendeu sátiras. A posição em que ele desenhou a personagem foi considerada ofensiva ou "pornográfica" por conservadores, inclusive leitores de super-heróis artista, porém, Pandora não está atrás de sexo e de aventuras amorosas. O que seus adversários e agressores não fazem ideia é que ela pode ter sua raiva trazida de volta a qualquer momento. No caminho, Pandora conhece um policial que está bem acima do peso e é divertido, o que vai funcionar como contraponto e equilíbrio na história.

A crítica não recebeu *Os Olhos de Pandora* com entusiasmo. Menos ainda chamou a atenção de que se trata de uma obra singular na carreira de Manara, de temática policial, embora exista o elemento fantástico, pois ela se transforma em pessoa raivosa. É quase uma mutante.

Por outro lado, tampouco fizeram considerações sobre sua arte, em plena forma, em que se mostra mestre de expressões, além de ter construído cenários complexos, de belos locais e fundos – edifícios, paredes em ruínas, parte interna das casas, com colunas, lareira, venezianas. Tudo planejado para enriquecer os quadrinhos e melhorar o painel e ajudar a contar a história.

MULHER-ARANHA

Em agosto de 2014, o nome de Manara voltou a ser destaque na imprensa internacional e nas redes sociais de todo planeta por causa do veto da gigante Marvel Comics às capas que ele havia ilustrado para as revistas de super-heróis, com algumas pitadas de erotismo. O falatório destacou o desenho da Mulher-Aranha em pose sensual feito pelo autor, que recebeu críticas de segmentos conservadores e até de leitores mais puristas.

Como é comum no mercado norte-americano, a capa do gibi foi divulgada uma semana antes do lançamento e recebida com críticas pela pose erótica da Mulher-Aranha – a cena reproduzia a personagem se arrastando de pernas e braços abertos, imitando exatamente o movimento da aranha.

A Marvel, que pertencia havia alguns anos à Disney – famosa por defender incondicionalmente valores morais e religiosos da família –, pediu desculpas pelo anúncio e informou sua decisão de cancelar eventuais capas que tivessem sido desenhadas por Manara.

Segundo o site *Newsarama*, o artista italiano fez capas variantes para as futuras edições de *Axis 1* (outubro) e *Thor 2* (novembro).

Alguns dias depois, foi dito que o italiano seria substituído pelo desenhista Siya Oum na capa da primeira revista. Manara era normalmente convidado pela "Casa de Ideias", como a Marvel é conhecida, para desenhar *pinups* e algumas HQs isoladas, como fez em X-Men.

Especulou-se que a polêmica da vez se deveu não apenas pela pose da Mulher-Aranha, mas, principalmente, por ela ser mais um título da editora a apostar em aventuras solo de suas super-heroínas, para atrair o crescente público de leitoras, a exemplo de Tempestade, Viúva Negra e Capitã Marvel.

A editora cuidou de amenizar o problema, mesmo com a medida radical que tomou. "Nós queremos que todo mundo – a maior parcela possível de leitores – se sinta bem-vindo para ler Mulher-Aranha", disse o editor-chefe Axel Alonso ao site CBR. "Nós pedimos desculpas – eu peço desculpas – pela mensagem confusa que essa capa transmitiu."

Alonso se justificou, dizendo que a capa alternativa de Manara não era a principal, que estaria em todas as bancas e comic shops em breve, e sim "uma edição limitada, voltada para colecionadores". E acrescentou: "É um item que não reflete a sensibilidade ou o tom da série, assim como as capas alternativas feitas por Skottie Young [que sempre desenha heróis e vilões como se fossem crianças]."

Em relação às acusações de sexismo, o executivo disse que a Marvel estava "longe de ser perfeita, mas estamos tentando [mudar ou aprimorar]". Ele observou que a editora tinha cerca de 30% de seu corpo editorial composto por mulheres e que 20% das HQs da casa eram estrelados por personagens femininas. "Sempre escutamos o que os fãs têm a dizer, para melhorar o que oferecemos a eles."

A divulgação da capa de Manara gerou uma onda de contestação que se estendeu para além dos sites e blogs de quadrinhos e chegou às páginas da chamada grande imprensa, como os jornais *The Guardian* e *The Daily Telegraph* e a rede de TV inglesa BBC. O artista foi acusado de "objetificação das mulheres".

O site italiano Fumettologica, especializado em quadrinhos, entrevistou Milo Manara, em agosto de 2014. A conversa foi também disponibilizada na versão em inglês e publicada no site *The Beat*. Logo ganhou tradução para o português, postada por Bruno Campos, no blog *aCalopsia*, com autorização do Fumettologia.

Manara se defendeu, com certa indignação. "Pelo que li na internet, as críticas têm duas motivações diferentes. Uma é o lado sedutor e erótico; a outra é o erro anatômico. Agora, sobre a incompetência no desenho eu não sei o que falar. Vamos dizer que tentei fazer o meu melhor por 40 anos. Ninguém é perfeito e posso estar errado. Pode-se dizer de modo simples: sou um profissional, faço o melhor que consigo", disse o artista.

No aspecto erótico, Manara achou a reação um pouco "incrível". Ele observou que existe um fato que considera obrigatório dizer primeiro: "Parece-me que tanto nos Estados Unidos como no resto do mundo, existem coisas mais importantes e sérias com que devemos nos preocupar, como os eventos em Ferguson, ou o drama do ebola. E existem pessoas que ficam revoltadas por coisas assim [como a capa]".

"A menos que haja, atualmente", prosseguiu ele, "uma hipersensibilidade às imagens mais ou menos eróticas, devido a esse confronto permanente que supostamente existe com o Islã". E acrescentou, enfático: "É do conhecimento geral que a censura das formas femininas não devia ser característica da nossa própria civilização, a ocidental. Isto é o que também acho muito surpreendente".

A principal crítica à capa era a de sempre: a de que Manara representava em seus quadrinhos a mulher como "objeto" de desejo sexual, pela forma e pela pose que era provocadora, não muito "natural". Ele se defendeu em diversas ocasiões. Nessa entrevista, disse: "O que queria fazer era uma jovem que, depois de subir a parede de um arranha-céus, rasteja sobre o telhado".

Segundo o artista, "ela está na beira e a sua perna direita ainda está fora do telhado. Portanto, considero erradas as críticas que foram feitas sobre as questões anatômicas: não é para ela ter os dois joelhos no telhado. Uma perna ainda está embaixo e a outra está subindo. Precisamente por esta razão, também as suas costas estão arqueadas. Isto é o que eu tentei fazer".

Depois dessa observação, Manara falou da queixa sobre seus propósitos ao desenhar mulheres bonitas e nuas, em poses sensuais. "Não é minha culpa se as mulheres são assim. Eu só as desenho. Não fui eu quem fez as mulheres desta maneira: foi um autor mais 'importante' (Deus), para aqueles que acreditam. Por outro lado,

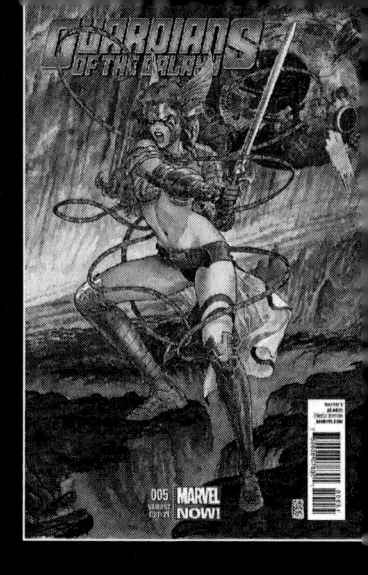

Manara e a
sensualidade das
super-heroínas. X-Men:
Garotas em fuga, com
desenhos de Manara
e roteiro de Chris
Claremont, tinha trama
direcionada para o que o
público esperava, a partir
da fama do desenhista,
e era estrelada
exclusivamente por
garotas superpoderosas.
Depois, fez capas de

para os evolucionistas – incluindo eu – na realidade, os corpos das mulheres tomaram esta forma ao longo dos milênios, a fim de evitar a 'extinção da espécie".

E voltou a se justificar. "Se as mulheres fossem feitas exatamente como os homens, com a mesma forma, eu acho que já estaríamos extintos há muito tempo. Além disso, não considero que seja uma das capas mais eróticas que já fiz. Creio que escolhi, de todas as poses que se possa imaginar, a que é, em termos de enquadramento, menos problemática. Quando é desenhada deste ângulo não se vê quase nada. Vemos apenas que ela tem um rabo. E é, realmente, uma mulher com um belo rabo, pelo menos do meu ponto de vista".

Manara fez outras observações curiosas ligadas à polêmica com a Mulher-Aranha. "É desse modo que os super-heróis são: estão nus, cobertos com uma cor de tinta qualquer. O Super-Homem está nu pintado de azul, o Homem-Aranha está nu pintado de vermelho e azul e a Mulher-Aranha é pintada de vermelho. Mas isso é parte do 'truque', por assim dizer, que os editores usam para criar essas formas de super-heróis nus – na qual eu não encontro nada de errado, só que sem nudez real. Quando os vemos mais tarde nas histórias, indo além da capa, estas são personagens cujos corpos estão 'à vista'".

Ao ser questionado porque, para além da forma, a questão da polêmica atingia também a posição da personagem, ele não a considerava como algo provocador ou problemático em si mesmo. "Na realidade, é uma garota que está engatinhando, ou melhor, avançando no ritmo de uma pantera. Depois de subir a parede do prédio, ela está se puxando para o telhado do edifício. É assim que eu vejo. Claro, com certeza, já que as mulheres são construídas de certa maneira, qualquer movimento que elas fazem, se estão nuas..."

"E até certo ponto, mais ou menos", prosseguiu ele, "todos as super-heroínas estavam nuas. Esta capa não é diferente. E a Mulher-Aranha não vai estar sentada na cadeira, certo? Mas se formos para a internet para ver todas as outras imagens da personagem, existem muitas que são mais eróticas. E se os personagens estivessem nus, elas seriam mais ordinárias do que a que eu fiz. Em vez disso, como sabemos, esta malha, esta – digamos – 'película de plástico colorido', é o que salva todas as aparências".

Sobre o veto às suas capas pela direção da Disney, dona da Marvel, Manara disse, enfático: "É do conhecimento geral que a censura das formas femininas não devia ser característica da nossa própria civilização, a ocidental. Isto é o que também acho muito surpreendente".

OUSADIA

A solitária e nem sempre justa relação de confronto entre Manara e os moralistas em vários países jamais fez com que o artista recuasse em seu estilo de construir obras eróticas. Nem mesmo no sentido de frear suas abordagens para lá de ousadas, como ousou investir contra a Igreja Católica na série *Bórgia*, iniciada às vésperas de ele completar 60 anos de idade. Nas entrevistas, sempre surgia a inevitável pergunta se ele seria machista ao "explorar comercialmente" o corpo feminino em suas obras.

Em 2010, o artista veio ao Brasil e, em entrevista ao jornal *O Estado de S. Paulo*, falou sobre suas leitoras e da relação com as mulheres que conhecem seu trabalho de forte carga erótica: "Há um monte de mulheres entre meus admiradores, eu posso mesmo dizer que elas são a maioria. Com efeito, muitas garotas adoram meus desenhos e eu as encontro nos festivais, palestras, sessões de autógrafos. Não sei ao certo por que tenho sucesso, mas pode ser que elas se sintam bem representadas em minhas histórias, que elas compreendam que eu desenho mulheres com respeito".

"De todo modo", prosseguiu ele, "minhas heroínas são sempre mulheres à frente de todos os estereótipos, não submissas, independentes". No *Clic*, justamente, apenas um artifício tecnológico que os homens carregam é que pode condicionar a vontade de uma mulher. Até então, ela os recusava. No meu erotismo, a mulher é sempre o sujeito sexual, mais que o objeto."

Sobre a inspiração para desenhar corpos femininos, ele deu algumas pistas na entrevista ao site Café com Letras: "Sou inspirado por todas as mulheres, não só as atrizes, jornalistas, esportistas, mas as meninas que encontro na rua. Minha mulher ideal é possivelmente o resultado das características de muitas mulheres que conheci, e eu tento tirar a própria essência."

CARAVAGGIO

Logo após a polêmica das capas que havia feito para a Marvel, Manara comemorou 70 anos de idade com um presente para si mesmo, ao lançar, em 2015, o álbum *Caravaggio – A Morte da Virgem*,

A principal crítica às capas era a de sempre: a de que Manara representava em seus quadrinhos a mulher como "objeto" de desejo sexual, pela forma e pela pose que era provocadora, não muito "natural".

um de seus melhores trabalhos e, outra vez, carregado de crítica corrosiva à Igreja Católica. O subtítulo original era *O Pincel e a Espada*, com diversos significados sobre um artista transgressor, contado por outro com o mesmo comportamento.

A história da vida de um dos grandes pintores de todos os tempos começa em 1592, em uma ponte, a três quilômetros de Roma, onde funciona o posto de controle de impostos. Um camponês dá carona ao jovem Caravaggio e teme ter problemas com isso. Essa situação banal acaba por se tornar reveladora do terror que há na época, pois a chegada de uma carruagem pode obrigar o homem a dormir ao relento, uma vez que apenas um veículo poderá passar, por causa do horário.

Roma é, então, uma cidade fortificada, temerosa de invasões, mas Caravaggio consegue entrar sem dificuldades, às escondidas. Faminto, cai nas graças de um idoso que o acolhe e alimenta, após ser salvo de salteadores. Na taberna, uma cigana que lê mãos o chama de vampiro e recomenda que evite a luz do sol. Ele não a leva a sério e acaba por entrar no grupo do seu benfeitor e se torna amigo de todos.

Não demoram a perceber que se trata de um jovem pintor extremamente talentoso e seguro, fora do comum, porém, genioso, explosivo e brigão, e que pode se meter em encrencas sérias. Mesmo assim, passam a protegê-los. Antes que isso aconteça, seu extraordinário talento como pintor de cenários e modelos encenados começa a ser revelado.

Nessa biografia em quadrinhos, Manara usa recursos interessantes em suas ilustrações como compor cenas com reproduções de quadros originais importantes do artista. A fama que o protagonista busca não será fácil e seu jeito briguento acaba por levá-lo à prisão. Até que cai nas graças do Cardeal Del Monte e se envolve com a cúpula da Igreja, que o convida para fazer pinturas de arte sacra.

Caravaggio logo sente o peso das restrições e da censura, ao ser alertado pelo cardeal que se desafiar o Santo Ofício poderá ir para a fogueira. O alerta vem do fato de ele usar lindas prostitutas nuas como modelos para compor telas de santas.

Nesse contexto moral e de poder máximo da Igreja Católica, aparece como modelo de repressão e vítima a figura de Pedro

A uma agência de notícias espanhola, Manara falou sobre seus propósitos ao desenhar mulheres bonitas e nuas, em poses sensuais. "Não é minha culpa se as mulheres são assim. Eu só as desenho. Não fui eu quem fez as mulheres desta maneira: foi um autor mais 'importante' (Deus), para aqueles que acreditam."

Montoya, que queria ser pintor, mas foi castrado para ficar com a voz mais aguda e feminina e se tornar cantor. Os dois se tornam amigos. Logo, graças à Igreja e com restrições, Caravaggio começa a ficar famoso.

Essa relação do artista com o cardeal permitiu que o provocador Manara desse ênfase ao fato de prostitutas e devassas darem forma física a figuras femininas sacras do Catolicismo até que o protagonista toma a decisão de que só haverá a verdade em seus quadros, a partir daquele momento. Dessa mudança de atitude nascem obras-primas como *A Vocação de São Matheus* e *O Martírio de São Matheus*.

O que ele não percebe – ou insiste em ignorar – é que, dificilmente, o rigor moral e censor da Igreja permitirá algum tipo de ousadia. Como retratar santos a partir de pessoas comuns, reais, de aparência desleixada, por exemplo – e mais humanos. O confronto, assim, torna-se inevitável.

É quando ele pinta seu quadro mais chocante e que vai lhe render uma série de problemas: *A Morte da Virgem*. Ele o faz depois de retirar do rio o corpo da prostituta Ana, assassinada por um desafeto do artista, e o leva para seu ateliê. Imediatamente, posiciona figurantes ao redor do corpo, como se velassem por ela. E usa a encenação como modelo.

Mesmo com uma beleza e um realismo impressionantes, a imagem que resulta dessa experiência tem o destino selado pelos bispos, que mandam destruí-la. A história termina com a fuga do pintor, após matar o nobre que afogara Ana. E fica a expectativa de continuação em um novo livro, pois a narrativa é interrompida de forma abrupta.

Manara não escolheu Caravaggio por acaso e a extensa bibliografia que ele usou como base sinaliza nesse sentido. Mesmo aclamado como pintor, tinha uma mente atormentada por seus demônios interiores e dividia seu tempo entre a vida nos palácios do Vaticano, bebedeiras em bordéis e temporadas na prisão. A versão de Manara é essa: de um rebelde, libertário e contestador por natureza que pagou um preço alto por isso, em uma sociedade controlada por tráfico de influência e pelo poder econômico.

Obviamente, não seria uma obra de Manara se tudo não tivesse sido enxertado com lindas mulheres em situações que acabam por mostrar nudez e erotismo – algo que parece extremamente natural no contexto da época, e não há forçação de barra nesse sentido. Um trabalho primoroso de um artista em sua melhor forma.

Ao noticiar o novo trabalho do artista, a agência de notícias espanhola EFE, de Barcelona, publicou, em 28 de abril de 2015, uma interessante entrevista com Manara que funcionou como um balanço significativo de sua vida. O título era pura provocação: "Surpreende-me que se fale de política deixando de lado o erotismo".

A conversa aconteceu durante sua participação no Salón del Cómic, de Barcelona. Ele contou que se apoiara bastante em documentos e pesquisas para "construir" seu Caravaggio, com as menores licenças narrativas possíveis. O desafio lhe consumiu quatro anos e ele se esforçou ao máximo em ser fiel à luz (seus famosos *chiaroscuros*), ao cromatismo e à forma de trabalhar daquele intenso e violento pintor.

O artista confirmou que pretende continuar a história. Ressaltou que manteve no trabalho a sensualidade para retratar as mulheres, algo que o une ao próprio Caravaggio, e a relação de sua vida com poder e política. Primeiro, ele comentou o sucesso dos livros e do filme *50 Tons de Cinza* que se trata basicamente de um fenômeno comercial.

Com o passar dos anos, admitiu ele, sua visão do erotismo mudou, sem dúvida, e afirmou. : "Mas é uma mudança de visão e nenhuma extinção. Cada fruta tem a sua própria estação. Certamente, agora, minha visão é mais mental, (do erotismo) mais contemplativo e menos físico, mas não deixou de ser emocionante".

Para ele, a transgressão ainda interessa no sentido mais comum de modéstia, embora reconheça que o atual sentido de modéstia não tem nem vergonha e nem sentido. "Não devemos esquecer que há muitos lugares no mundo que ainda é necessário que aconteça uma revolução no sentido da libertação sexual".

"Manara não se cansa do erotismo como tema? Não aproveita a sua libido de outra forma?", insistiu o repórter da agência, durante a entrevista. "Libido eu tinha quando era jovem, é claro. E tem sido enfraquecida, mas não por causa do meu cansaço do assunto, mas, sim, ao longo do tempo. O tema continua a ser um dos mais interessantes".

Na entrevista, a agência acabou por definir que ele não tratava só de sexo em suas histórias. Havia também os elementos político, crítico, contestador, como pontos de equilíbrio. "Na verdade, a política como temática tem sido sempre misturada com erotismo não somente em meus quadrinhos, mas na vida real erotizada. O que me surpreende é que se fale de política deixando de lado o erotismo e até mesmo o sexo".

Ao ser perguntado se o caminho percorrido pela mídia, como a televisão e a internet, mudou a forma da visão que temos sobre política, erotismo ou sexualidade, Manara afirmou que política na TV prova a existência do que chamam de ditadura das finanças. "Nas eleições, sempre vence aquele que sabe fazer o melhor uso da televisão, que fascina os eleitores".

"Não importa", prosseguiu ele, "o programa político ou até mesmo manter e cumprir as promessas eleitorais. "Programas e promessas são sempre impraticáveis. O político que ganha uma eleição pode não decidir nada, realmente, porque, na verdade, não há regras. Quem decide as regras não é o vencedor das eleições. Ele nem sequer precisa segui-las. Há um poder que é infinitamente mais forte e invencível: a enorme quantidade de dinheiro. Um poder que decide a vida e a morte".

Enganou-se quem pensava que Manara não passava de um alienado, cuja obra era direcionada predominantemente pelo sexo: "Televisão, na verdade, é apenas um show, este show, incluindo o erotismo. É puro espetáculo. Ou, talvez, devêssemos dizer que mostra o impuro, mas com o único objetivo: a receita de publicidade.

"Talvez com a internet", observou o artista, "a situação esteja mudando, porque uma transformação pode ser gerida a partir de baixo, de modo mais democrático e poderoso. "Algo do mesmo sistema da internet pode escapar do controle, tanto no nível político quanto erótico. Pode ser que não percamos toda possibilidade de mudança".

Ao caminhar rumo à sua oitava década de vida, Manara não dá qualquer sinal de cansaço como artista e contestador. Quem sabe, um dia, faça-se uma leitura mais atenta de sua obra e se perceba que suas mulheres livres, leves e donas do próprio corpo e de suas vontades são apenas uma força disfarçada de subversão para que questões mais sérias e relevantes como a opressão religiosa e a corrupção política sejam levadas e discutidas com os leitores?

    É só deixar o preconceito de lado, deitar na poltrona e abrir a primeira página de um dos seus livros para se tentar ver a coisa dessa forma. De outra forma.

EPÍLOGO

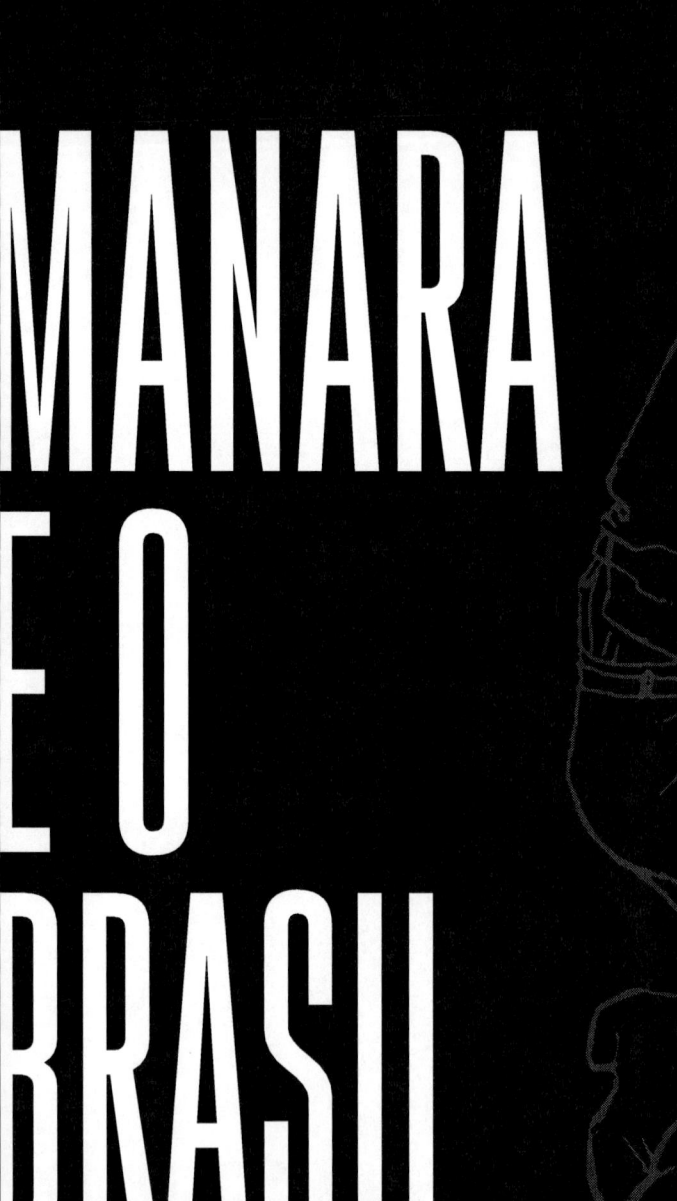

MANARA E O BRASIL

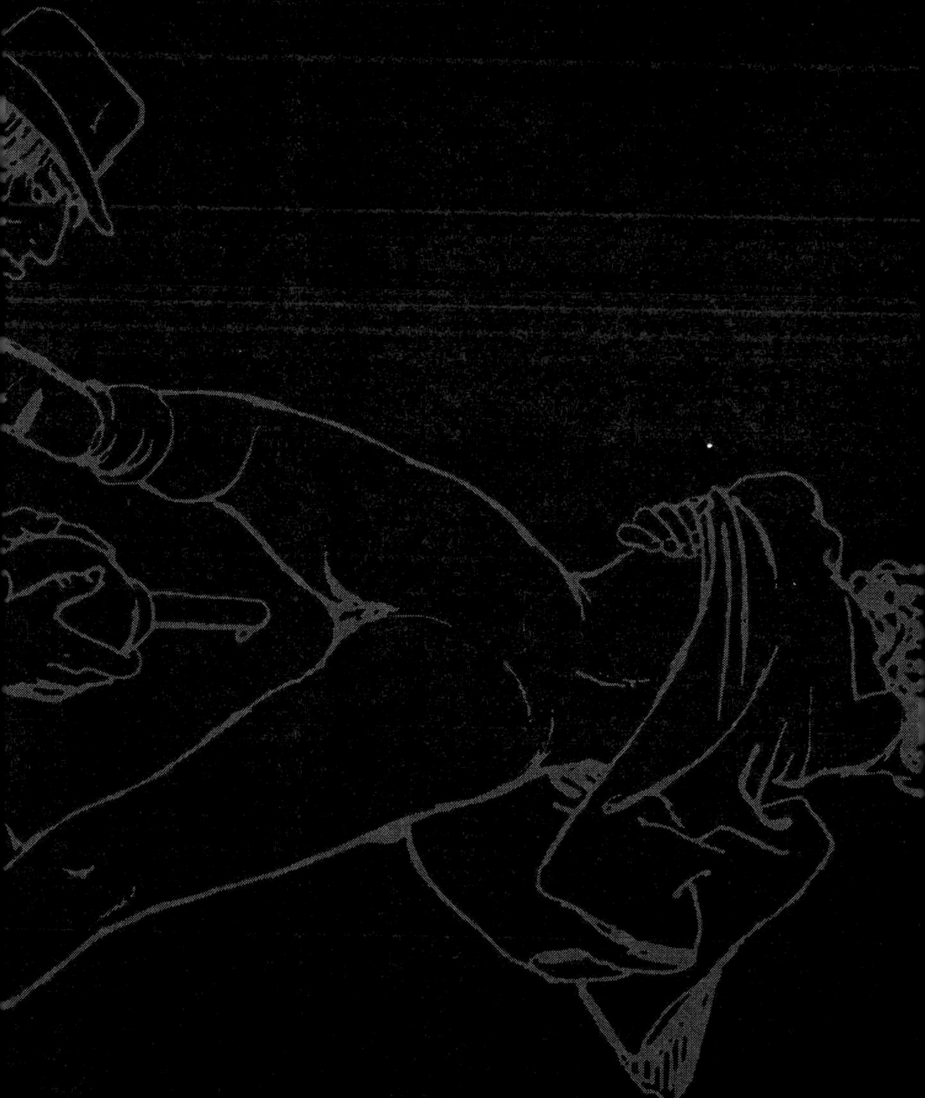

As mulheres de Manara

As Mulheres de Manara (1999), impresso em capa dura, foi um daqueles álbuns criados para atender à enorme demanda dos leitores por suas pinups, aqui mostradas em diversos pôsteres.

O Brasil não demorou a descobrir os quadrinhos eróticos de Milo Manara. Pelo menos alguns afortunados leitores de poucas capitais onde havia livrarias que importavam seus álbuns, publicados em Portugal pelas editoras Meribérica e Edições 70. De lá veio, no primeiro momento, o faroeste *O Homem de Papel*, lançado em 1983. Três anos depois, a paulistana Martins Fontes incluiu o artista na sua coleção quase lendária Opera Erótica. E o fez com o primeiro volume de *O Clic*, que também teve edição de bolso na mesma época.

Em 1988, a editora gaúcha L&PM publicou a antologia de histórias *Curta Metragem* – que ganharia edição de bolso em 1997. A Martins Fontes voltou a publicá-lo com o luxuoso *Sonhar talvez...*, álbum de capa dupla que trazia o aventureiro Giuseppe Bergman como protagonista do segundo e do terceiro episódios, ao mesmo tempo em que lançou a edição de bolso de HP e Giuseppe Bergman. *A Arte da Palmada* foi o terceiro volume pela mesma editora, de 1991. Um ano depois, saiu *O Clic 2*.

A primeira vez que ele frequentou as bancas de jornais brasileiras foi com *Viagem a Tulum*, em parceria com Fellini, que a Editora Globo lançou, em 1990, como minissérie, em três volumes – cujas sobras seriam encadernadas e vendidas em uma edição de tiragem pequena.

O FLAGELO DAS PRINCESAS

Quando uma mulher procura uma especialista em depilação, não é por questão de higiene – depilação tem a ver com sexo. Enquanto seus pentelhos são arrancados, moças bem-educadas revelam suas taras mais loucas...

Um conto de **Patrícia Melo**
ilustrado por **Milo Manara**

Em agosto de 2010, a edição brasileira da revista Playboy completou 35 anos. Além da atriz Cléo Pires na capa, o especial trouxe um conto inédito ilustrado por Manara especialmente para o Brasil. Nesta página, o desenho de abertura da história "O Flagelo das Princesas".

A produção maior em português nessa e na década seguinte, porém, veio de Portugal, ainda pelas editoras Meribérica e Edições 70: *Câmara Indiscreta* (1988), *Verão Índio* (1989), *O Perfume do Sonho* (1989), *O Perfume do Invisível* (1997), *O Clic* (1991), *El Gaúcho* (1995), *O Clic 3* (1996), *O Perfume do Invisível 2* (1996), *Nua Pela Cidade* (1997), *Gulliveriana* (1997) e *Encontro Fatal* (1997).

Uma exceção nacional nesse período, foi *Kama Sutra*, que a L&PM publicou em 1998. A Meribérica fechou a década com mais três lançamentos: *Rever as Estrelas* (1998), *As Mulheres de Manara* (1999) e *A Metamorfose de Lucius* (2000).

Manara voltou a despertar interesse de editores brasileiros com maior frequência a partir de 2005, com a Pixel e a Conrad. Desde 2015, os direitos dos últimos álbuns passaram para a Veneta, cujo proprietário é um ex-sócio da Conrad. Com isso, o leitor brasileiro pôde conhecer, finalmente, sua produção nos últimos vinte anos.

A Pixel publicou em 2006 e 2007 os volumes *Gullivera*, *A Metamorfose de Lucius* e *Péntiti!* A Conrad inaugurou seu extenso catálogo manariano com o relançamento do primeiro *O Clic*, em 2006. No mesmo ano, publicou o inédito *O Gaúcho*, parceria com o mestre Hugo Pratt.

Da produção mais recente, o primeiro título a sair pela Conrad foi *Revolução*, em 2007. Em 2009, foram publicados *Encontro Fatal* e *Verão Índio*. No ano seguinte, mais uma reedição, de *Kama Sutra*. Entre 2005 e 2011, a mesma editora lançou os quatro volumes da escandalosa série *Bórgia*, com roteiro de Jodorowski. A editora deu dois presentes especiais para os fãs do artista, ao publicar as antológicas *O Clic* e *O Perfume do Invisível*, com todas as histórias das duas séries reunidas em seus respectivos volumes.

O Clic – Edição Completa, de 2010, apresentava em formato de luxo e capa dura os quatros números da série. *O Perfume do Invisível – Edição completa*, de 2011, reuniu a história homônima e o título *Nua pela cidade*, em 112 páginas. A Veneta, herdeira da linha editorial da Conrad, lançou, em 2015, *Caravaggio*, *Câmera Indiscreta* e *Quimeras*.

Em novembro de 2010, aos 65 anos de idade, Manara esteve no Brasil. Visitou o Rio de Janeiro e São Paulo. Ele foi o convidado de honra da Rio Comicon, realizado na Estação Leopoldina, no Rio.

Na semana seguinte, esteve em São Paulo, para um bate-papo com fãs e para abertura da exposição *Milo Manara – Uma vida*

Manara em dois momentos no Brasil. No folheto sobre a exposição que realizou em São Paulo, na Oficina Cultural Oswald de Andrade, em novembro de 2010 e na edição pirata da revista Porrada, da década de 1980.

chamada desejo, na Oficina Cultural Oswald de Andrade, no bairro do Bom Retiro. O evento reuniu 100 originais, entre quadrinhos, esculturas e desenhos de produção, que fez para o filme *Barbarella* (a nova versão hollywoodiana).

Coube ao autor deste livro fazer a mediação da conversa, hora antes da inauguração da mostra. O que se viu foi um Manara bastante gripado e febril, visivelmente cansado e abatido, porém, simpático e atencioso com os fãs – que não acataram o pedido dos organizadores de poupá-lo da sessão de autógrafos, por causa da sua indisposição física.

No dia 23 de novembro, o site do jornal *O Estado de S. Paulo*, exibiu em vídeo uma entrevista com Manara feita pelo repórter Victor Lisboa. A exposição bateu recorde de público na oficina, com generosa cobertura da imprensa brasileira, que tratou Manara como um artista singular e genial. Merecidamente, enfim.

BIBLIO

GRAFIA

OBRAS DE MANARA PUBLICADAS EM PORTUGUÊS

MANARA, Milo. Caravaggio – A Morte da Virgem. São Paulo: Editora Veneta, 2015.
_____. Curta Metragem. São Paulo: Editora Veneta, 2015.
_____. Quimeras. São Paulo: Editora Veneta, 2015.
_____. Bórgia 4 – Tudo é Vaidade. São Paulo: Editora Conrad, 2011.
_____. O Perfume do Invisível – Edição completa. São Paulo: Editora Conrad, 2011;
_____. Bórgia 3 – As Chamas da Fogueira. São Paulo: Editora Conrad, 2010.
_____. Clic – Edição Completa. São Paulo: Editora Conrad, 2010.
_____. Kama Sutra. São Paulo: Editora Conrad, 2010.
_____. Encontro Fatal. São Paulo: Editora Conrad, 2009.
_____. Verão Índio. São Paulo: Editora Conrad, 2009.
_____. Péntiti! Rio de Janeiro: Editora Pixel, 2007.
_____. Revolução. São Paulo: Editora Conrad, 2007.
_____. A Metamorfose de Lucius. Rio de Janeiro: Editora Pixel, 2006.
_____. Bórgia 2 – O Poder e o Incesto. São Paulo: Editora Conrad, 2006.
_____. O Clic. São Paulo: Editora Conrad, 2006.
_____. O Gaúcho. São Paulo: Editora Conrad, 2006.
_____. Bórgia – Sangue para o Papa. São Paulo: Editora Conrad, 2005.
_____. Gullivera. Rio de Janeiro: Editora Pixel, 2005.
_____. A Metamorfose de Lucius. Lisboa: Editora Meribérica, 2000.
_____. As Mulheres de Manara. Lisboa: Editora Meribérica, 1999.
_____. Kama Sutra. Porto Alegre: Editora L&PM, 1998.
_____. Rever as Estrelas. Lisboa, Editora Meribérica, 1998.
_____. Encontro Fatal. Lisboa: Editora Meribérica, 1997.
_____. Gulliveriana. Lisboa: Editora Meribérica, 1997.
_____. Nua Pela Cidade. Lisboa: Editora Meribérica, 1997.
_____. O Clic 3. Lisboa: Editora Meribérica, 1996.

_____. O Perfume do Invisível 2. Porto Alegre: Editora L&PM, 1996.
_____. El Gaúcho. Lisboa: Editora Meribérica, 1995.
_____. O Clic 2. Lisboa: Editora Meribérica, 1991.
_____. O perfume do Sonho. Lisboa: Edições 70, 1989.
_____. Sonhar Talvez... São Paulo, Martins Fontes, 1989.
_____. Verão Índio. Lisboa: Editora Meribérica, 1989.
_____. Câmara Indiscreta. Lisboa: Editora Meribérica, 1988.
_____. Curta Metragem. Porto Alegre: L&PM, 1988.
_____. O Clic. São Paulo: Martins Fontes, 1986.
_____. O Homem de Papel. Lisboa: Editora Meribérica, 1983.

MANARA, Milo; ENARD, Jean Pierre. A Arte da Palmada. São Paulo, Martins Fontes, 1991;

MANARA, Milo; FELLINI, Federico. Viagem a Tulum. São Paulo: Editora Globo, 1990.

BIBLIOGRAFIA

ALENCAR, Marcelo. "A sedução de um turista acidental". In: "O Estado de São Paulo", Caderno 2. São Paulo, 7 de outubro de 1989

ARSAN, Emmanuelle; CREPAX, Guido. Emmanuelle. São Paulo: Martins Fontes, 1989, 2ª edição.

AUGUSTO, Sérgio. Sexo nos quadrinhos. In: Revista Homem s/n. São Paulo, Editora Abril, s/d.

_____. O Gibi sob O Signo de Vênus. In: Revista Fairplay n. 8. Rio de Janeiro, Efecê Editora, julho de 1967.

BRANCO, Carlos Castelo. "Chiste-fucking". "In: Revista Sexy". São Paulo, Editora Peixes, s/d.

CASTELLI, Alfredo. Il Mostro Sexy. Collana di Cinema 6. Milão, Edizioni Inteuropa, 1971.

CLARK, Alan e Laurel. Uma História Ilustrada da B. D. Lisboa; : Distri Cultural, 1991.

BUENO, Eduardo. "A Viagem onírica de Fellini". In: "O Estado de São Paulo", Caderno 2, São Paulo, 4 de dezembro de 1991.

FAERMAN, Marcos. As Super-Mulheres e Suas Aventuras Sensuais. In: Revista Status s/n. São Paulo, Editora Três, s/d.

FREDIAM, Graziano. A Lenda do Homem que Nunca se Cansou de Tentar. In: Tex Gigante. São Paulo, Editora Globo, 1996.

FOREST, Jean-Claude. Barbarella. Milano: Milano Libri Edizione, 1973.

GOIDANICH, Hiron Cardoso. Enciclopédia dos Quadrinhos. Porto Alegre, L&PM, 1990.

GUBERN, Román. Literatura da Imagem. Rio de Janeiro, Salvat, 1979.

LISBOA, Victor. Milo Manara: Mulheres e Nanquim. Blog Para o Alto e Além, 28 de setembro de 2013. (Papo de homem?)

LUCCHETTI, Marco Aurélio. As Sedutoras dos Quadrinhos. São Paulo;: Opera Graphica, 2001.

KOLLE, Oswaldo. L'amore nel Cinema. Collana di Cinema 2. Milão: Edizioni Inteuropa, 1971.

MANARA, Milo. Memory. Noew York, Eurotica, setembro de 2002.

_____. "Me sorprende que se hable de política dejando de lado el erotismo". Barcelona, Agência EFE, 28 de abril de 2015.

MARQUEZI, Dagomir. "Maravilhas do erotismo". In: "O Estado de São Paulo", Caderno 2. São Paulo, 5 de agosto de 1986.

MOYA, Álvaro. "Veneza, 1573. São Paulo, 1987". In: "O Estado de São Paulo", Caderno 2. São Paulo, 21 de abril de 1987.

_____. "A devastadora Druuna". In: "O Estado de São Paulo", Caderno 2. São Paulo, 14 de fevereiro de 1988.

_____. O Sexo Invadiu o Gibi (Proibido para Menores de 18 anos. In Revista Status, s/n. São Paulo, Editora Três, 1979.

NORONHA, Luiz Alberto. O Erotismo e o Cult para Agitar o Mercado. São Paulo, Jornal da Tarde, 3 de dezembro de 1988.

PAVAN, Rosane. "Erotismo em quadrinhos: sem novidades". In: Jornal da Tarde. São Paulo, 11 de janeiro de 1992.

PLASSE, Marcel. "Roteiro inédito de Fellini vira quadrinhos". In: "O Estado de São Paulo", Caderno 2. SP, 16 de setembro de 1989.

. "O sonho erótico no traço de Manara". In: "O Estado de São Paulo", Caderno 2. São Paulo, 23 de maio de 1989.

_____. No Escurinho de Trens Imaginários. In: O Estado de São Paulo, 25 de maio de 1991.

_____. Magra, Sexy, um Sonho de Mulher. In: O Estado de São Paulo, 6 de janeiro de 1990.

RODRIGUES, Humberto Brito. A Pornografia na Europa. In: Revista Fiesta 9. São Paulo, Editora Sublime, s/d.

SPINAZZOLA, Vittorio. Le Eroine delle Strisce. Firenze: G. C. Sansoni Editore, 1970.

TABERNERO, Pedro. Artigo para a Historia de los Comics. Madri: Toutain Editor, s/d.

VADIM, Roger. Bardot, Deneuve e Fonda. São Paulo, Círculo do Livro/Best Seller, 1986.

VIANNA, Antonio Moniz. Barbarella. In: Guia de Filmes nº 18. RJ, Instituto Nacional de Cinema, novembro/dezembro de 1968.

VINGE, Joan D. The Dune Storybook. New York: G. P. Putnam's Sons, 1984.

SITES CONSULTADOS

www.exlibris.kit.net/oquee.htm
www.universohq.com/
www.milomanara.it/
www.geo.fmi.fi/~tmakinen/cartoons/books/manara.shtml
www.casterman.com/manara/
www.ciudadfutura.com/maestrosdelcomic/html/manara.html
www.repubblica.it/auto/supplemento/manara/manara.html
www.guai.com/manara/agua.htm
www.fumetti.org/autori/manara.htm
www.schreiberundleser.de/manara/
digilander.libero.it/nina666/manara.html
www.bolognaviva.org/manara.html
www.fumetto.it/articoli/2000/12/20/20789.php
www.bolognaviva.org/manara.html

CONHEÇA TAMBÉM DA EDITORA NOIR

EU NÃO SOU LIXO

A TRÁGICA VIDA DO CANTOR EVALDO BRAGA

Uma vida conturbada. Uma carreira de apenas três anos. Dois álbuns uma dúzia de sucessos. Uma morte prematura e cercada de lendas. Conheça Evaldo Braga, o *Ídolo Negro* que ousou ser maior que *O Rei*. Uma biografia que vai muito além do estilo conhecido como "brega", e traça um panôrama sociocultural dos anos mais repressores da ditadura militar.

Noir
EDITORANOIR.COM.BR

Este livro foi impresso em papel alta-alvura 90g, usando as fontes Garamond e Gobold.